WILDFLOWER LOCK: NEUE UFER

WILDFLOWER LOCK-REIHE - BUCH 1

HANNAH LYNN

PAPER CAT PUBLISHING

BÜCHER VON HANNAH LYNN

Das ewige Leben des Walter Augustus

Die komplette süße Neuanfangsserie

Ein süßer Neuanfang

Ein süßer Neuanfang: Die Romanze beginnt

Ein süßer Neuanfang: Tumult in der Familie

Ein süßer Neuanfang: Hoffnung im Herzen

Ein süßer Neuanfang: Sonnige Tage

Ein süßer Neuanfang: Eine Sommerhochzeit

Ein süßer Neuanfang: Schnee Fällt

Ein süßer Neuanfang: Ewiges Glück

Die komplette Wildflower Lock-Serie

Wildflower Lock: Neue Ufer

Wildflower Lock: Kaffee und Kuchen

Wildflower Lock: Blauer Himmel

Wildflower Lock: Für immer Liebe

Diese Geschichte ist erfunden. Alle Namen, Personen, Organisationen, Orte, Begebenheiten und Vorfälle entspringen der Fantasie der Autorin. Ähnlichkeiten mit lebenden oder verstorbenen Personen, Ereignissen oder Orten sind *fast* rein zufällig.

Erstübersetzung veröffentlicht 2025

ISBN: 978-1-915346-51-3

Lektorat: Emily Yau
Übersetzung: Evelyne Schulz, Con-Text.org

Für Kath,

KAPITEL 1

Daisy May hielt sich das Handy ans Ohr, während sie sich durch die Menge eiliger Londoner Pendler drängte.

»Ich kann gerade nicht reden, Mum«, sagte sie und wich einem schwingenden Aktenkoffer aus, der fast ihr Knie gestreift hätte. »Ich steige gerade in die U-Bahn. Ja, der Job ist in Ordnung. Ich verspreche, ich rufe dich an, wenn ich zu Hause bin.«

Die Stimme ihrer Mutter knisterte in der Leitung.

»Du brichst ab, Mum. Ich rufe dich später zurück. Ich kann dich kaum hören.« Sie warf einen kurzen Blick auf den Bildschirm, bevor sie den Anruf beendete, und beschleunigte ihre Schritte in Richtung Bahnsteig.

Daisy hoffte, dass ihre Mutter Pippa irgendwann lernen würde, dass halb sechs Uhr abends kein guter Zeitpunkt für einen Anruf war – besonders angesichts ihrer neuen Arbeitszeiten. Andererseits war ihr Job wahrscheinlich der Grund für Pippas Anruf. Vier Monate waren die längste Zeit, die Daisy in den letzten drei Jahren irgendwo gearbeitet hatte – was mit vierundzwanzig kein Grund für Stolz war. Sicher machte sich ihre Mutter Sorgen, dass Daisy wieder unruhig werden könnte, wie in all ihren anderen Jobs. Bisher war das jedoch nicht passiert.

Daisys Zwanziger schienen sehr plötzlich über sie hereingebrochen zu sein und hatten all die Verpflichtungen des Erwachsenseins mit sich gebracht, vor denen sie sich lieber noch eine Weile gedrückt hätte. Es waren nicht nur alltägliche Dinge wie Arbeit und Rechnungen, die sie belasteten. Jede Woche schien sich eine weitere Freundin zu verloben oder mit der Liebe ihres Lebens zusammenzuziehen, während Daisy immer noch damit beschäftigt war, einen Job zu finden, den sie nicht schon nach wenigen Wochen an den Nagel hängen wollte.

»Würden Sie bitte aus dem Weg gehen?« Ein Stoß von der Seite riss Daisy in die Gegenwart zurück, und sie bemerkte, dass ihr Zug am Bahnsteig stand. Als sich die Türen zischend öffneten, drängten die Pendler aneinander vorbei. Diejenigen, die einsteigen wollten, nahmen keine Rücksicht auf diejenigen, die aussteigen wollten. An einem anderen Tag hätte Daisy dieses Verhalten vielleicht mit ein paar scharfen Worten kommentiert, doch es war Freitagabend in London. Die Menschen hatten eine lange Woche hinter sich und wollten einfach nur nach Hause. Heute konnte sie dafür Verständnis aufbringen und ein Auge zudrücken.

Das Piepen der sich schließenden Türen trieb Daisy zur Eile an. Mit einem ungewohnt energischen Sprung betrat sie den Zug und quetschte sich ganz ans Ende des Wagens.

Der Weg von ihrem Arbeitsplatz zu ihrer Wohnung war recht unkompliziert. Einmal umsteigen und dann weitere siebzehn Minuten in der S-Bahn. Danach blieb noch ein zehnminütiger Fußweg nach Hause.

Trotz Daisys unstetem Berufsleben war ihre Wohnung

eine Konstante, seit sie nach London gezogen war. Es war die erste Wohnung, die sie besichtigt hatte, als sie vor drei Jahren ihre Sachen gepackt und hierhergezogen war. Es war pures Glück – oder vielleicht Schicksal – gewesen, dass sie etwas in ihrer Preisklasse und an der gewünschten Lage gefunden hatte. Allerdings nicht ohne Hürden. Der Hausbesitzer war verzweifelt auf der Suche nach einem Nachmieter gewesen, nachdem der vorherige Mieter ohne Vorwarnung ausgezogen war und die Wohnung verdreckt und voller Müll zurückgelassen hatte. Also hatte Daisy zugestimmt, die Wohnung zu putzen und im Gegenzug eine tiefere Miete zu bezahlen. Glücklicherweise hatten eine gründliche Reinigung und ein paar gut platzierte Lufterfrischer die Wohnung schnell wieder bewohnbar gemacht, und bisher war die Miete auch nicht gestiegen.

Und der tiefe Mietzins war nicht der einzige Vorteil.

Als Daisy näher kam, sah sie eine kleine Plastiktüte an ihrem Türgriff hängen. Das Geschäftslokal darunter, das schon alles Mögliche beherbergt hatte – von einem Friseur bis zu einem Juwelier –, hatte sich in eine exklusive, gehobene Bäckerei verwandelt. Das bedeutete nicht nur, dass sie jeden Morgen vom Duft von frischem Brot geweckt wurde, sondern auch, dass sie mehrmals pro Woche eine Tüte mit Leckereien an ihrer Tür fand.

Sie hob die Tüte auf und warf einen kurzen Blick hinein. Seit der Eröffnung hatte sich die Bäckerei einen ausgezeichneten Ruf aufgebaut, und alles, was sich nicht verkaufen ließ oder ihren hohen Ansprüchen nicht gerecht wurde, konnte in dieser Tüte landen. Heute schien die Tüte ein paar Croissants und vermutlich auch zwei Quiches zu enthalten. Das bedeutete, dass das Abendessen sowie das Mittagessen für den nächsten Tag gesichert waren. Einmal hatte ihr die Bäckerei eine ganze Red-Velvet-Torte überlassen, die sie am nächsten

Tag mit ins Büro genommen hatte. Das war noch in ihrem alten Job gewesen, und sie hatte eine Woche später gekündigt. Teilweise, weil sich niemand für den Kuchen bedankt hatte.

Dankbar, dass sie sich keine Sorgen um den Einkauf machen musste, drehte Daisy den Schlüssel im Schloss und trat ein. Sie hob einen Stapel Briefe vom Boden auf und schleppte sich die Treppe hinauf, wo sie wie immer den Duft von frischen Backwaren wahrnehmen konnte.

Die bescheidene Wohnung bestand aus einem offenen Wohnbereich, einem kleinen, runden Esstisch und einem ausziehbaren Schlafsofa, das wahrscheinlich die beste Investition ihres Lebens gewesen war, da ihre Freundin Bex oft nach einer durchgefeierten Nacht darauf übernachtete.

Daisy erinnerte sich an ihr Versprechen, ihre Mutter zurückzurufen. Sie streifte sich die Schuhe von den Füßen, warf die Post auf den Esstisch und ging in die Küche, wo sie den Wasserkocher einschaltete. Abendliche Telefonate mit ihrer Mutter erforderten immer eine Tasse Tee. Daisy hatte keinen Zweifel, dass Pippa viel zu berichten hatte – sie redete endlos über Themen wie die Hüft-OP ihres Nachbarn, die immer wieder verschoben wurde, oder über das Paar, das vier Türen weiter wohnte, das seine Verlobung aufgelöst, sich nun aber wieder versöhnt hatte. Ja, für dieses Gespräch brauchte sie auf jeden Fall eine Tasse Tee, wenn nicht sogar etwas Stärkeres.

Während sie auf den Wasserkocher wartete, wandte sich Daisy wieder dem Stapel Post zu. Mit einem müden Stöhnen blätterte sie ihn durch. Wie üblich waren es Werbebriefe und Speisekarten von Lieferdiensten, dazu ein Brief von der Bank mit deren neuesten Angeboten und ein großes Blatt Papier, das sie zu einem Gruppenchat über UFO-Sichtungen einlud. Wie erwartet war nichts dabei, das es wert gewesen wäre, geöffnet oder sogar behalten zu werden. Gerade als sie die ganze Post in den Mülleimer werfen wollte, entdeckte sie etwas Unerwartetes: einen braunen A4-Umschlag, der sich in der Menge versteckt hatte.

Sie glättete den Umschlag und sah ihren Namen und ihre Adresse in sauberen Druckbuchstaben. Auf der Rückseite stand der Absender: *FCS Solicitors and Co.* Sie hatte noch nie einen Brief von einem Anwalt erhalten, aber aus dem Fernsehen wusste sie, dass das selten ein gutes Zeichen war. Der Umschlag fühlte sich zu dick an für einen einfachen Brief.

»Oh«, sagte sie, während sich ein mulmiges Gefühl in ihrem Magen breit machte. Vielleicht hatte es damit zu tun, dass sie ihren letzten Job an den Nagel gehängt hatte, ohne die zwei Wochen Kündigungsfrist einzuhalten. Dabei war das gar nicht ihre Schuld gewesen. Ihr Antrag auf Urlaub war drei Tage vor ihrer geplanten Abreise abgelehnt worden, also hatte sie entweder sofort kündigen oder das ganze Geld verlieren können, das sie für den Urlaub bezahlt hatte. Loyalität ihrem Arbeitgeber gegenüber empfand sie keine, schließlich hatte er ihr zweimal das Gehalt gekürzt, weil sie vier Minuten zu spät von der Mittagspause zurückgekommen war. Sie nahm den Umschlag in die Hand. Wäre die Firma kleinlich genug, um sie zu verklagen? Und falls ja, wie sollte sie das bei steigenden Mietpreisen und Lebenshaltungskosten überhaupt zahlen?

Daisy war noch nicht bereit, den Umschlag zu öffnen, also ging sie zurück zum Wasserkocher und machte sich eine Tasse Tee. Doch während sie das Wasser in die Tasse goss, hatte sie das Gefühl, von dem großen braunen Umschlag angestarrt zu werden. Was würde passieren, wenn sie ihn einfach ignorierte? Konnte sie das überhaupt? Schickte man wegen solcher Kleinigkeiten Gerichtsvollzieher vorbei? Und selbst wenn – sie hatte ohnehin nichts, was sie mitnehmen könnten.

»Verdammt!« Wasser lief über den Tassenrand und auf die

Arbeitsplatte und verfehlte nur knapp ihre Hand. Daisy griff nach einem Geschirrtuch und wischte die Pfütze weg, doch auch als das Wasser beseitigt war, nahm sie ihre Tasse nicht in die Hand. Das, was in dem Brief stand, würde nicht einfach verschwinden, nur weil sie es ignorierte. Also holte sie tief Luft, ging mit entschlossenen Schritten zum Tisch, nahm den Umschlag in die Hand und öffnete ihn.

Ihre Augen überflogen das Schreiben einmal, dann ein zweites und ein drittes Mal, und mit jedem Durchlesen vertieften sich die Falten auf ihrer Stirn. Als sie sicher war, alles richtig gelesen und nichts missverstanden zu haben, sank sie auf einen Stuhl und griff nach ihrem Handy.

»Ich brauche dich«, sagte sie. »Ich brauche dich jetzt.«

KAPITEL 2

Als die Türklingel läutete, stürmte Daisy die Treppe hinunter und stolperte dabei beinahe über die Mäntel und Schuhe, die sie auf dem Weg nach oben auf dem Boden liegen gelassen hatte.

»Sag mir, dass du Bier mitgebracht hast«, rief sie, während sie die Haustür aufriss. »Du wirst Bier brauchen, wenn du das hier hörst.«

»Ich habe Wein mitgebracht. Du weißt doch, dass ich immer Wein mitbringe. Was ist los? Warum warst du so geheimnisvoll?«

Als Daisy vor weniger als einer halben Stunde ihre beste Freundin Bex angerufen hatte, hatte sie dieser nur gesagt, dass sie sie brauche. Jetzt. Diese wenigen Worte hatten Bex genügt, um sich einen ihrer schrill-bunten Mäntel zu schnappen und sofort das Haus zu verlassen. So funktionierte ihre Freundschaft. Es war eine Freundschaft, die die Jahre überdauert hatte. Bex und Daisy hatten sich in der dritten Klasse kennengelernt und später auf dem Gymnasium ein enges Band entwickelt, das sich noch gefestigt hatte, als Daisy nach

London zog. Bex war für sie da gewesen, wenn ihr Leben chaotisch und unüberschaubar war, und Daisy hatte Bex durch ihre endlosen Dates und kurzen Beziehungen geholfen – was Daisy immer wieder gezeigt hatte, dass das Singledasein vielleicht die bessere Wahl für sie war.

»Wo ist Claire?«, fragte Bex, während sie hinter Daisy die Treppe hinaufging. »Ich dachte, du wolltest sie anrufen. Ist sie noch nicht hier?«

»Claire und Ian sind auf einem Date«, erklärte Daisy, während sie ihr offenes Wohnzimmer durchquerte, um in der Küche zwei Weingläser zu holen. Daisy bevorzugte Craft-Bier, aber im Moment war sie nicht wählerisch.

»Ich schenke ein, du erzählst«, sagte Bex, während sie eine Flasche Rosé aus ihrer Tasche zog. Daisy nickte, doch ihre Gedanken waren woanders. Es fiel ihr schwer, sich auf etwas anderes als den Inhalt des braunen Umschlags zu konzentrieren.

Da Bex so oft bei ihr übernachtet hatte, musste sie nicht fragen, wo der Korkenzieher war. Nachdem sie ihnen Wein eingeschenkt hatte, reichte sie Daisy ein Glas. Diese nahm einen kräftigen Schluck, bevor sie es wieder auf die Arbeitsplatte stellte.

»Wir müssen rüber aufs Sofa«, sagte sie. »Du solltest dich lieber setzen, bevor du das hörst.«

Bex ging in den Wohnbereich und nahm auf dem Sofa Platz, obwohl Daisy selbst nicht in der Stimmung war, sich zu setzen.

»Mein Großvater ist gestorben und hat mir etwas hinterlassen. Ein Boot.« Als sie die Worte aussprach, klangen sie noch absurder als in schriftlicher Form, also wiederholte sie: »Ich habe ein Boot geerbt.«

Bex neigte den Kopf und wirkte genauso verwirrt von dieser Aussage wie Daisy selbst.

»Was meinst du damit? Was für ein Boot? Und welcher Großvater? Meinst du den Vater deines Vaters oder den deiner Mutter? Ich dachte, du hättest mit keinem von ihnen etwas zu tun. Bist du sicher, dass das kein Scherz ist? Du kennst doch diese E-Mails, in denen jemand behauptet, dir Tausende Pfund überweisen zu wollen, wenn du ihm deine Bankdaten gibst?«

Es wäre tatsächlich einfacher, wenn es ein Scherz wäre, aber Daisy wusste, dass es keiner war. Und Bex hatte recht; sie hatte mit keinem ihrer Großväter Kontakt. Genau wie Daisy selbst war auch Pippa von ihrer Mutter allein aufgezogen worden. Es war schon fast eine Familientradition.

»Mein Großvater väterlicherseits«, antwortete Daisy mit bebender Stimme.

Daraufhin wurden Bex' Augen groß, und tausend unausgesprochene Worte hingen zwischen ihnen in der Luft. Bex wusste besser als jeder andere, was das bedeutete, schließlich war sie damals dabei gewesen.

»Du meinst den, mit dem du gesprochen hast«, sagte sie und sprach die Worte aus, die sie beide dachten. »Den, den wir bei der Beerdigung deines Vaters getroffen haben?«

»Genau den.«

Ihr Magen zog sich zusammen, als sie an diesen Tag zurückdachte – einen Tag, den sie am liebsten aus ihrem Gedächtnis gestrichen hätte. Das Gefühl völliger, absoluter Einsamkeit, das Gefühl, fehl am Platz zu sein, obwohl sie auf der Beerdigung ihres eigenen Vaters war. Menschen hatten geweint, nicht nur Ältere, auch Junge. Dutzende waren gekommen. Johnny, ihr Vater, war so früh aus ihrem Leben verschwunden, dass sie keine einzige klare Erinnerung an ihn hatte. Diese Beerdigung war das Einzige, was ihr von ihm geblieben war.

Bex stieß einen leisen Pfiff aus, dann nahm sie einen

großen Schluck Wein. »Das kam überraschend. Was hat deine Mutter gesagt? Hast du es ihr schon erzählt?«

Jetzt nahm Daisy einen großen Schluck Wein und griff nach der Flasche, obwohl ihr Glas noch zu einem Drittel voll war.

Ihre Mutter.

Das Verhältnis ihrer Eltern als angespannt zu bezeichnen, wäre eine Untertreibung. Jede Erwähnung ihres Vaters ließ Pippa erstarren. Es war nicht Wut, nein, es war schlimmer. Eine Kälte, eine Härte, die sonst nicht ihrem Wesen entsprach.

»Er ist es nicht wert.« Das war ihr Standardkommentar, wenn Daisy über ihren Vater sprach. »Er ist weder deine noch meine Energie wert.« Oder: »Es ist besser für uns alle, dass er aus unserem Leben verschwunden ist.« Diese Sätze kombinierte sie oft mit: »Vergebung funktioniert in beide Richtungen.« Daisy hatte nie wirklich verstanden, was sie damit meinte, aber sie hatte sich auch nie wirklich getraut, ihre Mutter danach zu fragen. Was auch immer ihr Vater getan hatte, es musste schlimm gewesen sein.

Irgendwann hatte sie aufgehört, nach ihm zu fragen. Schließlich hatte Pippa recht. Er hatte sie verlassen, als Daisy noch keine zwei Jahre alt war, und sich völlig aus ihrem Leben zurückgezogen. Keine Weihnachtskarten, keine Geburtstagsgrüße. Keine Samstagsbesuche im Zoo. Nichts. Bei den Elternrennen am Schulsporttag war Pippa sowohl im Väter- als auch im Mütterrennen mitgelaufen und hatte immer wieder betont, dass ein Kind nicht beide Eltern brauchte, um glücklich zu sein. Am Vatertag hatte sie alles gegeben, aufwendig gekocht und Ausflüge organisiert, damit Daisy nichts vermisste.

Und so hatte die siebzehnjährige Daisy nicht gewusst, wie sie reagieren sollte, als ihr Großvater Fred an ihre Tür geklopft hatte, um ihnen mitzuteilen, dass ihr Vater unerwartet an einem Herzinfarkt gestorben war.

»Ich habe es ihr nicht gesagt«, antwortete sie schließlich auf Bex' Frage. »Wie könnte ich? Du weißt, wie sie wird, wenn jemand meinen Vater erwähnt. Sie lässt uns nicht einmal seinen Namen aussprechen. Ich habe keine Ahnung, wie sie auf diese Nachricht reagieren würde, aber ich bezweifle, dass es positiv wäre.«

Sie verfielen in ein tiefes Schweigen, was viel aussagte. Normalerweise wusste Bex immer genau, was sie sagen musste. Ihre farbenfrohe Kleidung spiegelte den Optimismus und die Energie wider, die sie durchs Leben trugen. Wenn selbst sie schwieg, war das ein schlechtes Zeichen. Daisy hatte es immer schade gefunden, dass Bex in der Buchhaltung arbeitete, obwohl sie so gut mit Menschen umgehen konnte. Sie besaß die natürliche Fähigkeit, andere zu beruhigen und aufzumuntern – ganz gleich, wie schwierig die Situation war.

Deshalb hatte Daisy Bex gebeten, sie zur Beerdigung ihres Vaters zu begleiten. Daisy hatte gewusst, dass sie Pippa nicht dazu bewegen könnte, zur Beerdigung eines Mannes zu gehen, dessen Namen sie nicht einmal aussprach, und Daisy war nicht mutig genug gewesen, allein hinzugehen. Bex hatte sofort zugestimmt und war immer an ihrer Seite geblieben. Jetzt, acht Jahre später, wusste ihre Mutter immer noch nicht, dass Daisy dort gewesen war. Es war dieses eine Geheimnis, das sie vor ihr hatte, und wie es aussah, wären es bald zwei.

»Glaubst du, dass du es ihr sagen solltest?«, fragte Bex schließlich und brach das Schweigen. »Würde sie es wissen wollen?«

Es war genau die Frage, die sich Daisy gestellt hatte, seit sie den Brief gelesen hatte. Würde ihre Mutter davon wissen wollen? Oder vielmehr: Wollte Daisy ihr davon erzählen?

Sie erinnerte sich so deutlich an den Tag, an dem ihr

Großvater vorbeigekommen war, als wäre es gestern gewesen. Damals hatte sie oben auf der Treppe des kleinen Zweizimmerhauses gesessen, in dem sie aufgewachsen war, und diesem fremden Mann zugehört, der ihre Mutter beim Vornamen nannte, als wären sie alte Freunde. Die Trauer in seiner Stimme war unverkennbar gewesen – eine Trauer, die Daisy selbst gern empfunden hätte. Doch wie hätte sie um einen Mann trauern können, der nie versucht hatte, eine Beziehung zu ihr aufzubauen? Wie hätte sie um jemanden trauern können, der sie verlassen hatte? Für sie war er ein Fremder. Trotzdem war Daisy sitzen geblieben, hatte sich über das Treppengeländer gelehnt und versucht, die gedämpften Worte aufzuschnappen.

»Er ist nie darüber hinweggekommen«, hatte er gesagt. »Das weißt du, Pippa. Du weißt, dass er nie darüber hinweggekommen ist. Keiner von uns.«

»Na ja, jeder von uns hatte seine eigenen Dinge, mit denen er fertig werden musste«, hatte Pippa mit einer Bitterkeit geantwortet, die Daisy bei ihrer Mutter noch nie erlebt hatte. Für einen Moment herrschte ein Schweigen, das das gesamte Haus zu erfüllen schien. Schließlich war es Fred, der sich räusperte und das Schweigen brach.

»Ich habe die Einzelheiten der Beerdigung hier aufgeschrieben. Ich würde mich freuen, wenn du kommen würdest. Du und Daisy. Das würden wir alle.« Wieder folgte Schweigen, bis ihr Großvater schließlich sagte: »Also dann, ich begleite mich selbst hinaus.«

Daisy war schnell die Treppe hinaufgeflitzt, als er den Flur hinunterkam. Einen Moment lang hielt er inne und blickte genau zu der Stelle hinauf, wo sie kurz zuvor gesessen hatte. Dann öffnete er ohne ein weiteres Wort die Tür und ging hinaus. Ein paar Minuten später kam Daisy mit gespielter Fröhlichkeit die Treppe hinunter.

»Wer war das an der Tür?«, fragte sie und öffnete den Kühlschrank, damit Pippa ihr Gesicht nicht sehen konnte.

»Oh, nur irgendein Verkäufer, der mir eine Doppelverglasung andrehen wollte«, antwortete Pippa, während sie das Stück Papier in ihrer Hand zerknüllte und es in den Papierkorb warf.

Später in dieser Nacht, als ihre Mutter eingeschlafen war, schlich sich Daisy leise die Treppe hinunter und fischte das zerknüllte Stück Papier aus dem Mülleimer. Während das silberne Mondlicht durch die Fenster fiel, las sie die Details zur Beerdigung ihres Vaters. Und beschloss, dass sie hingehen würde.

KAPITEL 3

Die Hälfte des Weins war bereits getrunken, aber Daisy war noch weit davon entfernt, sich Klarheit über ihre Situation zu verschaffen. Ihr Großvater hatte ihr ein Boot hinterlassen. Sie besaß ein Boot.

»Es heißt *September Rose*«, sagte Bex. »Das gefällt mir. Das ist besser als so mancher andere Name, den Leute diesen Dingern geben. Ich habe mal eins gesehen, das *Fin and Tonic* hieß. Ich meine, es ist irgendwie clever, aber es lässt einen auch ziemlich dumm erscheinen.«

Daisy hörte nur mit einem Ohr hin, während Bex die Unterlagen durchging, die der Anwalt ihr geschickt hatte. Eigentlich hätte sie alles selbst lesen sollen, aber die Worte des Begleitschreibens hatten sie völlig aus der Bahn geworfen. Außerdem war Bex besser in solchen Dingen. Sie hatte sich schon durch drei Viertel des Papierstapels gearbeitet.

»Also, hier steht: Du hast einen festen Liegeplatz für das Boot – ich weiß nicht, ob das gut ist oder nicht – und es hat einen breiten Rumpf. Keine Ahnung, was das bedeutet, aber das Internet wird es wissen.«

Sie reichte die Papiere an Daisy weiter, nahm ihr Handy und öffnete eine Suchmaschine.

»Wow«, sagte sie mit gehobenen Augenbrauen. »Ich denke, das solltest du dir mal ansehen.«

Immer noch überwältigt von der gesamten Situation, blickte Daisy auf, als Bex ihr das Handy reichte. Der Bildschirm zeigte eine Seite voller Kanalboote. Es waren nur Thumbnails, die meisten zeigten die Boote im Wasser, und darunter waren verschiedene Details aufgelistet – vor allem die Länge und das Baujahr. Mehr als einmal las sie die Worte »breit gebaut« und andere Begriffe, wie »traditionell« oder »Kreuzer-Heck«, tauchten ebenfalls auf. Doch Daisys Aufmerksamkeit wurde von etwas angezogen, was sie die Fotos fast vergessen ließ: die Preise.

»Siehst du das, was ich sehe?«, fragte sie Bex, während sie weiter nach unten scrollte und die Preise von Boot zu Boot höher wurden.

»Wenn du die Preise dieser Dinger meinst, dann ja, ich habe sie gesehen.«

Daisy scrollte weiter. »Hier ist eins, das hundertfünfzigtausend kostet.« Ihr Mund klappte auf. »Wahnsinn. Ich habe noch nie etwas geerbt.«

»Dein Vater hat dir nichts hinterlassen, oder?«, fragte Bex und errötete sofort bei dieser Frage.

Daisy schüttelte den Kopf. »Soweit ich weiß nicht, nein.«

»Ich weiß, dass sie ihn nicht mochte, aber Pippa würde dir so etwas doch nicht verheimlichen, oder?«

Daisy zuckte mit den Schultern, bevor sie den Gedanken verscheuchte. »Ich glaube nicht. Sie verheimlicht mir nie etwas, obwohl ich mir manchmal wünschte, sie täte es. Besonders in Bezug auf diese ganzen Verlierer, mit denen sie ausgegangen ist. Aber wenn es um meinen Vater geht, ist alles anders.«

In ihrer Jugend hatte Daisy Phasen gehabt, in denen sie ihre Mutter dafür verurteilte, nie über ihren Vater zu sprechen. Pippa konnte seinen Namen – Johnny – kaum aussprechen, ohne nervös zu werden, und sie hatten sich mehr als einmal deswegen gestritten. Doch Daisys Einstellung hatte sich geändert, nachdem sie selbst erfahren hatte, wie sich ein gebrochenes Herz anfühlte. Nach allem, was zwischen ihr und Paul passiert war, verstand Daisy, wie schmerzhaft es war, wenn der Lebensweg, den man sich ausgemalt hatte, plötzlich abbrach und man in eine unbekannte Richtung gezwungen wurde. In den drei Jahren, die seitdem vergangen waren, hatte Daisy das Verhalten ihrer Mutter in Bezug auf ihren Vater immer besser nachvollziehen können. Schließlich hatte Pippa nicht nur ihren Herzschmerz bewältigen, sondern auch ein Kind großziehen müssen. Und sie hatte sich ziemlich gut geschlagen.

Daisy war immer stolz gewesen, eine so enge Beziehung zu ihrer Mutter zu haben. Ihre Mutter machte sich Sorgen, weil Daisy keinen Job halten konnte, während sich Daisy um die Fähigkeit – oder vielmehr Unfähigkeit – ihrer Mutter sorgte, eine bedeutsame Beziehung einzugehen. Ihre Mutter neigte dazu, sich auf die falschen Männer einzulassen, weshalb es nicht überraschend war, dass sie ohne ihren Vater aufgewachsen war. Zum Glück schien sich Pippa in den letzten Jahren damit abgefunden zu haben, allein zu sein. Und obwohl Daisy nicht wollte, dass ihre Mutter einsam war, war das immer noch besser, als zu sehen, wie sie von irgendeinem Idioten ausgenutzt wurde, der sich einfach nur amüsieren wollte.

»Was wirst du jetzt tun?«, fragte Bex, was Daisy aus ihren Gedanken riss. »Wenn es so aussieht, könnten wir einen tollen Urlaub machen. Mit einem solchen Boot kannst du überallhin fahren. Wir könnten nach Europa segeln.«

»Kann man mit einem Kanalboot segeln?«, fragte Daisy. »Braucht man dafür nicht ein Segel?«

»Gutes Argument.«

Für den Moment blendete sie die Details aus und starrte wieder auf die Zahlen vor sich. Hundertfünfzigtausend Pfund. Ihr ganzes Erwachsenenleben hatte sie sparsam gelebt und nur so viel beiseitegelegt, dass es alle paar Jahre für eine Pauschalreise mit ihren Freundinnen und das gelegentliche Paar schöner Schuhe reichte. Sie führte alles andere als ein luxuriöses Leben, und an einen Wohnungskauf war gar nicht zu denken, aber hundertfünfzigtausend Pfund könnten alles verändern. Sie könnte das Geld als Anzahlung für eine Wohnung nutzen – vielleicht sogar eine mit zwei Schlafzimmern, wenn sie etwas weiter aus der Stadt hinauszog. Und mit etwas Glück wäre noch genug übrig für zwei Wochen in der Sonne. Ja, das wäre einfach fantastisch. Dieses Boot würde ihr Leben verändern.

Während Daisy mit Bex' Handy beschäftigt war, ging Bex die Unterlagen durch, und es dauerte nicht lange, bis sie eine weitere interessante Information fand.

»Hier steht, es liegt bei einer Schleuse namens *Wildflower Lock*. Weißt du, wo das ist?«

»*Wildflower Lock?* Nein, davon habe ich noch nie gehört.« Ihre Augen wanderten immer noch über die Liste der Boote. Einige kosteten weniger. Es gab ein paar für etwa siebzigtausend und vereinzelte kosteten unter fünfzigtausend. Aber selbst dieser Betrag wäre lebensverändernd. Fünfzigtausend Pfund waren immer noch eine ordentliche Anzahlung.

»Ich werde es verkaufen«, sagte sie und sprach endlich den Gedanken aus, der ihr durch den Kopf ging. »Ich werde es verkaufen und mir eine Wohnung kaufen, und dann werden wir das mit einem unglaublichen Urlaub feiern. Das wird alles verändern. Ich weiß es. Ich kann es in meinen Knochen spüren.«

Das konnte sie. Es war, als würde neue Energie durch ihren Körper strömen, ein Gefühl der Hoffnung und des Optimismus, das sie seit Jahren nicht mehr gespürt hatte. Das war mehr als nur Glück – es war Schicksal. Und sie würde das Beste daraus machen.

»Super«, sagte Bex und griff nach der Weinflasche, um ihre Gläser nachzufüllen. »Aber wir sollten es uns wahrscheinlich erst einmal anschauen.«

KAPITEL 4

Daisy May wippte vor Aufregung von einem Fuß auf den anderen. Kein besonders sicheres Verhalten, wenn man bedachte, dass sie ein Auto fuhr, aber sie konnte nicht anders. Sie fühlte sich wie ein Kind an Weihnachten, das es kaum erwarten konnte, die Geschenke auszupacken, die unter dem Baum lagen. Sie war überzeugt, dass der Weihnachtsmann ihre Wünsche erhört und ihr alles gebracht hatte, was auf ihrer Wunschliste stand.

»Wie lange dauert es noch?«, fragte Bex.

»Vier Minuten«, antwortete Daisy und warf einen Blick auf das Navi, während sich ihr Magen vor Aufregung zusammenzog. »Aber dann sind wir erst beim Parkplatz. Von dort aus müssen wir zu Fuß zur Schleuse gehen. Ich bin mir nicht sicher, wie weit das noch ist.«

»Wenigstens haben wir schönes Wetter. Danke, dass du mich mitgenommen hast.«

»Im Ernst? Alleine hätte ich das niemals gemacht.«

Es war Sonntagmorgen, neun Tage nachdem Daisy das Schreiben des Anwalts erhalten hatte. Obwohl sie die offiziellen

Papiere bereits unterschrieben und die Schlüssel zur *September Rose* erhalten hatte, wäre dies das erste Mal, dass sie das Boot tatsächlich sah. Eigentlich hätte sie schon einen Tag früher fahren können – und das hätte sie auch gewollt –, aber Bex hatte ein Lunch-Date mit einem potenziellen neuen Partner gehabt, und Daisy brauchte ihre Freundin an ihrer Seite. Außerdem war es Bex gewesen, die den Termin mit dem Makler organisiert hatte. Es hätte sich falsch angefühlt, sie nicht mitzunehmen.

Die Schleuse von *Wildflower Lock* war eine gute Stunde von Daisys Zuhause im Norden von London entfernt, und je länger sie fuhren, desto heller wurde der Himmel. Als sie sich dem Parkplatz näherten, strahlte ein prachtvolles Blau über ihnen. Eine sanfte Brise strich durch die Bäume, sodass ein bewegtes Schattenmuster auf die Straße fiel.

»Ich vergesse immer, wie grün es außerhalb der Stadt ist«, sagte Bex und sprach damit genau das aus, was Daisy gedacht hatte.

»Im Frühling ist alles grün. Ich bin mir nicht sicher, ob mir diese Landstraßen im Winter gefallen würden.« Nicht, dass sie vorhatte, das Boot so lange zu behalten. Je schneller sie es verkaufen konnte, desto besser. »Wann sollten wir uns mit dem Makler treffen?«

»Zwölf Uhr dreißig«, antwortete Bex mit einem Blick auf die Uhr. »Das bedeutet, wir werden zu früh da sein. Das gibt uns die Gelegenheit, uns ein wenig umzusehen. Vielleicht hat dein Großvater Dinge in der *September Rose* hinterlassen, die sich ebenfalls verkaufen lassen.«

Diese Möglichkeit hatte Daisy noch gar nicht in Betracht gezogen. Das Boot könnte voller Schätze sein. Vielleicht brauchte sie gar keine Hypothek mehr. Wenn das Boot so viel wert war, wie sie hoffte, und sich noch verkäufliche Gegenstände darin befanden, eröffneten sich ihr ganz neue

Möglichkeiten. Sie war so in Gedanken versunken, dass sie beinahe die Abzweigung verpasst hätte.

»Abbiegen!«, rief Bex.

Daisy trat auf die Bremse und nahm die Kurve viel schneller, als gut gewesen wäre. Die Straße wurde zu einem holprigen Kiesweg, der auf einen großen Parkplatz führte, der deutlich geschäftiger war, als sie erwartet hätte. Auf einem Holzschild stand: *Parkplatz Wildflower Lock.*

»Ich schätze, das sonnige Wetter hat die Menschen aus ihren Häusern gelockt«, sagte sie, während sie den Parkplatz nach einer Lücke absuchte. Aus den Autos stiegen Familien, Hundebesitzer und Männer und Frauen mit riesigen Surfboards unter den Armen.

»Glaubst du, wir können hier irgendwo parken? Vielleicht gibt es einen speziellen Parkplatz für Bootsbesitzer?«

»Da du deines nicht mehr lange besitzen wirst, schlage ich vor, du parkst einfach irgendwo.«

Daisy musste einsehen, dass Bex wahrscheinlich recht hatte, und parkte neben einem Range Rover. Ein Mann mittleren Alters versuchte, einen ergrauten Labrador dazu zu bewegen, aus dem Auto zu springen, während ihn seine Frau anzuflehen schien, den Hund einfach herauszuheben.

Daisy stieg aus ihrem Auto, schlug die Tür zu und nahm sich einen Moment Zeit, um tief durchzuatmen. Die Luft war frisch und hatte eine belebende Klarheit, die man in London zwischen dem ganzen Rauch und den Abgasen kaum noch fand. Hier roch es nach Land, taufrischem Gras und blühenden Blumen. Es war belebend. Es erinnerte Daisy an die Campingurlaube in Frankreich, die sie früher mit ihrer Mutter gemacht hatte. Sie hatten jeweils ihr kleines Auto beladen und waren mit der Fähre von der grauen Küste Englands in eine andere Welt gefahren. Der Duft entspannte

Daisy, als könnte sie einfach die Augen schließen und in einen friedlichen Schlaf sinken.

»Ich schätze, das ist der Grund, warum dieser Ort *Wildflower Lock* heißt«, sagte Bex.

Daisy folgte Bex' Blick und erkannte mehrere Reihen buschiger, violettfarbener Blumen. Da es Frühling war, begannen sie gerade erst zu blühen, aber selbst aus dieser Entfernung konnte sie die vielen Bienen und Schmetterlinge sehen, die von einem Stängel zum nächsten flogen. Daisy stellte fest, dass der Duft von dort kam. Lavendel. Sie ging hinüber und strich mit der Hand über die zarten, violetten Blüten, was das Aroma um sie herum noch verstärkte. Die Bewegung hatte etwas Vertrautes. Wahrscheinlich nur ein Déjà-vu, denn sie konnte sich nicht erinnern, je von so viel Lavendel umgeben gewesen zu sein, geschweige denn, ihn gestreichelt zu haben. Mit einem Blinzeln schüttelte sie das Gefühl ab und drehte sich zu Bex um.

»Dann mal los. Finden wir das Boot.«

Ein gewundener Pfad führte vom Parkplatz hinauf zum Kanal und zur Schleuse. Leider wurde es immer voller, als sie sich durch ein enges Tor drängten. Daisy wartete so geduldig, wie sie konnte, während die Vorfreude ihren Körper kribbeln ließ und sie unruhig von einem Fuß auf den anderen trat. Als sie endlich durch das Tor traten, hielt sie abrupt inne.

»Wow, das ist unglaublich«, sagte Bex, obwohl das Wort »unglaublich« der Aussicht vor ihnen nicht gerecht wurde.

Natürlich hatte sie schon viele Hausboote gesehen – in London war das kaum zu vermeiden. In Camden, Islington und Canary Wharf gab es viele Leute, die diese Lebensweise gewählt hatten, aber sie hatte die Boote immer nur beim Vorübergehen gesehen. Sie hatte ihnen höchstens einen flüchtigen Blick zugeworfen, während sie zur Arbeit hetzte, sich mit einer Freundin traf oder nach einem Einkaufsbummel nach Hause eilte – wirklich angeschaut hatte sie sie nie. Nicht so wie jetzt.

»Die sind wunderschön«, brachte sie schließlich heraus.

»Welches, glaubst du, gehört dir?«

»Ich weiß es nicht. Ich schätze, wir sollten es herausfinden«, sagte sie, obwohl sie es nicht eilig hatte, weiterzugehen. Am liebsten wäre sie einfach hier stehen geblieben, um sich von der Ruhe und der friedlichen Atmosphäre einhüllen zu lassen.

Es war leicht zu erkennen, warum diese Boote so viel wert waren. Ihr Blick fiel auf eines, dessen Dach mit großen, hölzernen Pflanzenkästen bedeckt war, aus denen grüne Triebe sprossen. Es gab sogar Bohnenstangen, auch wenn momentan nichts daran wuchs. Es war beeindruckend, wie die Besitzer das gesamte Dach des Bootes in einen kleinen Garten verwandelt hatten.

Ein anderes Boot fuhr langsam den Kanal hinauf und war ganzflächig mit Sternen bemalt. Nicht mit kindlichen, gelben, spitzen Sternen, sondern mit echten Sternenkonstellationen, die sogar beschriftet waren, damit man wusste, welche man anschaute. Daisy fragte sich, ob der Bewohner dieses Bootes ein Teleskop besaß – schließlich gab es kaum einen besseren Ort, um die Sterne zu beobachten.

Jedes Boot hatte seine eigene Persönlichkeit, ganz zu schweigen von seinen Namen. Da waren die *LC Amelia,* der *Nauti Buoy* und die *Dusty Springfield* – letztere ein graues, schmuckloses Boot, bei dem Daisy den Bezug zur Sängerin nicht ganz nachvollziehen konnte.

Ein seltsames Gefühl von Stolz durchströmte sie, als sie daran dachte, dass sie selbst eines dieser wunderschönen Boote besaß. Allerdings nur für kurze Zeit, erinnerte sie sich. Dieser Gedanke ließ sie auf ihre Uhr schauen. Es würde nicht mehr lange dauern, bis sie sich mit dem Makler trafen, und sie wollte sich ihr Boot unbedingt vorher ansehen.

Aber es gab viele Boote, die sie abklappern mussten.

»Wie sollen wir das angehen?«, fragte sie Bex, die sich ziellos von ihr entfernte. »Sollen wir in verschiedene Richtungen gehen und anrufen, wenn wir es gefunden haben?«

»Oder wir könnten einfach jemanden fragen«, schlug Bex ganz vernünftig vor. »Dein Großvater besaß das Boot eine ganze Weile, oder? Vielleicht kennt ihn jemand – oder kannte ihn.«

Während Daisy darüber nachdachte, schaute sie den Kanal entlang. Boote, so weit das Auge reichte. Auf beiden Seiten des Kanals. Sie könnten leicht eine Stunde hier verbringen, ohne herauszufinden, welches davon ihr gehörte.

»Das ist wahrscheinlich eine gute Idee«, stimmte sie zu.

Daisy sah sich um und entdeckte eine Frau, die an einer Leine Wäsche aufhängte. Gott sei Dank hatte Daisy kein Problem damit, mit Fremden zu sprechen – was sicher auch auf ihre häufigen Jobwechsel zurückzuführen war. Sie näherte sich der Dame, die etwa so alt wie ihre Mutter war, und räusperte sich.

»Entschuldigung, könnten Sie mir vielleicht helfen?«

Die Frau hob nicht einmal den Kopf, während sie ein großes Laken an die Leine hängte.

»Wenn Sie eine Paddleboard-Lizenz benötigen, müssen Sie rüber nach *Papermill Lock*. Oder Sie können es online machen, glaube ich. Aber fragen Sie mich nicht, wie.«

»Nein, es geht nicht um Paddleboarding«, sagte Daisy, plötzlich nicht mehr ganz so selbstsicher. Wenigstens verstand sie jetzt, dass es wohl Paddleboards und nicht Surfbretter waren, welche die Leute unter ihren Armen trugen. »Ich suche nach einem bestimmten Boot. Ich glaube, es liegt schon eine Weile hier.«

Jetzt hörte die Frau auf, die Wäsche aufzuhängen, und sah sie an. »Ach so? Wie heißt es denn, Darling?«

»Die *September Rose*. Sie gehörte Fred Collins.«

Der Mund der Frau klappte auf. »Guter Gott«, sagte sie leise, bevor sie etwas Unverständliches vor sich hin murmelte.

»Alles in Ordnung?«, fragte Daisy. »Kannten Sie Fred? Kennen Sie das Boot?«

Die Frau blinzelte und schluckte mehrmals schwer.

»Ja, wir alle kannten Fred. Nun, wenn es die *Rose* ist, die Sie suchen, dann gehen Sie einfach in diese Richtung.« Sie nickte den Kanal entlang. »Sie ist neben dem schwarzen Schuppen vertäut. Sie können sie nicht verfehlen.«

»Diese Richtung?«, vergewisserte sich Daisy, nur um ganz sicherzugehen.

»Beim schwarzen Schuppen«, bestätigte die Frau.

Zuversichtlich, dass sie in die richtige Richtung ging, schenkte Daisy der Frau ein warmes Lächeln. »Danke. Ich sollte mich auf den Weg machen. Ich habe viel vor.«

Die Frau nickte nur knapp. »Das glaube ich gern«, sagte sie.

KAPITEL 5

»Du hättest sie fragen sollen, wie weit der schwarze Schuppen entfernt ist«, sagte Bex, während sie weiter dem Kanal folgten. Ja, das hätte sie vielleicht tun sollen. Daisy war sich sicher, dass sie mindestens einen Kilometer gegangen waren, und bisher war kein schwarzer Schuppen in Sicht gekommen. Sie hatten viele braune und einen weißen Schuppen gesehen, dazu mehrere, die so verfallen waren, dass es schwer war zu sagen, welche Farbe sie einmal gehabt hatten. Trotzdem war keiner davon schwarz gewesen.

»Vielleicht solltest du zurückgehen oder jemand anderen fragen«, sagte Bex.

»Sie hat eindeutig gesagt, es sei in dieser Richtung«, beharrte Daisy. »Lass uns noch zwei Minuten geben, dann fragen wir noch einmal jemanden.«

Kaum hatte sie das gesagt, kam ein kleines Gebäude in Sicht. Die Holzplanken benötigten dringend einen frischen Anstrich, und an manchen Stellen hing das Dachmaterial herunter, aber es war eindeutig ein schwarzer Schuppen. Und dort, direkt davor vertäut, lag eines der schönsten Boote, die Daisy je gesehen hatte.

Ungläubig blieb Daisy stehen.

»Ich glaube, du hast den Jackpot geknackt«, sagte Bex.

Für einen Moment war Daisy sprachlos. Jackpot war das passende Wort. Es war nicht das größte Boot, das sie heute gesehen hatten, aber es war atemberaubend schön. Das hellblaue Oberdeck reflektierte das Sonnenlicht, sodass die Farbe fast mit dem Himmel verschmolz, und der Rumpf glänzte schwarz. Das Holz um die Fenster und Türen herum hatte einen warmen, goldenen Farbton, und das Metall war perfekt poliert.

Während sie dort stand und staunte, versank Daisy in einem Tagtraum. Nicht in einem, in dem sie einen riesigen Scheck überreicht bekam – dieser Gedanke hatte sie den größten Teil der vergangenen Woche verfolgt –, sondern in einem, in dem sie auf diesem Boot stand und die nach Lavendel duftende Luft einatmete, während Vögel über ihr kreisten. Der Gedanke währte nicht lange. Schließlich wusste sie nichts über Boote, und darüber nachzudenken, es zu behalten, wäre unsinnig.

»Vielleicht sollten wir uns darin umsehen, bevor der Makler kommt«, sagte Daisy und richtete ihre Aufmerksamkeit wieder auf ihr Hauptziel: das Geld.

»Nach dir«, sagte Bex und machte eine einladende Geste in Richtung des Bootes.

Schmetterlinge flatterten in Daisys Magen. Sie war wirklich nervös, und das aus verschiedenen Gründen. Dies war ein Teil ihrer Geschichte – der Geschichte ihres Großvaters. Bei diesem Gedanken verspürte sie einen Hauch von Bedauern. Hätte sie sich nach der Beerdigung ihres Vaters darum bemüht, hätte sie ihren Großvater vielleicht näher kennenlernen und sogar hier besuchen können, als er noch lebte.

Andererseits wäre das eher unwahrscheinlich gewesen. Er hatte gewusst, wo sie wohnte; schließlich war er vor ihrer Haustür aufgetaucht. Trotzdem hatte er nie versucht, seine Enkelin kennenzulernen. Nein, dieses Boot war nur ein letzter Versuch, die Schuldgefühle zu lindern, die er empfand, weil er nie Teil ihres Lebens gewesen war. Es zu verkaufen, war die einzig richtige Entscheidung.

Mit diesem Gedanken machte sie einen großen Schritt über den Spalt hinweg und betrat das Boot. Die kleine Eingangstür war mit zwei langen Glasscheiben versehen, sodass Daisy leicht hineinsehen konnte. Es gab ein schmales Sofa und einen Kaminofen in einer Ecke. Der Boden bestand aus dem gleichen hellen Holz wie außen, während die Decke in einem dunklen Blau gestrichen war. Ihr Großvater hatte einen guten Geschmack gehabt; das Innere entsprach eher dem, was man in einer schicken Junggesellenwohnung erwarten würde, nicht im Zuhause eines älteren Herrn. Aber vielleicht war ihr Großvater in den letzten Jahren seines Lebens tatsächlich allein gewesen. Sie wusste so wenig über ihn, dass das durchaus möglich war.

»Okay, schauen wir mal, welcher dieser Schlüssel passt«, sagte sie und zog den Bund hervor, der ihr von der Anwaltskanzlei überreicht worden war. Es war wirklich eine bunte Mischung. Es waren ein paar kleine, moderne Schlüssel für Zylinderschlösser dabei, aber auch eine Auswahl an wesentlich älteren und in einigen Fällen sogar verrosteten Exemplaren. Leider schien auf den ersten Blick keiner davon zum Schloss der Tür zu passen.

»Probier einfach einen aus«, sagte Bex. »Einen von den Dünnen vielleicht?«

Daisy folgte dem Rat ihrer Freundin und wählte den Schlüssel, der am ehesten zu passen schien, obwohl sie kurz darauf bemerkte, dass er nicht passen würde. Er war zwar dünn genug, aber mindestens einen Millimeter zu lang. Frustriert drückte sie die Türklinke herunter, und die Tür schwang auf.

Ihre Augen weiteten sich überrascht.

»Sie ist offen?«, sagte sie.

Bex erstarrte. »Ich nehme an, die Anwälte haben nicht nachgesehen, bevor sie dir den Brief geschickt haben«, sagte sie. »Du könntest sie wahrscheinlich sogar verklagen. Jemand hätte einbrechen können. Es hätte alles Mögliche gestohlen werden können.«

»Ich denke, diese Art von Leuten gibt es hier nicht«, sagte Daisy und öffnete die Tür etwas weiter.

»Na los, worauf wartest du noch?«, sagte Bex, als Daisy einfach dort stehen blieb und die Tür anstarrte. »Das ist gut. Jetzt können wir uns richtig umsehen.«

Ohne auf Daisys Antwort zu warten, ging Bex die Stufen hinunter.

»Dieses Sofa ist wirklich bequem«, sagte sie, obwohl sie wenige Momente später schon wieder auf den Beinen war. »Oh mein Gott, es gibt sogar eine schicke Kaffeemaschine.«

Daisy tastete sich die Stufen hinunter und hielt im Küchenbereich des Bootes inne. Eine Küche, die zwar klein war, aber über modernere Geräte verfügte als Daisys Wohnung. Etwas, das sie umso dringender ändern wollte, je mehr sie sich hier umsah. Andererseits würde sie wohl bald keinen Vermieter mehr haben.

Allmählich fühlte sich Daisy wohl in dieser neuen Umgebung und ging weiter durch das Boot. Sie hatte gedacht, es würde sich wackelig anfühlen und von einer Seite zur anderen schaukeln, aber stattdessen fühlte es sich ganz normal und natürlich an. Sie hob die Hand, strich über die Decke und atmete tief ein. Seltsam. Sie hatte nicht damit gerechnet, ein so tiefes Gefühl der Zugehörigkeit zu verspüren. Vielleicht hatte sich ihr Vater auch mit dem Wasser verbunden gefühlt, dachte sie.

Der Gedanke überraschte sie. In der vergangenen Woche hatte sie es bewusst vermieden, an den Mann zu denken, der sie und ihre Mutter verlassen hatte, und sie hatte sicherlich nicht damit gerechnet, dass dieses Erbe eine emotionale Verbindung zu ihm mit sich bringen würde. Warum würde sie sich auch mit einem Mann verbunden fühlen, der seine Familie im Stich gelassen hatte? Sie unterdrückte diese sentimentalen Gefühle, während sie weiter das Boot erkundete.

Wenn sie an die Boote dachte, die sie online zum Verkauf gesehen hatte, musste dieses hier zu den allerbesten gehören. Ja, es würde eine ordentliche Anzahlung einbringen und mehr als genug Geld für einen Urlaub im Ausland. Vielleicht würde sie sogar ihre Mutter mitnehmen – auch wenn sie erst noch herausfinden musste, wie sie ihr das Ganze erklären sollte.

»Komm schon, ich will den Rest sehen«, sagte Bex, ohne Anzeichen von Müdigkeit zu zeigen. »Hier muss es doch ein Badezimmer geben, oder? Ich frage mich, wie es aussieht. Glaubst du, es gibt eine richtige Badewanne? Wenn es eine freistehende Wanne ist, muss ich vielleicht selbst hier einziehen. Komm schon!« Dieses Mal betonte sie das letzte Wort noch eindringlicher. »Das ist dein Boot. Ich kann mir nicht alles ansehen, bevor du es tust.«

In diesem Punkt war sich Daisy mit Bex einig. Wenn Bex so weitermachte, würde sie bald jede Ecke des Bootes erkundet haben.

»Okay, ich komme«, sagte sie schließlich und ging tiefer ins Boot hinein. Allmählich gewann ihre eigene Aufregung die Oberhand.

Der Geruch war herrlich. Der Rauch des Kaminofens hatte sich im Holz festgesetzt, und das Aroma von frisch gebrühtem Kaffee war so stark, dass man meinen könnte, die Maschine sei gerade erst benutzt worden. Sie konnte nur vermuten, dass ihr Großvater ein Mann war, der Espresso liebte.

»Öffne eine der Türen! Öffne eine der Türen!«, sagte Bex, die immer noch durch den Raum wuselte. Unfähig, der Aufregung ihrer Freundin zu widerstehen, kam Daisy der Aufforderung nach und ging zum hinteren Ende des Bootes. Es gab drei Türen, die alle aus demselben hell gebeizten Eichenholz gefertigt waren. Ihr Großvater hatte einen konsistenten Stil gehabt. Ein Schwarm von Schmetterlingen stieg in ihr auf, als sie einen zittrigen Atemzug nahm. Dann stutzte sie. »Kannst du Wasser hören?«, sagte sie.

»Wir sind auf einem Boot. Natürlich kann ich Wasser hören.«

»Nein, das meine ich nicht so, ich meine …« Daisy brach ab. Bex hatte recht. Sie befanden sich auf einem Boot. Aber das klang wie fließendes Wasser. Wie eine Dusche oder so etwas. Vielleicht füllte jemand einen Tank oder benutzte einen Wasserschlauch. Oder vielleicht wurde in der Nähe ein Schleusentor geöffnet. Aber das war jetzt nicht wichtig. Sie würde das Boot nicht mehr lange ihr Eigen nennen können, also wollte sie jede Minute auskosten. Mit einem freudigen Grinsen schob sie die rechte Tür auf.

Der Dampf traf sie wie eine Wand. Er war warm und so dicht, dass sie für einen Moment nichts sehen konnte.

»Was zum …« Sie stolperte zurück und blinzelte, während sie versuchte, die Situation zu begreifen. Langsam begann sich der Dampf zu lichten, und ihre Augen bemühten sich, die Szene zu erfassen. Allmählich wurden Schatten und Formen deutlich, und als sich ihre Sicht klärte, wurde ihr klar, was sie vor sich sah.

Und es war kein leeres Badezimmer. Es war ein ganz und gar nicht leeres Badezimmer.

»Was zum Teufel tun Sie hier?«

KAPITEL 6

Daisy stolperte rückwärts, aber sie konnte nirgendwohin ausweichen. Sie prallte gegen die Wand, versuchte, sich umzudrehen, verlor dabei aber völlig die Orientierung und fand sich erneut in der gleichen Position wieder.

Es half auch nicht, dass sie den Blick nicht von der Gestalt vor ihr lösen konnte. Der Mann griff hastig nach einem Handtuch, um ein wenig seiner Würde zu bewahren. Als Daisy schließlich den Mut fand, ihm ins Gesicht zu schauen, starrte er sie wütend an.

»Ich … ich glaube, ich bin auf dem falschen Boot«, stotterte sie schließlich.

»Glauben Sie?« Der Mann machte einen Schritt auf sie zu, das Handtuch fest um die Hüften geschlungen. Sein langes Haar hing ihm in nassen Wellen vom Kopf. »Verschwinden Sie, bevor ich die Polizei rufe! Diese Junggesellinnen denken, sie könnten überall herumlaufen, als würde ihnen der ganze Kanal gehören.«

»Es tut uns wirklich leid. Wir gehen schon.« Bex packte

Daisys Hand und versuchte, sie wegzuziehen, aber Daisy zögerte. Sie wollte nicht, dass dieser Mann dachte, dies sei ein geschmackloser Streich anstatt eines ehrlichen Missverständnisses.

»Entschuldigen Sie bitte. Wir haben die *September Rose* gesucht. Das hier ist sie offensichtlich nicht.«

Zum ersten Mal, seit sie die Badezimmertür geöffnet hatte, veränderte sich etwas in seinem Gesicht. Die Wut wurde von Verwirrung verdrängt.

»Sie suchen die *September Rose*? Warum?«

Bex zog immer noch an ihrer Hand, offenbar bemüht, von hier zu verschwinden, bevor der Mann seine Drohung wahrmachte und die Polizei rief, aber Daisy fühlte sich verpflichtet, ihm eine Erklärung zu geben und ihren Namen reinzuwaschen.

»Ich interessiere mich für sie, das ist alles.«

Das Gesicht des Mannes verdüsterte sich. »Warum?«

Obwohl ihr klar war, dass sie im Unrecht war, begann der Tonfall des Mannes Daisy zunehmend zu nerven. Und dass er ihre privaten Gründe für ihr Interesse wissen wollte, bedeutete, dass sie ihm diese ganz bestimmt nicht verraten würde.

»Ich habe gehört, sie steht zum Verkauf«, sagte sie mit einem Hauch Schärfe in der Stimme. »Wenn Sie mir also sagen könnten, wo sie ist, wäre das eine große Hilfe.« Sie straffte die Schultern, während sie auf seine Antwort wartete. Das Bedürfnis, so schnell wie möglich zu verschwinden, war verflogen.

»Sie haben sie noch nicht gesehen?«, wiederholte der Mann.

»Offensichtlich nicht. Wie gesagt, wir dachten, es sei dieses Boot. Uns wurde gesagt, es liegt neben dem schwarzen Schuppen.«

Er schwieg einen Moment, presste die Lippen zusammen

und schien über etwas nachzudenken. Irgendetwas an diesem Gesichtsausdruck – und die Art, wie seine Lippen zu einer dünnen Linie wurden – gab Daisy ein ungutes Gefühl. Als würde er absichtlich versuchen, sein Gesicht ausdruckslos zu halten.

»Sie liegt nebenan«, sagte er schließlich und zeigte in Richtung Küche und Tür. »Wenn Sie mir eine Minute Zeit geben, ziehe ich mich an und komme, um Ihnen zu helfen.«

»Ich kann problemlos selbst auf ein Boot steigen«, erwiderte sie. Sie hatte nicht so scharf klingen wollen, aber etwas an seinem Ton störte sie. Als würde er sie für eine hilflose Jungfrau in Not halten. Als ob sie ihm für seine Hilfe dankbar sein sollte, obwohl sie nicht darum gebeten hatte. Sie verabscheute es, wenn gutaussehende Männer den Helden spielten, obwohl die meisten Frauen keinen Helden brauchten. Oder wollten.

Seine Augen verengten sich, und sein früherer Ärger kehrte in sein Gesicht zurück. »Ich wollte nicht andeuten, dass Sie nicht in der Lage dazu sind. Ich habe nur meine Hilfe angeboten.«

»Danke«, erwiderte sie, jetzt bewusst sanfter. »Aber ich habe Sie schon lange genug aufgehalten. Ich lasse Sie jetzt in Ruhe, damit Sie sich anziehen können.«

Daisy nickte dem Mann ein letztes Mal zu, dann bedeutete sie Bex, das Boot zu verlassen. Sie folgten der Länge des Bootes zu den Stufen.

Aus irgendeinem Grund begann ihr Herz heftig zu klopfen, doch sie ging bewusst ruhig weiter und wagte es nicht, zurückzuschauen. Nicht einmal einen flüchtigen Blick über die Schulter. Trotzdem spürte sie seine Augen auf sich ruhen. Waren sie braun oder blau? Sie wollte es herausfinden, verscheuchte diesen Gedanken aber schnell.

Warum um Himmels willen sollte es eine Rolle spielen, welche Farbe seine Augen hatten? Sie hatte gerade einmal zwei Minuten mit dem Mann gesprochen, und das hatte gereicht, um zu erkennen, dass er ein selbstgerechter Besserwisser war.

Sie ging die Stufen hinunter und verließ das Boot, als er ihnen etwas hinterherrief.

»Viel Glück!«, kam seine Stimme aus dem Boot.

Daisy holte tief Luft und weigerte sich, zurückzuschauen. Mit geballten Fäusten duckte sie sich durch die Tür und trat nach draußen auf das hintere Deck. Erst als sie den festen Boden des Ufers unter sich spürte, konnte sie wieder richtig atmen. Ein Adrenalinstoß ließ sie ihre Hände auf die Knie stützen. Daisy hatte gerade erst ihr Gleichgewicht wiedergefunden, als Bex in lautes Gelächter ausbrach.

»Oh, ich hätte nichts dagegen, jeden Morgen neben dem Typen aufzuwachen«, sagte sie, direkt wie immer und völlig unbeeindruckt davon, dass er möglicherweise noch in Hörweite war.

»Soll das ein Witz sein?«, erwiderte Daisy und richtete sich auf. »Mal abgesehen von seinem offensichtlichen Helden-Komplex verbringt ein Mann mit so einem Körper viel zu viel Zeit im Fitnessstudio. Und was sollte dieser letzte Kommentar? Viel Glück? Denkt er, dass wir nicht mit einem Boot klarkommen, nur weil wir Frauen sind?«

»Ich bin sicher, er wollte nur nett sein«, sagte Bex, aber Daisy war nicht überzeugt.

Sie grübelte immer noch, als ihr einfiel, dass sie einen Termin hatten und ihr Boot finden mussten, bevor der Makler eintraf. Zum Glück war es nicht weit. Sie drehte sich um und schaute zum nächsten Liegeplatz. Und tatsächlich, da lag ein Boot, direkt neben dem schwarzen Schuppen, ganz wie die

Frau gesagt hatte. Der Anblick verschlug Daisy die Sprache. Plötzlich wusste sie ganz genau, was der Mann mit »viel Glück« gemeint hatte. Wenn das wirklich ihr Boot war, würde sie jede Hilfe brauchen, die sie bekommen konnte.

KAPITEL 7

Die beiden Frauen standen schweigend da und starrten das Boot vor sich an. Irgendwo in der Ferne hörten sie Rufe, Gelächter und sogar Schreie – Geräusche, die normalerweise Daisys Aufmerksamkeit auf sich gezogen hätten. Doch jetzt stand sie wie versteinert da. Ihre Füße schienen im Boden verwurzelt zu sein, und ihr ganzer Körper war angespannt, während sie versuchte, den Anblick zu verarbeiten.

»Also, es ist nicht in so gutem Zustand wie die anderen Boote«, sagte Bex und fand endlich etwas, das sie sagen konnte. »Aber ich bin sicher, ein wenig Farbe würde schon viel ausmachen.«

Normalerweise bewunderte Daisy die Fähigkeit ihrer Freundin, in jeder Situation das Positive zu sehen, aber manchmal konnte man die Augen nicht vor der Realität verschließen. Dieses Boot brauchte viel mehr als nur einen neuen Anstrich.

Daisy machte einen zögerlichen Schritt nach vorn. Irgendwann war das Boot offenbar rot und cremefarben gestrichen gewesen, aber das Rot war zu einem schmutzigen Orangebraun verblasst, und die Farbe war an den meisten Stellen abgeblättert. Die cremefarbenen Stellen waren so schmutzig, dass sie fast denselben Farbton angenommen hatten. Unter einer dicken Schicht Dreck war noch knapp ein Name zu erkennen: *September Rose.* Das war tatsächlich das Boot, das sie geerbt hatte.

Im Gegensatz zu den stabilen, doppelt verglasten Fenstern auf dem Boot nebenan, hatten diese hier Holzrahmen, die stellenweise rissig und verzogen waren. Obwohl die meisten Scheiben intakt waren, waren sie so dick mit Schmutz bedeckt, dass man praktisch nicht hindurchsehen konnte.

»Zumindest ist es noch in einem Stück«, sagte Bex, weiterhin bemüht, etwas Positives zu finden. »Es könnte schlimmer sein. Es könnte sinken. Und es ist groß. Es ist definitiv breiter als die anderen. Und länger. Ich bin sicher, man könnte ein Kingsize-Bett reinbekommen – wenn man das wollte.«

Mit zusammengebissenen Zähnen ging Daisy etwas näher heran. Es war nicht nur der Schmutz. Während das Deck des Bootes am Parkplatz in einen kleinen Garten verwandelt worden war, glich dieses hier einem Schrottplatz voller veralgter Seile und rostiger Ketten. Daisys Hoffnung, im Inneren etwas Verkäufliches zu finden, schwand rapide.

Mit dem Ärmel ihres Oberteils wischte sie einen kleinen Kreis auf einem Fenster sauber, damit sie hindurchspähen konnte.

»Es ist voller Schachteln«, sagte sie. Sie wollte genauer hinsehen, war sich aber bewusst, dass auf dem Glas womöglich tausend Arten von Krankheitserregern lauerten. »Ich kann nicht einmal erkennen, ob da Möbel drin sind.«

Sie stieß ein niedergeschlagenes Seufzen aus, und der Traum von einem Urlaub verpuffte ins Nichts. Doch bevor sie in Selbstmitleid versinken konnte, trat Bex neben sie und nahm ihre Hand.

»Ich weiß, es ist enttäuschend«, sagte sie. »Vor allem, nachdem wir dachten, dass es das da sei.« Sie nickte zu dem Boot rechts von ihnen. »Aber du hast immer noch ein eigenes Boot. Vielleicht bekommst du nicht so viel dafür, wie du gehofft hast, aber es ist besser als nichts, oder? Im schlimmsten Fall verkaufst du es und machst den besten Urlaub deines Lebens.«

Bex hatte recht. Natürlich war es besser als nichts. Selbst wenn sie nur hundert Pfund für dieses verrostete, von Spinnweben bedeckte Wrack bekommen würde, wäre das ein unerwarteter Bonus. Doch als sie auf das andere Boot gestiegen war, hatte sich etwas in ihr verändert. Dieses Gefühl von Zugehörigkeit … Sie würde es einfach unterdrücken müssen. Eigentlich war der schlechte Zustand dieses Boots sogar ein Vorteil, denn so würde Daisy sicher keine Zweifel bekommen, ob sie es wirklich verkaufen sollte.

Daisy überlegte, wie sie das ungute Gefühl in ihrem Bauch in etwas Positives verwandeln könnte, als Bex' Handy klingelte.

»Es ist der Makler. Er ist hier.«

Der Makler. Daisys Magen verkrampfte sich noch mehr, doch Bex zuliebe zwang sie sich zu einem Lächeln.

»Wir sollten hingehen und mit ihm sprechen«, sagte sie. »Man weiß ja nie, vielleicht hat er gute Nachrichten.«

»ACH, WENN ICH SO ETWAS SEHE, WERDE ICH IMMER TRAURIG«, sagte der Makler und strich mit der Hand über das Deck des Bootes. »Ich bin sicher, dass sie früher einmal eine echte Schönheit war. Gut gebaut, daran besteht kein Zweifel. Eine

Menge Potenzial. Der Besitzer hatte einfach keine Zeit, ihr die notwendige Pflege zu geben. Oder vielleicht wollte er sich die Zeit nicht nehmen. Meiner Meinung nach sollten solche Leute kein Boot besitzen dürfen. Es ist wie ein Haustier. Wenn man nicht bereit ist, sich darum zu kümmern, sollte man keines haben.«

Er war ein kleiner, stämmiger Mann, dessen Anzug an den Armen etwas zu lang war. Mit seinen dicken Brillengläsern und dem großen Aktenkoffer wirkte er wie ein typischer Hausierer.

»Mein Großvater war schon sehr alt«, sagte Daisy, die das merkwürdige Bedürfnis hatte, einen Mann zu verteidigen, den sie nur einmal kurz getroffen hatte. Sie wusste gar nicht, wie alt er gewesen war. »Ich bin sicher, er hat alles getan, was er konnte.«

»Natürlich, natürlich.« Der Makler hob entschuldigend die Hände. »Das sollte keine Beleidigung sein. Aber ein Boot in diesem Zustand ist schwer zu verkaufen. Sehr schwer sogar. Schade, denn es ist ein ganz besonderes Boot, das Sie da haben. Sehr gute Größe und, wie gesagt, gute Substanz.«

»Das heißt, es könnte trotzdem eine ordentliche Summe wert sein?«, fragte sie hoffnungsvoll. Es machte ihr nichts aus, ein bisschen länger auf den Verkauf zu warten, solange es am Ende Geld einbrachte. Doch ihre Frage wurde nicht mit der erhofften Antwort bedacht; der Makler warf den Kopf zurück und lachte.

»In diesem Zustand? Da sollten Sie froh sein, wenn Sie überhaupt etwas dafür bekommen. Ein Käufer müsste all diese Kartons leeren und es aus dem Wasser holen, um den Rumpf zu streichen, und das alles in der Hoffnung, dass der Motor noch läuft. Hier geht es oft nicht um den Preis, sondern um die Zeit, die man investieren muss. Die Leute haben einfach nicht die Zeit, um all diese banalen Aufgaben zu erledigen.«

Daisy betrachtete das Boot. Sie hatten es noch nicht einmal betreten, und der Schlüsselbund in ihrer Tasche fühlte sich schwer an. Bex hatte, genau wie Daisy, einen Teil des Schmutzes von einer Fensterscheibe gewischt, um einen Blick ins Innere zu erhaschen. Doch Daisys Gedanken waren ganz woanders.

»Sie denken also, wenn ich diese Dinge erledige … das Deck streiche, sagten Sie?«

»Den Rumpf«, korrigierte der Makler.

»Ja, den Rumpf. Wenn ich den Rumpf streiche, die Kartons entferne, die Fenster putze und vielleicht noch etwas frische Farbe auftrage – meinen Sie, dass es dann mehr wert wäre? Deutlich mehr?«

Der Makler schob seine Brille nach unten und schaute Daisy über den Rand hinweg an. »Es ließe sich schneller verkaufen, und wir könnten sicherlich einen höheren Preis erzielen. Sie sollten sich jedoch die Frage stellen, ob Sie auch wirklich die Zeit dafür haben. Ich bin sicher, dass eine junge Frau wie Sie an den Wochenenden Besseres zu tun hat, als ein Boot zu schrubben und sich die Nägel schmutzig zu machen. Wenn ich Ihnen einen Rat geben darf: Begrenzen Sie Ihre Verluste und lassen Sie mich Ihnen ein Angebot machen. Ich denke, dass ich es problemlos als Schrott veräußern kann.«

Vieles von dem, was er sagte, ließ Daisy schaudern – besonders der Kommentar zu ihren Nägeln. Ja, sie waren lackiert, aber nur, weil Claire ihrer Tochter Amelia zu Weihnachten ein Gel-Maniküre-Set geschenkt hatte und Amelia bei Daisys Besuchen gern an ihr übte. Das bedeutete sicher nicht, dass sie sich nicht die Hände schmutzig machen wollte. Und warum machte er all diese Bemerkungen über das Potenzial des

Bootes und sagte dann, dass er es als Schrott verkaufen wollte? Offensichtlich hoffte er, dass sie es ihm billig überließ, damit er es selbst herrichten und den Gewinn einstreichen konnte.

Sie betrachtete noch einmal das Boot des Nachbarn und richtete den Blick dann wieder auf ihres. Würde es wirklich so viel Arbeit erfordern, etwas Stilvolles daraus zu machen? Es hatte eine Zeit in ihrem Leben gegeben, da hatte sie in Erwägung gezogen, Künstlerin zu werden. Sie hatte definitiv ein Auge für Ästhetik und Design. Vielleicht war dieses Projekt genau das Richtige, um ihre kreative Seite neu zu entdecken. Sie könnte die *September Rose* in einen anständigen Zustand bringen, verkaufen und am Ende einen guten Gewinn machen.

Mit neu gewonnenem Selbstvertrauen drehte sich Daisy zum Makler um und lächelte.

»Wissen Sie was? Ich glaube, ich habe es mir anders überlegt.«

KAPITEL 8

Daisy beobachtete, wie der Makler zum Parkplatz zurückging, während er in sein Handy sprach. Sein Verhalten schien nicht so recht zur Ruhe des Flusses zu passen. Trotz der zahlreichen Paddleboarder und Spaziergänger mit Hunden war dies ein unglaublich friedlicher Ort.

Bisher hatte Daisy immer gedacht, alle Flussufer seien von grünem Schilf bedeckt, zwischen dem kaum Platz für Blumen und Farben blieb. Doch als sie sich die Zeit nahm, ihre Umgebung genauer zu betrachten, wurde ihr klar, wie sehr sie sich geirrt hatte. Hohe, indigoblaue Blüten ragten aus den grünen Blättern hervor, und zwischen den langen Schilfrohren verbargen sich violette Blumen. Schmetterlinge flatterten von einer gelben Blüte zur nächsten, und Daisy entdeckte sogar Libellen. Sie konnte sich nicht erinnern, wann sie in London zuletzt eine Libelle gesehen hatte – es musste mindestens zwei Jahre her sein, doch hier tanzten gleich zwei direkt vor ihr über dem Wasser.

»Also, gehen wir jetzt rein, oder?«, fragte Bex.

Daisy blinzelte und riss sich von ihren Beobachtungen los.

Später würde sie noch genug Zeit haben, sich die Libellen anzusehen. Jetzt musste sie sich an die Arbeit machen.

Nachdem Daisy einen Blick in den Schlüsselbund geworfen hatte, der ihr übergeben worden war, fand sie den Schlüssel für das verrostete Vorhängeschloss an der Tür. Sie schloss es auf und öffnete die Tür, aber dann kam sie nicht mehr weiter. Der Weg ins Boot war zwar nicht versperrt, aber die Luft war extrem staubig. Sie hielt sich Mund und Nase zu, hustete und spuckte die eingeatmete Luft sofort wieder aus.

»Vielleicht sollten wir einfach die Fenster öffnen?« Bex benutzte ihren Ärmel als Maske, als sie eintrat. »Oder ich könnte den Makler noch einmal anrufen? Es wäre bestimmt noch nicht zu spät.«

Daisy hatte aufgehört zu husten, schüttelte den Kopf und ging zu den Fenstern, wo sie einen der Verschlüsse öffnete und daran zog. Sie zog ein zweites Mal, diesmal etwas kräftiger, doch das Fenster rührte sich immer noch nicht.

Der Staub hatte den Spalt um das Fenster herum mit einer dicken schwarzen Schicht verstopft. Das Holz hatte sich ebenfalls ein wenig verzogen, aber so schnell würde Daisy nicht aufgeben. Sie benutzte beide Hände und betete innerlich, dass das Glas nicht zerbrechen würde. Dann zog sie ein weiteres Mal mit aller Kraft daran. Diesmal klappte es. Das Fenster öffnete sich einen halben Zentimeter nach innen. Noch ein Ruck, und es war komplett offen, obwohl sie wusste, dass es sehr viel mehr als ein offenes Fenster brauchte, um dieses Boot in Ordnung zu bringen.

»Hast du schon einen Plan, wie du das hier angehen willst?«, fragte Bex direkt, wie immer. »Ich meine, das ist eine Menge Arbeit.«

Daisy atmete tief ein. Normalerweise machte es ihr nichts aus, zuzugeben, eine falsche Entscheidung getroffen zu haben – das hatte sich auch bei ihren vergangenen Jobs gezeigt.

Nach allem, was mit Paul und ihren Plänen, eine Kunstschule zu besuchen, passiert war, hatte sie ihren Stolz längst begraben. Aber dieses Mal war es anders. Sie wollte dem Makler nicht die Genugtuung geben, ihn noch einmal anzurufen.

»Der Boden sieht gut aus«, sagte sie, als sie ein paar Kartons beiseiteschob, um ihre Hand darauf zu legen. Er war trocken, was ein gutes Zeichen sein musste. Sie hatte keinen Zweifel, dass Abschleifen und Lackieren reichen würden, um ihn wieder schön aussehen zu lassen. Nicht, dass sie wusste, wie man so etwas machte. Es würde auch helfen, wenn sie besser sehen und leichter atmen könnte. Das offene Fenster und die Tür reichten kaum aus, um ordentlich Luft ins Innere zu lassen. »Fangen wir damit an, alle Fenster zu öffnen, damit die Luft zirkulieren kann. Bevor wir nicht ein paar Reinigungsmittel haben, können wir ohnehin nicht viel machen. Ich glaube nicht, dass wir das ohne Gummihandschuhe anfassen sollten.«

Das war vielleicht ein bisschen übertrieben, aber nach dem Vorfall mit dem Mann in der Dusche und dem Schock über den Zustand ihres Bootes war Daisy viel erschöpfter, als sie erwartet hatte. Sie hatte keine Lust auf weitere Überraschungen, die in diesen Kartons auf sie warten könnten. Sie würde später in der Woche wiederkommen, vielleicht erst am Wochenende, wenn sie Zeit gehabt hatte, alles zu verdauen.

Ein Fenster war bereits offen, also bahnte sich Daisy einen Weg in den Bereich der Kochnische und versuchte, das Fenster dort zu öffnen.

»Die können für ein paar Tage offen bleiben, oder?«, überlegte sie, als ihr plötzlich ein Fehler in ihrem Plan auffiel. »In diesem Winkel kann es nicht reinregnen, oder? Und es ist nicht so, als würde jemand hier einbrechen wollen.«

Bex war gerade dabei, über einen ungewöhnlich langen Pappkarton zu steigen, um an ein weiteres Fenster heranzukommen. Sie ließ die Hand sinken und sah Daisy an, bevor sie antwortete.

»Du könntest den Nachbarn bitten, ein Auge auf das Boot zu werfen. Den Ersatzschlüssel dort lassen. Es könnte helfen, wenn ihr euch einander vorstellt und du ihm erzählst, dass das Boot jetzt dir gehört. Schließlich seid ihr jetzt Nachbarn.«

Daisy schwieg. Man brauchte kein Genie zu sein, um zu wissen, worauf Bex hinauswollte, und sie hatte nicht vor, dies mit einer Antwort zu würdigen.

Das hinderte Bex jedoch nicht daran, weiterzusprechen. »Vielleicht ist es Schicksal«, fuhr sie fort, während sie versuchte, das Fenster zu öffnen. »Ich habe keinen Ring an seinem Finger gesehen, und das Boot sah definitiv aus wie das eines Junggesellen. Keine Dekokissen weit und breit. Und er hatte ein graues Handtuch.«

»Ich glaube nicht, dass ein graues Handtuch ein universelles Zeichen für einen alleinstehenden Mann ist«, erwiderte Daisy und ärgerte sich darüber, sich doch noch auf das Gespräch eingelassen zu haben. »Und selbst wenn er Single wäre, vergisst du, dass ich nicht an einer Beziehung interessiert bin.«

»Wie könnte ich das vergessen? Aber vielleicht würde dir dieses Boot guttun. Eine Gelegenheit, die Vergangenheit hinter dir zu lassen. Nicht alle Beziehungen enden so wie bei dir und Paul.«

Daisy riss das Fenster mit so viel Kraft auf, dass sie zurückstolperte.

»Willst du wirklich in einem so engen Raum Paul zur Sprache bringen?«, fragte sie, als sie ihr Gleichgewicht wiedergefunden hatte.

»Du hast recht, tut mir leid.«

Bex ließ das Fenster los, stieg über ein paar Kartons und schlang ihre Arme um Daisy.

»Bitte sei mir nicht böse. Ich bin deine beste Freundin, erinnerst du dich? Ich liebe dich, und das wird auch immer so bleiben. Ich wünschte nur, du würdest auch jemand anderem erlauben, dich zu lieben.«

»Ich brauche niemanden anderen, der mich liebt. Ich mag mein Leben so, wie es ist. Und es wird noch besser werden, wenn ich dieses Boot für eine ordentliche Summe verkauft habe.«

Es kostete einiges an Kletterei und Balance, um alle Fenster im Wohnbereich zu öffnen, und jetzt musste Daisy eine Entscheidung treffen. Wie bei dem benachbarten Boot gab es hier verschlossene Türen, die zu den übrigen Bereichen führten. Dort müsste man sicherlich genauso dringend lüften, aber um dorthin zu gelangen, müsste sich Daisy regelrecht zwischen Kartons hindurchquetschen – und sie war sich nicht sicher, ob sie im Moment die Kraft dafür hatte.

»Wie wäre es, wenn wir es dabei belassen?«, sagte sie, während Bex versuchte, die Spinnweben von ihrem Mantel zu entfernen. »Ich glaube nicht, dass ich sehen will, was es dort drüben noch zu tun gibt.«

»Gott sei Dank. Ich bin wirklich nicht passend angezogen. Hätte ich gewusst, was uns erwartet, hätte ich meine Kletterschuhe angezogen.«

Kichernd griff Daisy nach ihrer Tasche und warf dem Raum einen letzten Blick zu, bevor sie zur Tür ging.

Als sie das Vorhängeschloss wieder abschloss, fühlte sich Daisy so erschöpft wie lange nicht mehr. Sie wollte unbedingt nach Hause, um mit Take-away und einem Horrorfilm zu entspannen.

Horrorfilme waren immer ihre erste Wahl, wenn das Leben überwältigend wurde. Die meisten ihrer Freunde fanden das merkwürdig, und selbst ihre Mutter griff lieber zu romantischen Komödien, wenn sie Aufmunterung brauchte.

Doch was war bitte aufbauend daran, anderen dabei zuzusehen, wie sie ausgerechnet in den Bereichen Erfolg hatten, in denen man selbst ständig scheiterte? Nein, Horrorfilme waren da viel besser: Ganz egal, wie schlecht es gerade lief, wenigstens wurde sie nicht von einem Mann mit riesigen Klauenarmen verfolgt.

»Warum gehen wir nicht einen Kaffee trinken, bevor wir zurückfahren?«, schlug Daisy vor und dachte sehnsüchtig an die Kaffeemaschine im Nachbarboot. »Nach dem hier brauche ich dringend Koffein.«

»Warum nicht? Es wäre auch schön, wenn wir den Besuch mit einem etwas besseren Blick auf die Schleuse abschließen könnten.«

Daisy hatte nichts dagegen einzuwenden.

Als sie am Kanal angekommen waren, war Daisy so sehr darauf konzentriert gewesen, die *September Rose* zu finden, dass sie sich nicht die Zeit genommen hatte, einen ordentlichen Blick auf die Landschaft zu werfen. Jetzt aber versuchte sie, alles in sich aufzunehmen. Wie sie vermutet hatte, schwirrten überall Libellen umher, während Schmetterlinge und Bienen die Lavendelbüsche umkreisten. Doch das Überraschendste war die Luft. Sie waren nur etwa eine Stunde von London entfernt, doch es fühlte sich an, als wären sie in den Bergen. Die frische, klare Luft, die sie in ihre Lungen sog, stand in starkem Kontrast zu dem Smog, den sie aus London kannte, und jeder Atemzug fühlte sich an, als würde er ihren Körper von kleinen Beschwerden befreien.

Leider gab es zwar reichlich Natur, aber am ganzen Kanal schien es kein einziges Café zu geben, und nach zwanzig Minuten vergeblichen Suchens war Daisys Laune an einem Tiefpunkt angelangt.

»Ich denke, wir sollten einfach nach Hause fahren«, sagte sie und drehte sich um, um zu ihrem Auto zurückzugehen.

Für einen Tag, an dem sie eigentlich nicht viel gemacht hatte, fühlte sie sich erstaunlich erschöpft, und ihre Gefühlswelt war völlig durcheinander. Einerseits freute sie sich auf das, was vor ihr lag, andererseits war es auch ziemlich beängstigend. »Ich sollte wohl googeln, welche Art von Farbe ich für das Projekt brauche. Und ob ich eine industrielle Schleifmaschine mieten kann.«

Als sie ins Auto stiegen, ergriff Bex das Wort.

»Ich hasse es, die Stimme der Vernunft zu sein«, sagte sie, während sie sich anschnallte. »Aber hast du darüber nachgedacht, wie du für die Reparaturen bezahlen wirst? Ich meine, du hast selbst gesagt, dass Finanzen nie deine Stärke waren, und Projekte wie dieses verschlingen Geld.«

Das war wahr, aber der Gedanke an Geld verstärkte nur das beängstigende Gefühl, das sie so verzweifelt zu ignorieren versuchte.

»Es kostet nichts, das Boot auszuräumen«, antwortete sie und war beeindruckt von ihrer ausweichenden Antwort. »Danach wissen wir genau, wie viel repariert werden muss, und dann muss ich eben herausfinden, wie ich alles so günstig wie möglich erledigen kann.«

»Klingt unkompliziert«, grinste Bex.

»Völlig unkompliziert.«

KAPITEL 9

»Es tut mir leid, dass ich absagen muss, Mum. Es ist spontan etwas dazwischengekommen. Aber ich komme heute Abend vorbei, okay?«, sagte Daisy, während sie mit dem Handy am Ohr durch die Wohnung huschte und versuchte, alles zusammenzuraffen. Sie hatte sich mit Bex und ihrer Freundin Claire in Wildflower Lock verabredet und war bereits spät dran. Sie musste den Anruf schnell beenden, ohne ihre Mutter misstrauisch zu machen.

Es war eine ganze Arbeitswoche vergangen, seit sie zum ersten Mal bei der Schleuse von Wildflower Lock gewesen war und die *September Rose,* das heruntergekommene Boot, das inzwischen ihr Eigentum war, besichtigt hatte. Ein Boot, von dem ihre Mutter nichts wusste.

Es fiel Daisy schwer, Pippa anzulügen. Sie und ihre Mutter hatten eine enge Beziehung, doch Daisy wusste nicht, wie sie das Thema ansprechen sollte. In der vergangenen Woche hatte sie mehrmals darüber nachgedacht, es ihrer Mutter zu sagen, vor allem, weil sie wusste, dass sie sonst immer neue Ausreden erfinden müsste, um am Boot zu arbeiten.

Obwohl es in gewisser Weise einfacher wäre, ihr die Wahrheit zu sagen, hatte Daisy keine Ahnung, wie ihre Mutter reagieren würde. Nein, das stimmte nicht ganz. Sie wusste, dass Pippa wütend sein würde. Wütend darüber, dass Daisy eine Verbindung zu ihrem Vater und zu einer Vergangenheit hatte, die ihre Mutter so tief verletzt hatte. Es kam ihr sinnlos vor, sie damit zu belasten, wenn Daisy das Boot ohnehin verkaufen wollte. Doch um es zu verkaufen, musste sie es renovieren. Und um es zu renovieren, musste sie es räumen, und hier kamen Claire und Bex ins Spiel. Sie wollte gemeinsam alle Kisten und Kartons leeren, und nach dem, was Daisy gesehen hatte, war das keine kleine Aufgabe.

Kaum hatte sie das Telefonat mit ihrer Mutter beendet, klingelte ihr Handy erneut.

»Hey, Bex, alles in Ordnung? Ich wollte gerade gehen.«

»Es tut mir so leid, dich hängenzulassen, aber ich kann doch nicht – die Arbeit hat gerade angerufen. Am Montag steht eine Prüfung eines unserer Konten an. Alle müssen anpacken.«

»Oh.« Daisy war enttäuscht, aber sie konnte Bex keinen Vorwurf machen. Ein weiterer Grund, warum Karriere machen überbewertet war. An große Unternehmen und die Launen eines Chefs gebunden zu sein, war nicht ihr Stil. Bex' eigentlich auch nicht. »Mach dir keine Sorgen. Ehrlich, das macht nichts.«

»Ich fühle mich trotzdem schlecht. Ich hatte versprochen, dir zu helfen.«

»Es ist kein Problem. Wahrscheinlich wäre auf dem Boot ohnehin nicht genug Platz für uns drei. Claire und ich kriegen das schon hin. Außerdem warst du schon bei meinem ersten Besuch dabei. Mach dir keinen Kopf.«

»Es tut mir wirklich leid«, wiederholte Bex zum gefühlt hundertsten Mal. »Falls du dich dadurch besser fühlst: Ich werde den ganzen Tag in einem stickigen Raum verbringen und mir Zahlen anschauen, während Männer sexistische Sprüche machen und pupsen.«

»Dein Job klingt fantastisch«, meinte Daisy. »Ich hoffe, die Prüfung verläuft ohne Probleme. Gib Bescheid, wenn ihr fertig seid, dann können wir uns auf dem frisch geräumten Boot einen Drink gönnen, um zu feiern.«

»Ein Drink klingt gut«, erwiderte Bex, wünschte ihr viel Glück und legte auf.

Daisy hatte gerade eine große Rolle schwarzer Müllsäcke eingepackt und sich ins Auto gesetzt, als ihr Handy erneut klingelte. Sie wusste instinktiv, wer es war und was passieren würde.

»Es tut mir so leid. Ian hat gerade angerufen. Er wird nicht rechtzeitig zu Hause sein, um auf Amelia aufzupassen.«

Claire war mit Bex und Daisy zur Schule gegangen, hatte aber direkt nach dem Abschluss ihre Jugendliebe geheiratet. Das war jetzt acht Jahre her, und die beiden waren immer noch glücklich zusammen, doch Ians Schichtarbeit als Lkw-Fahrer machte es schwierig, Pläne zu machen.

»Keine Sorge. Es ist kein Problem«, antwortete Daisy, während sich ein mulmiges Gefühl in ihr breit machte. »Das Boot ist wahrscheinlich ohnehin zu klein für uns alle.«

»Ich bin sicher, du und Bex werdet es auch ohne mich schaffen«, fuhr Claire fort. »Ich kann es kaum erwarten, das Boot zu sehen. Bevor du es verkaufst, müssen wir unbedingt eine Fahrt unternehmen.«

»Unbedingt.« Daisy überging Claires Bemerkung bezüglich Bex, da sie Claire kein schlechtes Gewissen machen wollte.

»Wenigstens ist das Wetter gut. Versprich mir, viele Fotos zu machen.«

»Mein Handy ist voll aufgeladen«, sagte Daisy und zwang sich zu einem Lächeln. »Gib Amelia einen Kuss von mir.«

»Mach ich.«

Das war's dann wohl. Sie war auf sich allein gestellt. Unterwegs überlegte Daisy mehrmals, ob sie wieder umkehren sollte, denn das, was sie sich als einen netten Tag mit ihren Freundinnen vorgestellt hatte, entpuppte sich als ein Tag allein auf einem heruntergekommenen Boot.

Überraschenderweise schlug Daisys Stimmung um, als sie auf dem Parkplatz von Wildflower Lock parkte und die blumig duftende Luft einatmete.

»Guten Morgen«, grüßte eine Frau auf einem Paddleboard freundlich, während sie an Daisy vorbeiglitt.

Daisy wollte antworten, hielt dann aber inne. Die Frau musste jemand anderen gemeint haben, schließlich grüßte man keine Wildfremden, oder? Aber hier in Wildflower Lock taten die Leute genau das. Noch bevor Daisy den Parkplatz verlassen hatte, hatten ihr drei weitere Personen – ein Kajakfahrer und zwei Frauen, die Hunde Gassi führten – einen guten Morgen gewünscht. Beim nächsten Mal würde Daisy aufmerksamer sein und schneller reagieren.

»Herrlicher Tag dafür, nicht wahr?«, fragte sie den nächsten Paddleboarder, der vorbeikam.

»Oh, es ist immer ein herrlicher Tag dafür«, antwortete er.

Es war erstaunlich, welche Wirkung die Freundlichkeit der Menschen auf Daisys Stimmung hatte. Beschwingt und mit neuem Mut ging sie zur *September Rose*. Doch dann sah sie das moosbedeckte, verlassene Boot und ihr Herz wurde schwer. Die Sonne schien auf die Spinnweben und den Rost, und im Wasser um den Rumpf des Boots herum hatte sich Müll gesammelt. Der Gedanke an die bevorstehende Arbeit löste ein unbehagliches Gefühl in ihrem Magen aus, aber sie verdrängte es.

»Okay, legen wir los«, sagte sie entschlossen zu sich selbst.

Sie betrat das Boot und stellte fest, dass die offenen Fenster den muffigen Geruch vertrieben hatten, aber das war auch schon das einzige Positive. Die Kartons waren kreuz und quer aufeinandergestapelt. Größere standen auf kleineren, viele hingen schief und einige waren dabei, auseinanderzufallen. In den Lücken zwischen den großen Kartons waren kleine hineingeschoben worden. Daisy wusste, dass der erste Schritt der schwierigste war, also machte sie sich an die Arbeit.

Sie hob einen Karton an und war überrascht, wie leicht er war. Als sie ihn öffnete, fand sie ein paar alte Belege, und ein Funke Hoffnung keimte in ihr auf. Wenn sie die leeren und vollen Kartons trennte und ordentlich stapelte, wäre dies ein guter erster Schritt. Das Badezimmer, die Toilette und das Schlafzimmer hatte sich Daisy noch nicht angesehen. Wenn diese Räume so voll waren wie das Wohnzimmer, würde sie die ganze Woche benötigen, um dieses Chaos zu beseitigen.

Es war wahrscheinlich nicht die effizienteste Art, die Dinge anzugehen, und wäre Paul hier gewesen, hätte er sich wohl über Daisys unorganisierte Arbeitsweise lustig gemacht, aber sie fand schnell einen Rhythmus. Ihre Methode war einfach: Sie würde alles aus dem Boot tragen und die Kisten draußen sortieren. Die Kartons, die entsorgt werden konnten, etwa die mit den alten Quittungen, kämen direkt in den Müll. Den Rest würde sie später zusammen mit Claire und Bex sortieren, vorausgesetzt, sie hätten Zeit.

Daisy genoss die körperliche Arbeit und das Herumtragen der Kisten. Merkwürdigerweise erinnerte es sie an die wenigen Wochen, die sie an der Kunstschule verbracht hatte. Sie hatten eine riesige Leinwand bekommen, die sie ganz nach Belieben gestalten sollten. Daisy hatte einen ganzen Tag damit verbracht, die Leinwand hin und her zu schieben, um ein

Gefühl dafür zu bekommen und den richtigen Winkel zum Malen zu finden. Sie hatte das Studium abgebrochen, bevor das Werk fertig war, aber über diesen Teil wollte sie jetzt nicht nachdenken.

Anfangs näherte sie sich jeder Kiste mit großer Vorsicht, immer darauf gefasst, auf Spinnen oder etwas Schlimmeres wie eine Maus oder Ratte zu stoßen. Doch die Spinnen krochen nur träge davon, und draußen wuchsen langsam zwei große Haufen. Der eine bestand aus Kartons, die entsorgt werden sollten; der andere aus Dingen, die sie vermutlich auch wegwerfen würde, sich aber vorher genauer anschauen wollte.

Als Daisy die letzte große Kiste in den Händen hielt, schaute sie sich im Boot um. Es war erstaunlich, wie viel größer der Raum jetzt wirkte, aber auch die Schäden waren offensichtlicher. Der Boden war in gutem Zustand, aber die Holzpaneele der Decke und der Wände waren beschädigt. Sie trug die letzte Kiste nach draußen, damit sie sich die restlichen Räume im Boot anschauen konnte, eine Aufgabe, auf die sie sich tatsächlich freute. Als sie aus dem Boot stieg, um die Kiste zu den anderen zu stellen, vertrat ihr jemand den Weg.

Ihr Nachbar stand auf ihrem Boot.

»Was zum Teufel tun Sie hier?«, fragte er.

Schon wieder.

KAPITEL 10

Er trug deutlich mehr Kleidung als bei ihrem letzten Treffen, und jetzt, da Daisy nicht mehr von seiner Nacktheit abgelenkt war, fiel ihr auf, dass seine Augen braun waren – fast die gleiche Farbe wie sein stoppeliger Bart und das lange Haar, das er zu einem Knoten gebunden hatte. In der zerrissenen Jeans und dem T-Shirt wirkte er locker und entspannt, doch sein Auftreten sagte etwas anderes.

»Was ist das alles? Was tun Sie hier?«, schnappte er und wiederholte seine erste Frage, bevor Daisy überhaupt antworten konnte.

»Was glauben Sie, was ich hier tue? Wie Sie sehen, räume ich das Boot«, antwortete Daisy.

»Sie haben es gekauft?«

Irgendetwas an diesem Mann ging Daisy auf die Nerven. Sicher, sie hatte versehentlich sein Boot betreten, aber wer ließ schon die Tür offen, während er duschte? Besonders, wenn das Boot direkt an einem öffentlichen Gehweg lag. Und jetzt sprach er auf eine Art und Weise mit ihr, die ihr die

Haare zu Berge stehen ließ. Warum kümmerte es ihn überhaupt, ob das Boot ihr gehörte oder nicht?

»Ich würde es nicht ausräumen, wenn es nicht meines wäre«, antwortete sie scharf. »Und darüber hinaus geht Sie das nichts an.« Sie beobachtete, wie er die Zähne zusammenbiss – genau wie sie.

»Sie können das nicht hier stehen lassen«, sagte er und deutete auf den Haufen Kisten. »Das ist ein öffentlicher Gehweg und Sie blockieren ihn.«

»Natürlich werde ich das nicht dort stehen lassen. Ich bin dabei, es zu sortieren. Die Leute haben ausreichend Platz, um vorbeizukommen.« Sie deutete auf den schmalen Streifen des Weges, den sie freigelassen hatte.

»Das ist gefährlich. Hier kommen oft Familien mit Fahrrädern oder Kinderwägen durch.«

»Und sie haben reichlich Platz, um vorbeizukommen. Es wird nicht lange hier sein.«

»Sie müssen es wegräumen.«

»Ich räume es weg, wenn ich fertig bin.«

»Sie müssen das sofort zurück aufs Boot bringen. Sie werden das nicht hier stehen lassen.«

»Doch, das werde ich.«

»Nein, werden Sie nicht.«

In einer unerwarteten Bewegung packte der Mann die Kiste in Daisys Händen. Wahrscheinlich hatte er angenommen, dass sie deutlich schwerer war, denn er tat es mit so viel Kraft, dass er zurücktaumelte und über eine andere Kiste stolperte, die Daisy dort abgestellt hatte. Als er sich wieder aufrichtete, war sein Gesicht feuerrot.

»Das reicht!«, sagte er. »Wenn Sie das jetzt nicht sofort wegräumen, werde ich Ihnen eine offizielle Verwarnung geben.«

Daisy konnte es nicht mehr zurückhalten. Für wen zum Teufel hielt er sich eigentlich? Er sah aus, als sollte er auf einem Hippie-Festival am Lagerfeuer sitzen und Gitarre spielen, anstatt sie zu belästigen, weil sie ihr geerbtes Eigentum sortierte.

»Eine offizielle Verwarnung? Wofür?«, lachte sie.

Sein Auftreten änderte sich schlagartig. Seine Haltung hatte sich kaum verändert, trotzdem schien er auf einmal mehrere Zentimeter gewachsen zu sein. Vielleicht lag es auch einfach nur daran, wie er mit gerümpfter Nase auf sie herabblickte.

Ohne ein weiteres Wort drehte er sich um und ging zurück auf sein Boot.

»Idiot«, murmelte sie. Sie hob die Kiste auf, die er hatte fallen lassen, und legte sie auf den Stapel mit Müll. Unglaublich, wie lächerlich sich manche Menschen benahmen.

Zurück auf dem Boot nahm sie sich einen Moment Zeit, um ihr Werk zu bewundern. Hinter den Kisten war ein großer Kaminofen zum Vorschein gekommen, der dem ihres Nachbarn nicht unähnlich war. Natürlich müsste sie jemanden finden, der überprüfte, ob er noch funktionierte, bevor sie ihn benutzen konnte. Einen Augenblick lang stellte sie sich vor, die Mädels zu einem Abendessen auf dem Boot einzuladen. Vielleicht könnten sie einen Brettspielabend machen. Natürlich müsste sie zuerst herausfinden, wie viele Schlafplätze das Boot hatte, bevor sie so etwas plante.

Mit diesem Gedanken wurde Daisy klar, dass es an der Zeit war, sich den anderen Räumen des Boots zu stellen.

Seit ihrer Rückkehr auf die *September Rose* hatte es Daisy vermieden, die Türen im hinteren Teil des Boots zu öffnen, aus Angst vor dem, was sie dort finden könnte. Sie wusste, dass sie keine Wahl hatte, aber der Gedanke an eine überquellende Toilette oder ein rattenverseuchtes Schlafzimmer war ziemlich abschreckend. Mit einem tiefen Atemzug und auf alles gefasst legte sie die Hand auf den Griff der Hintertür und schob sie auf.

Sie hielt inne, dann machte sie einen Schritt nach vorn.

»Okay«, sagte sie zögernd, bevor sie einen weiteren Schritt machte. Ein schwaches Lächeln breitete sich auf ihren Lippen aus und wurde breiter, je länger sie sich umsah.

Die erste Überraschung – abgesehen von der Abwesenheit von Ratten – war die Anzahl der Kisten. Es standen immer noch reichlich davon auf dem Boden, aber hier schienen sie organisiert zu sein. Es gab Plastikbehälter, die wetterfester waren als die Kartons, außerdem waren mehrere mit Dingen wie *Rechnungen* oder *Bootshandbücher* beschriftet. Ein eindeutiger Fortschritt im Vergleich zum Wohnzimmer.

Die zweite Überraschung war das Badezimmer. Auch wenn es nicht ihrem Geschmack entsprach, war alles strahlend weiß: eine weiße Dusche, eine weiße – und lächerlich große – Toilette und sogar eine kleine, weiße Badewanne. Damit hatte sie nicht gerechnet. Doch das Sahnehäubchen war die dritte und letzte Überraschung.

»Unfassbar«, hauchte sie, während sie ihre Entdeckung betrachtete.

Es gab nicht nur zwei kleine, schmale Zimmer mit Etagenbetten, sondern auch ein vollwertiges Doppelzimmer. Mit einer Sache hatte Bex recht gehabt: Hier passte tatsächlich ein Kingsize-Bett hinein. Dieses Boot könnte sechs Personen beherbergen. Sechs! Bei dieser Größe musste es doch, wenn es erst einmal hergerichtet war, einiges wert sein, oder?

Mit neu aufkeimender Begeisterung betrat Daisy das Hauptschlafzimmer. Sie wollte gerade in eine der großen Plastikboxen schauen, als sie von einem Klopfen an der Tür unterbrochen wurde. Sie stellte die Plastikbox zurück an ihren Platz und drehte sich um. Ihr Gesichtsausdruck verfinsterte sich.

»Was wollen Sie?« Sie machte sich nicht die Mühe, höflich zu sein. Nicht nach dem, was er vorhin zu ihr gesagt hatte.

»Ich wollte Ihnen nur das hier geben«, sagte er. Er machte zwei Schritte ins Boot hinein, ging aber nicht weiter. Stattdessen wartete er, bis Daisy zu ihm kam.

»Was ist das?« Sie schaute auf den Umschlag, den er ihr hinhielt.

»Das können Sie selbst lesen.«

Während sie den Umschlag entgegennahm, schweifte sein Blick durch das Boot. »Wow, sie ist wirklich wunderschön«, sagte er, dann schien ihm wieder einzufallen, warum er hier war, und sein Gesicht wurde wieder streng. »Wie auch immer. Ich sollte gehen. Ich bin sicher, dass alles in meinem Brief selbsterklärend ist.«

Damit drehte er sich um und ließ Daisy mit dem Umschlag allein. Auf der Vorderseite stand:

An den Bewohner des Liegeplatzes 114.

Liegeplatz 114 – das kam ihr bekannt vor, dachte sie. Dann fiel ihr ein, dass sie diese Information irgendwo im Brief des Anwalts gesehen hatte. Sosehr sie auch darauf brannte, mit ihrer Aufräumaktion weiterzumachen, war sie dennoch neugierig, was in dem Umschlag steckte. Sie öffnete die Klappe und zog das Papier heraus. Während ihr Blick über die Zeilen wanderte, verhärtete sich ihr Kiefer.

»Das soll wohl ein Witz sein.«

KAPITEL 11

Daisys Fingerknöchel traten weiß unter der Haut hervor, als sie ihre Fäuste ballte. Jedes einzelne Schimpfwort, das sie kannte, schoss durch ihren Kopf, als sie von der *September Rose* stürmte, ohne sich die Mühe zu machen, die Tür abzuschließen. Damit würde er nicht durchkommen, sagte sie sich immer wieder. Auf keinen Fall.

Bei ihrem kurzen Sprung vom Boot ans Ufer zerknüllte sie den Brief in ihrem Griff. Sie war blind vor Zorn – wortwörtlich, denn sie übersah die Kisten, die sie draußen neben dem Boot aufgestapelt hatte. Ihr Fuß blieb an einer davon hängen, und sie konnte sich nur knapp davor bewahren, sich der Länge nach hinzupacken.

»Scheiße!«, rief sie so laut, dass ein Spaziergänger mit Hund ihr einen erschrockenen Blick zuwarf. Normalerweise hätte sie sich für ihren Ausbruch entschuldigt, aber im Moment konnte sie sich nur auf die Wut konzentrieren, die in ihr brodelte. Sie trat den leeren Karton zurück an seinen Platz, bevor sie den Steg entlang marschierte. Wenige Augenblicke später stürmte sie auf das benachbarte Boot, dessen Tür offen stand, als würde sie bereits erwartet. Als sie die Stufen hinabgestiegen war, wedelte sie mit dem Brief in der Luft.

»Was zum Teufel ist das?«

Das Innere des Kanalboots sah noch prächtiger aus als bei ihrem letzten ungebetenen Besuch. Die Vorhänge waren offen, und das einfallende Sonnenlicht ließ alles erstrahlen. Dennoch hatte sie gerade weder die Zeit noch die Lust, sich an diesem Anblick zu erfreuen.

Ihr Nachbar, dessen Name sie noch immer nicht kannte, saß an der Frühstücksbar und tippte etwas auf seinem Laptop. Eine dampfende Tasse Cappuccino stand neben ihm. Dem herrlichen Duft nach zu urteilen, kam er frisch aus der teuren Kaffeemaschine auf dem Tresen, und ein Hauch von Eifersucht vermischte sich mit ihrer Wut.

Sie war jedoch von kurzer Dauer.

»Haben Sie mich gehört?«, sagte sie so laut, dass sie beinahe schrie. »Ich sagte, was zum Teufel ist das?«

Trotz Daisys dramatischen Auftretens tippte ihr Nachbar gelassen weiter auf seinem Laptop, ohne den Kopf zu heben. Nach zehn langen Sekunden drehte er sich schließlich langsam auf seinem Barhocker zu ihr herum.

»Gibt es ein Problem?«

Daisy war in ihrem Leben schon oft wütend gewesen. Sie hatte sich über Büroangestellte aufgeregt, die jede Aufgabe weiterdelegierten – nicht wegen einer zu hohen Arbeitslast, sondern weil sie ihren Job einfach nicht im Griff hatten. Sie hatte beim Autofahren rotgesehen, wenn Idioten ihr den Weg abschnitten, ohne an ihre eigene Sicherheit zu denken, geschweige denn an die der anderen. Und natürlich hatte sie wegen Paul rotgesehen, nach allem, was er ihr angetan hatte. Aber die Arroganz dieses Mannes brachte ihre Wut auf ein völlig neues Niveau. Das Blut rauschte in ihren Ohren.

»Sie wissen ganz genau, was das Problem ist!«, sagte sie

und wedelte mit dem Brief vor seinem Gesicht herum. »Was zum Teufel ist das? Sie drohen mir mit einem Bußgeld?«

Er hielt ihrem Blick stand, während er seine Tasse hob und einen bedachten Schluck nahm. »Ich glaube, es ist die Kanalbehörde, die Ihnen mit einem Bußgeld droht.«

»Und Sie arbeiten zufällig für sie?«, erwiderte Daisy. »Lächerlich. Das ist einfach lächerlich.« Sie hielt ihren Blick fest auf ihn gerichtet und hob den Brief auf Kopfhöhe. »Nun, ich werde Ihnen sagen, was ich von Ihrem Brief halte.«

Während sie ihn weiterhin fest ansah, riss sie den Brief in sechs Teile und ließ die Stücke zu Boden fallen. Ein Gefühl der Genugtuung breitete sich in ihr aus, das jedoch erlosch, als er aufstand und direkt auf sie zuging.

»Danke für diese kleine Darbietung, aber das Einzige, was hier lächerlich ist, sind Sie. Am Kanal gibt es Regeln, um die Menschen zu schützen. Wissen Sie eigentlich, wie viele Unfälle hier an der Schleuse passieren? Wissen Sie das? Wissen Sie, wie viele Menschen hier am Kanal schwer verletzt werden?«

Sie fühlte sich wie ein Kind, das vor der ganzen Klasse zur Rede gestellt wurde, und sie wusste noch nicht einmal, in welchem Fach.

»Nein, natürlich nicht.«

»Nun, ich weiß es. In diesem Bereich des Kanals gab es in diesem Jahr null Unfälle. Und im letzten Jahr. Und im Jahr davor. Wissen Sie, warum das so ist?«

Er stand so nah, dass sie die Wärme seines Atems auf ihrer Haut spüren konnte.

»Wegen solcher Briefe, nehme ich an«, sagte sie und schaute zu Boden.

»Ganz genau. Es sind solche Briefe. Sie kommen hierher, kaufen ein Kanalboot und denken, dass es ein einfaches Renovierungsprojekt wird – eine Gelegenheit, Geld zu verdienen.

Aber das Leben auf dem Wasser birgt Risiken.« Daisy wollte etwas erwidern, doch er sprach schon weiter. »Und ich mache mir nicht um Sie Sorgen. Es geht um die anderen Menschen hier, ihre Lebensweise, ihre Existenzgrundlage. Einer Ihrer Kartons könnte einen Teenager vom Fahrrad ins Wasser katapultieren. Ein Stück Plastik könnte in den Kanal fallen und einen Motor verstopfen, was die Leute, die hier wohnen, ein Vermögen kosten könnte. Es tut mir leid, aber es ist nicht meine Schuld, dass Sie keine Nachforschungen angestellt haben, bevor Sie dieses Boot gekauft haben, oder das Entrümpeln mehr Arbeit ist, als Sie dachten. Diese Dinge gehörten jemand anderem; sie sind ein Teil seiner Geschichte. Und selbst wenn Ihnen die Gefahren egal sind, verdient dieser Mensch mehr Respekt, als dass Sie sein Leben einfach draußen auf den Weg werfen.«

Sprachlosigkeit war etwas, das Daisy nur selten erlebte, aber jetzt war sie wie erstarrt. Ihr Herz klopfte hart in ihrer Brust, während sie nach einer passenden Antwort suchte, die sie diesem ärgerlich attraktiven Mann entgegenwerfen könnte, doch ihre Zunge bewegte sich nutzlos in ihrem Mund, während ihr Gehirn darum kämpfte, einen zusammenhängenden Satz zu formen.

»Ich habe nicht alles weggeworfen«, sagte sie schließlich. »Ich wollte Platz schaffen, um die Dinge zu sortieren. Ich wollte alles, was kein Müll ist, wieder nach drinnen bringen. Und was den Rest angeht, sollten Sie vielleicht erst mal ein bisschen recherchieren. Ich habe dieses Boot nicht als einfaches Renovierungsprojekt gekauft – es wurde mir hinterlassen. Von meinem Großvater.« Jetzt kam sie so richtig in Fahrt. »All die Dinge, die ich nach draußen gebracht habe, sind auch ein Teil meiner Geschichte. Der meines Großvaters und möglicherweise sogar meines Vaters. Also tut es mir leid, dass ich nicht all Ihre Regeln kenne, aber wagen Sie es nicht, mich zu verurteilen, ohne mich zu kennen. Sie wissen nicht das Geringste über mich!«

Tränen der Wut stiegen ihr in die Augen, und zu allem Überfluss sah er sie jetzt auch noch mitleidig an. Nein, das ging zu weit. Das würde sie sich nicht bieten lassen. Sie holte scharf Luft und drehte sich um, bevor die Tränen überlaufen konnten. Als sie zum Boot zurückging, hob sie einen Karton auf, den sie auf dem Weg abgestellt hatte, und begann damit, das Boot wieder zu beladen.

KAPITEL 12

Um den Morgen noch unangenehmer zu machen, war Daisy hungrig, und sie funktionierte nicht besonders gut, wenn sie hungrig war. Im Büro hatte sie immer Kekse in der obersten Schreibtischschublade, aber heute Morgen hatte sie nicht daran gedacht, etwas zu essen mitzunehmen. Sie hätte ein paar Snacks einpacken sollen, dachte sie, während sie die Schachteln zum Boot brachte. Oder zumindest ein ordentliches Frühstück. Etwas, das genug Energie lieferte, um diese ganze Schlepperei zu überstehen. Einen Moment lang überlegte sie, ins Auto zu steigen und das nächste Café zu suchen, aber sie verwarf diese Idee schnell wieder. Was, wenn bei ihrer Rückkehr ein weiterer Brief auf sie wartete?

Trotz ihrer Wut blieb ihr Plan derselbe: die vollen Kartons zurück ins Boot bringen und die leeren später entsorgen. Es musste doch irgendwo eine große Mülltonne geben. Was machten die Menschen, die hier lebten, mit ihrem Abfall? Sie wusste genau, wer ihr das sagen könnte, aber ihn zu fragen, kam nicht infrage.

Ob es nun an ihrem Hunger lag, an der Tatsache, dass sie schon seit über zweieinhalb Stunden Kartons schleppte, oder an ihrer gereizten Stimmung – jeder Karton schien fünfmal mehr zu wiegen als beim Ausladen. Zu allem Überfluss begann es auch noch leicht zu regnen, was die Pappe feucht und rutschig machte.

»Verdammt nochmal!«, sagte sie, als ihr einer der Kartons aus der Hand rutschte. Dieser war voll, und den Geräuschen nach zu urteilen, war der Inhalt zerbrechlich. Zum Glück fiel er nicht zu Boden, was aber nicht an ihren Reflexen lag, sondern daran, dass ein zweites Paar Hände ihn auf der anderen Seite festhielt. Dunkelbraune Augen sahen sie über den nassen Karton hinweg an.

»Ich glaube, wir hatten einen etwas holprigen Start«, sagte er. Seine Stimme klang eindeutig entschuldigend, fast schon schuldbewusst, aber Daisy rührte sich nicht. »Da wir jetzt Nachbarn sind, sollte ich vielleicht damit beginnen, mich vorzustellen«, fuhr er fort. »Ich bin Theo.«

Da sie beide den Karton festhielten, musste Daisy ihn weiter ansehen. Sie hätte den Karton abstellen müssen, um ihn richtig zu greifen, aber wenn sie nicht direkt zu ihrem Boot zurückging, würde es so aussehen, als wollte sie mit ihm sprechen. Und das wollte sie nicht. Sie wollte nichts mit ihm zu tun haben.

Sie machte einen Schritt nach vorn, und der Karton rutschte ihr komplett aus den Händen. Ihr Magen verkrampfte sich, und für einen Moment sah es aus, als würde er zu Boden fallen, aber Theo reagierte rasch und packte ihn von unten.

»Das war knapp«, sagte er und richtete sich auf. Ein schwaches Lächeln huschte über seine Lippen. Ein Lächeln, das Daisy nicht erwiderte.

»Wenn Sie ein Dankeschön erwarten, haben Sie die Situation gewaltig missverstanden«, sagte sie stattdessen.

»Es tut mir leid. Wirklich. Die Sommermonate können ziemlich stressig sein hier auf dem Kanal. Die vielen Junggesellenabschiede haben uns letztes Jahr viel Kopfzerbrechen bereitet. Leute, die in Boote krachen und solche Sachen. Es war für alle eine schwierige Zeit. Ich bin Fremden gegenüber immer etwas misstrauisch.«

»Und ich, alleine beim Ausräumen von Kisten, habe ausgesehen, als würde ich einen Junggesellenabschied organisieren?« Sie war nicht bereit, sich mit dieser Ausrede abspeisen zu lassen.

»Können wir bitte noch einmal neu anfangen? Sie sind Freds Enkelin, richtig? Die Menschen hier sagen viele gute Dinge über Ihren Großvater.«

»Nun, ich gehöre nicht dazu«, sagte sie scharf. »Ich habe ihn kaum gekannt. Und jetzt, wenn Sie mich entschuldigen würden – ich muss diese Kartons wieder reinbringen. Ich will auf keinen Fall eine weitere Strafe von der Kanalbehörde riskieren.«

Diesmal stellte sie sicher, dass ihr Griff sicher war, als sie den Karton an sich riss und die Stufen zur *September Rose* hinunterging. Als sie wieder im Boot war, hatte sie schon wieder Tränen in den Augen. Was war nur los mit diesem Kerl? Zuerst behandelte er sie wie einen Störenfried, weil er befürchtete, sie könnte seinen kostbaren Kanal verunstalten, und dann versuchte er, sich bei ihr einzuschmeicheln, nur weil ihr Großvater hier ein angesehener Mann gewesen war? Sie hasste solche Leute. Menschen, die nur mit einem befreundet sein wollten, weil sie sich einen Vorteil erhofften. Das hatte sie oft genug erlebt, und sie hatte dieses Verhalten satt. Außerdem hatte sie viel zu viel zu tun, um einen weiteren Gedanken an ihn zu verschwenden.

Draußen wurde der Regen stärker. Jeder Karton, den sie ins Boot brachte, war ein wenig nasser als der letzte. Das vollständige Leeren des Wohnzimmers hatte ihr Gelegenheit gegeben, alles neu zu ordnen, und obwohl drei Viertel der Dinge wieder hereinkamen, stapelte sie die Kartons nun so, dass sie viel mehr Platz hatte.

Seit sie zu Hause ausgezogen war, hatte Daisy immer zur Miete gewohnt und nie die Gelegenheit gehabt, eine Wohnung so einzurichten, wie sie wollte. Auch jetzt, nach fast drei Jahren in derselben Wohnung, zögerte sie, Löcher für Bilder in die Wände zu bohren. Und was für Bilder hätte sie auch aufhängen sollen? Sie würde kaum Geld für die Kunst anderer Leute ausgeben, wenn ihre eigenen Werke auf dem Dachboden ihrer Mutter lagerten. Aber daran dachte sie nicht gern. An Kunst und Malerei zu denken, vermied sie fast so konsequent wie Gedanken an Paul.

Doch jetzt sah sie sich auf der *September Rose* um, dieser leeren Leinwand, mit der sie tun konnte, was auch immer sie wollte. Ein helles Blau wäre perfekt, dachte sie, das passte zur Lage am Wasser. Aber hellblau war gewöhnlich. Und Theos Boot war auch hellblau, erinnerte sie sich, und biss unwillkürlich die Zähne zusammen. Vielleicht sollte sie eine andere Farbe ausprobieren. Gelb vielleicht. Oder Lila.

Lavendel. Der Gedanke tauchte ganz plötzlich in ihrem Kopf auf. Sie könnte ihr Boot lavendelfarben streichen. Das Lavendelboot an der Schleuse von *Wildflower Lock* – wunderschön. Ein Lächeln schlich sich auf ihr Gesicht, doch es erstarb sofort wieder, als ihr klar wurde, dass sie noch sehr weit vom Streichen entfernt war. Zuerst musste sie die abblätternde Farbe entfernen und die alten Geräte wegbringen. Sie hatte noch keine Ahnung, wie sie für neue bezahlen sollte.

Während sie über die Einrichtung und die Ausstattung des Bootes nachdachte, ging Daisy in das große Schlafzimmer und begann, die Plastikboxen umzuräumen. Die meisten schienen mit Briefen gefüllt zu sein. Offensichtlich hatte ihr Großvater ein Faible für altbewährte, handschriftliche Korrespondenz gehabt, und sie fand es irgendwie rührend. Sie konnte sich nicht erinnern, wann sie zuletzt einen Brief geschrieben hatte – abgesehen von Geburtstagskarten, und selbst die vergaß sie oft.

Daisy folgte einem Bauchgefühl und entdeckte, dass man das Doppelbett hochklappen und noch mehr Stauraum freilegen konnte. Dort fand sie – wenig überraschend – weitere Kisten. Sie wollte das Bett gerade wieder herunterklappen, als ihr Blick auf ein Etikett fiel, das im Schatten verborgen lag.

»Was zum …«

Sie drückte die Matratze weiter hoch. Sie war nicht schwer, aber ziemlich unhandlich, sodass sie einen Großteil des Gewichts auf ihrer Schulter balancieren musste. Als sie sich vorbeugte, um das Etikett genauer zu betrachten, blinzelte Daisy. Die Härchen in ihrem Nacken richteten sich auf, und ein dicker Kloß bildete sich in ihrem Hals.

Dort klebte ein weißes Etikett auf der Kiste, und jemand hatte mit schwarzer Tinte ihren Namen daraufgeschrieben. Daisy May.

KAPITEL 13

Daisy hatte keine Ahnung, wie lange sie schon dort saß. Sie hatte die große Plastikkiste mit ihrem Namen unter dem Bett hervorgezogen, das Bett wieder heruntergeklappt und die Kiste vor sich abgestellt. Weiter war sie nicht gekommen. Sie hatte weder hineingeschaut noch den Deckel geöffnet, um zu sehen, was sich darin befand.

Daisy May. Sie hatte ihren Namen schon tausendmal gelesen. Sie hatte ihn schon tausendmal geschrieben. Natürlich, denn es war ihr Name. Aber vielleicht war es auch der Name von jemand anderem, schließlich hatte dieses Boot ihrem Großvater gehört. Vielleicht war sie nach einer entfernten Verwandten benannt worden, und der Inhalt der Kiste hatte überhaupt nichts mit ihr zu tun. Vielleicht war *Daisy May* der Name eines anderen Bootes. Es wäre möglich. Vielleicht würde sie, wenn sie endlich genug Mut gefasst hatte, den Deckel öffnen und eine Kiste voller Handbücher und Wartungsanleitungen vorfinden. Natürlich würde sie das erst wissen, wenn sie hineingeschaut hatte, aber im Moment fiel ihr das sehr schwer.

Ihre Hände lagen an den Verschlüssen auf beiden Seiten der Kiste. Sie nahm gerade einen tiefen Atemzug, um sich zu sammeln, als das Handy in ihrer Tasche vibrierte. Das plötzliche Geräusch ließ sie zusammenzucken, und als sie den Namen auf dem Display sah, zog sich ihr Magen zusammen.

Mum.

Schuldgefühle keimten in ihr auf.

Daisy hatte es den ganzen Tag vermieden, an ihre Mutter zu denken. Zum Glück war sie so sehr mit dem Ausräumen beschäftigt gewesen, dass sie kaum Zeit gehabt hatte, an sie zu denken, aber jetzt gab es kein Entkommen mehr. Sie würde rangehen müssen. Wenn sie das nicht tat, würde Pippa glauben, dass etwas nicht stimmte, und so lange anrufen, bis Daisy abhob. Diese Erfahrung hatte sie schon oft gemacht.

»Hi, Mum.« Sie versuchte, ihre Stimme so ruhig wie möglich klingen zu lassen. »Alles in Ordnung?«

»Ich wollte nur wissen, wann du vorbeikommst, Liebling. Farah hat mich spontan auf eine Tasse Tee eingeladen, und ich wollte sichergehen, dass das nicht mit deinem Besuch kollidiert. Du kennst Farah – manchmal kann sie einfach nicht mehr aufhören zu reden. Daisy? Daisy, bist du noch da?«

Daisy blinzelte. Sie war in einer anderen Welt gewesen, während Pippa gesprochen hatte.

»Wie bitte? Tut mir leid, Mum, ich weiß nicht, was gerade passiert ist. Ja. Ja, ich bin noch dran. Was hast du gerade gesagt?«

»Bist du sicher, dass alles in Ordnung ist, Liebling? Du klingst irgendwie komisch.«

Die Fenster im hinteren Teil des Boots standen zwar offen, aber es schien kaum frische Luft hereinzukommen. Schweißperlen bildeten sich auf Daisys Hals.

»Ja, ja, entschuldige. Es geht mir gut. Ich war nur gerade

dabei, Claire eine Nachricht zu schreiben. Kannst du noch einmal wiederholen, was du gerade gesagt hast?«

Der Antwort ihrer Mutter ging eine kurze Pause voraus. »Ich wollte wissen, ob du schon auf dem Weg hierher bist. Farah hat mich auf eine Tasse Tee eingeladen. Du weißt schon, Farah von gegenüber.«

»Nein. Also, nein, ich bin nicht auf dem Weg zu dir. Ja, ich kenne Farah. Und ja, du hast genug Zeit. Nimm die Einladung ruhig an.«

»Bist du sicher, dass alles in Ordnung ist?«

Das Schwitzen wurde schlimmer. Mit ihrer Mutter zu sprechen, während ihr Name auf einer mysteriösen Plastikbox direkt vor ihr stand, war fast mehr, als sie ertragen konnte.

»Es tut mir leid. Ich bin gerade etwas beschäftigt. Ich … ich komme später vorbei. Ich lasse mich einfach selbst rein, kein Problem. Ich melde mich später, okay?«

Sie legte auf.

Vierundzwanzig Jahre. So lange hatte ihre Mutter sie umsorgt, und während zweiundzwanzig davon war sie ganz allein gewesen. Daisy hatte ihrer Mutter noch nie etwas so Wichtiges verheimlicht, aber auf Sicht war es besser so, oder? Sie wischte sich den Schweiß vom Hals. Natürlich war es das.

Sie rieb sich die Hände, als würde sie sich auf eine sportliche Herausforderung vorbereiten. Diese verdammte Kiste. Wie viel Zeit hatte sie schon damit verschwendet, sie anzustarren? Viel zu viel, wenn man bedachte, wie viel sie noch zu erledigen hatte.

»Mach sie einfach auf«, sagte sie. Dann, ohne sich selbst die Gelegenheit zum Zögern zu geben, riss sie den Deckel ab.

Sie runzelte die Stirn, als sie den Inhalt sah. Die Kiste schien voller Briefe zu sein – versiegelte, ungeöffnete Briefe. Ein Zittern begann in ihrer Brust und breitete sich schnell bis in ihre Hände aus.

»Bitte, lass es nur um ein Boot gehen«, flüsterte sie, fast wie ein Gebet.

Sie griff in die Mitte der Kiste und zog einen zufälligen Briefumschlag heraus.

Daisy May, 4 Chestnut Avenue

Ihr Herz setzte einen Schlag aus, als ein Keuchen über ihre Lippen kam. Das war ihre Adresse. Das Haus, in dem ihre Mutter sie heute Nachmittag erwartete. Heiße Tränen stiegen ihr in die Augen, aber es war nicht der Anblick ihres Namens und ihrer Adresse auf dem Umschlag, der diese Reaktion auslöste. Nein, es war die Linie, die ihren Namen durchstrich. Und die Worte darunter. In der Handschrift ihrer Mutter.

Zurück an den Absender.

Ohne darauf zu achten, wie ordentlich sie gestapelt waren, zog sie einen Umschlag nach dem anderen aus der Kiste und warf sie auf die dicke Matratze des Bettes. *Zurück an den Absender. Zurück an den Absender.* Es mussten fünfzig unterschiedliche Umschläge sein. Vielleicht sogar hundert, alle in verschiedenen Größen und Farben, und auf allen stand das Gleiche. Jeder war mit der Handschrift ihrer Mutter überschrieben.

Als sie sicher war, dass sie alle an sie adressiert waren, begann Daisy, die Datumsstempel zu prüfen: 2004, 2008, 2015, 2011. In den meisten Jahren gab es mehr als einen, obwohl keiner nach 2016 datiert war. Was war passiert, dass ihr Großvater plötzlich aufgehört hatte, ihr diese Briefe zu schreiben? Hatte er einfach aufgegeben, nachdem er erkannt hatte, dass sie sie nie lesen würde? Es fühlte sich seltsam an, nach so langer Zeit aufzugeben.

Als Daisy einen kleinen Stapel mit den letzten Briefen in den Händen hielt, traf sie die Einsicht wie ein Hammerschlag. Keuchend ließ sie die Umschläge aufs Bett fallen und schlug sich die Hände vor den Mund. Es gab einen Grund, warum nach 2016 keine Briefe mehr entstanden waren, und es war nicht, weil ihr Großvater aufgehört hatte, ihr zu schreiben.

Ihr Großvater hatte sie überhaupt nicht geschrieben. Diese Briefe waren von ihrem Vater.

KAPITEL 14

Daisy saß reglos im schwindenden Licht. Die Abende wurden länger, da der Frühling gerade angefangen hatte – was gut war. Wäre es noch früher im Jahr gewesen, wäre es bereits stockdunkel, und sie hätte nichts mehr sehen können.

Ihr Vater hatte ihr geschrieben. Sie musste die Briefe nicht öffnen, um das zu wissen. Sie spürte es in ihren Knochen. Er hatte versucht, Kontakt aufzunehmen, nicht nur einmal oder zweimal, sondern immer wieder. Er hatte versucht, an ihrem Leben teilzuhaben.

Wut stieg in ihr auf, als sie an all die Momente in ihrer Kindheit dachte, in denen ihre Freunde mit ihren Vätern gespielt hatten. Daran, wie sie ihre Mutter nach ihrem Vater gefragt hatte – warum er sie nicht sehen wollte, ob sie etwas falsch gemacht hatte, was ihn dazu gebracht hatte, sie zu verlassen.

»Wir sind besser dran ohne ihn.« Das hatte Pippa immer gesagt. »Wir wollen ohnehin keinen Mann wie ihn in unserem Leben.« Daisy hatte stets das Gefühl gehabt, keine Wahl zu haben. Ihr Vater hatte sie verlassen und wollte nichts mit ihr zu tun haben – das war es, was sie geglaubt hatte. Doch warum hätte er ihr all diese Briefe geschickt, wenn er wirklich keinen Kontakt mehr gewollt hätte? Daisys Kopf schwirrte. Sie hatte so viele Fragen, auf die sie keine Antworten hatte, und der einzige Weg, diese zu bekommen, war, die Briefe zu öffnen.

»Dieser ganze Müll hier draußen.« Die gedämpfte Stimme einer älteren Frau drang an Daisys Ohren. »Das sieht ja schlimm aus. Wenn ich nach Hause komme, werde ich die Behörde verständigen.«

»Mist, der Müll.« Daisy fluchte leise. Sie hatte die Kartons vergessen, die sie entsorgen sollte. Das ganze Bett war voller Umschläge, und Daisy versuchte, sie wieder in die Kiste zu stopfen, doch es waren zu viele. Schließlich zog sie einige wieder heraus und ließ sie liegen. Sie würde sich zuerst um den Müll kümmern, danach würde sie sich den Briefen widmen. Sie würden noch da sein, wenn sie zurückkam.

Daisy eilte die Stufen zur Anlegestelle hinunter, doch als sie am Ufer ankam, sah sie, dass Theo ihr zuvorgekommen war.

»Bevor Sie loslegen: Ich wurde nur abgelenkt. Es ist etwas passiert.«

»Ich wollte gar nicht loslegen«, sagte er. »Eigentlich bin ich zurückgekommen, um Ihnen zu helfen. Mir ist klar geworden, dass ich vorhin etwas schroff war. Wenn ich Ihnen helfe, können wir das da viel schneller erledigen.« Mit einem Kopfnicken zeigte er auf eine Schubkarre, die er bereits mit einigen der kaputten Kartons und Papierkram gefüllt hatte. »Ich habe angenommen, dass das Ihr Müllhaufen ist, da Sie den Rest nach drinnen gebracht haben. Ich wollte ihn gerade zum Container bringen. Sie sollten sich eine Schubkarre zulegen, die sind wirklich praktisch. Natürlich können Sie jederzeit meine leihen, wenn Sie sie brauchen.«

Daisy, die sich bereits auf eine weitere Auseinandersetzung eingestellt hatte, war mehr als überrascht von seinem veränderten Auftreten. Sie wusste nicht recht, was sie von seinem freundlichen Verhalten halten sollte, und hatte auch nicht die Nerven, sich jetzt damit zu befassen. Schließlich hatte er sie mehrmals gedemütigt. Sie schob sich an ihm vorbei, packte ein paar weitere Kartons, warf sie in die Schubkarre und griff nach den Griffen.

»Die Müllcontainer sind dort drüben?«, fragte sie und deutete mit dem Kinn in die entsprechende Richtung.

»Auf der anderen Seite des grünen Schuppens. Wenn Sie möchten, kann ich sie Ihnen zeigen.«

»Schon gut, ich finde sie schon«, erwiderte sie und begann, die Schubkarre mit dem Müll den Pfad entlangzuschieben.

Zum Glück war es nicht weit, und sie schaffte es mit nur sechs Ladungen, den Gehweg freizuräumen. Nach ihrer ersten Runde war Theo in seinem Boot verschwunden und nicht wieder aufgetaucht.

Als sie fertig war, war es bereits dunkel. Die Sonne stand tief am Horizont und tauchte den Himmel in Rosa- und Orangetöne. Im Inneren des Boots konnte man kaum noch etwas sehen.

»Also gut, wo sind die Lichtschalter?«, murmelte sie und blickte zur Decke. Da waren Lampen, aber wie man sie zum Leuchten brachte, war eine andere Frage. Sie versuchte es mit den Lichtschaltern und überprüfte den Sicherungskasten, den sie in der Küche gesehen hatte, hatte aber keinen Erfolg. Nachdem sie zweimal über etwas gestolpert war, wusste sie, dass ihr nur zwei Möglichkeiten blieben: Entweder gab sie auf und fuhr nach Hause, oder sie klopfte bei Theo an und bat ihn um Hilfe. Sie musste nicht lange darüber nachdenken.

Aber zuerst musste sie noch etwas erledigen. Sie würde nicht mit leeren Händen gehen.

Sie benutzte ihr Handy als Taschenlampe und brauchte gute fünf Minuten, um alle Briefe in die Kiste zurückzupacken. Dann stellte sie fest, dass sie viel zu schwer war, um sie bis zu ihrem Auto zu tragen. Frustriert entschied sie sich, ein paar mit nach Hause zu nehmen. Morgen würde sie wiederkommen, um den Rest zu lesen. Sie wählte ein paar Umschläge mit verschiedenen Daten aus, steckte sie in ihre Handtasche, schloss die *September Rose* ab und machte sich auf den Weg zurück zum Auto.

Daisy startete den Motor nicht sofort. Ihr Blick wanderte immer wieder zu ihrer Handtasche, aus der die Ecken der Umschläge hervorschauten. War es sicher, im Dunkeln nach Hause zu fahren, wenn sie so abgelenkt und durcheinander war? Vielleicht sollte sie einen der Briefe öffnen, nur um sicherzustellen, dass er wirklich von ihrem Vater stammte. Das würde ihr etwas Ruhe geben. Sie streckte die Hand nach ihrer Tasche aus, um einen Brief herauszuziehen, als ihr Handy vibrierte. Pippa. Schon wieder.

Sie ging automatisch ran.

»Mum.«

»Daisy, Liebling. Alles in Ordnung? Ich dachte, du wärst längst hier. Ich habe einen *Shepherd's Pie* in den Ofen geschoben.« Die Stimme ihrer Mutter drang aus dem Hörer.

»Eigentlich, Mum, ich glaube nicht, dass ich es heute Abend zu dir schaffe.« Daisy hörte das Zittern in ihrer Stimme.

»Was ist los, Liebling? Du klingst wirklich nicht gut. Soll ich vorbeikommen?«

»Nein, nein. Schon gut. Es war einfach nur ein hektischer Tag. Ich rufe dich morgen an.«

Sie legte auf, ohne die Antwort ihrer Mutter abzuwarten. Jetzt oder nie, dachte Daisy. Sie musste diese Briefe lesen.

KAPITEL 15

Liebe Daisy, alles Gute zum sechsten Geburtstag. Alles Liebe, Dad.

Liebe Daisy, alles Gute zum achten Geburtstag, alles Liebe, Dad.

Meine liebe Daisy, frohe Weihnachten! Ich hoffe, der Weihnachtsmann hat dir alles gebracht, was du dir gewünscht hast.

Liebe Daisy, Daisy, Daisy …

Die ersten drei Umschläge enthielten zwei Geburtstagskarten und eine Weihnachtskarte, die sie immer wieder las. Die Handschrift war in jeder Karte identisch, mit einem Herzchen über dem i ihres Namens, genau wie sie es in der Grundschule gemacht hatte. Der vierte Umschlag war etwas dicker als die anderen. Er war von 2015, und sie starrte ihn eine ganze Weile an, bevor sie den Mut fand, ihn zu öffnen. Gerade als sie ihren Finger unter die gut verklebte Klappe schob, klopfte jemand ans Autofenster und ließ sie zusammenzucken.

»Wir schließen den Parkplatz«, sagte eine Frau in einer

neonfarbenen Jacke. »Wenn Sie noch wegfahren möchten, sollten Sie das jetzt tun, oder Sie werden über Nacht hier eingeschlossen.«

»Oh, tut mir leid. Ja, ich fahre jetzt.« Ihr Herz raste.

»Gut, dann sollten Sie sich besser beeilen.«

Daisy wartete, bis die Frau einen Schritt zurückgetreten war, bevor sie den Motor startete und *Wildflower Lock* verließ. Während der ganzen Heimfahrt war sie wie in Trance, hielt an Ampeln und nahm Abzweigungen, ohne wirklich darüber nachzudenken. Als sie in ihre Straße einbog, war sie fast überrascht, bereits angekommen zu sein.

Als sie oben in ihrer Wohnung angekommen war, ließ sie sich auf das Sofa fallen, ohne sich die Mühe zu machen, die Schuhe auszuziehen. Sie öffnete den vierten Umschlag. Auch dieser enthielt eine Geburtstagskarte, aber diesmal lag ein gefaltetes, liniertes Blatt Papier darin.

Ihre Hände zitterten, als sie es glattstrich und die Worte las.

Liebe Daisy,

es ist lange her, dass ich dich gesehen habe. So lange, dass ich manchmal Angst habe, du könntest dich vielleicht gar nicht mehr an mich erinnern. Ich hoffe sehr, dass das nicht so ist, denn die Jahre mit dir waren die glücklichsten meines Lebens.

Ich möchte, dass du weißt, dass ich an dich denke – jeden Tag. Und ich wünschte, ich hätte die Chance gehabt, die großartige junge Frau kennenzulernen, die du sicherlich geworden bist. Ich hoffe von Herzen, dass du glücklich bist und das Leben führst, das du dir erträumt hast. Und falls nicht, dann möchte ich, dass du weißt: Es ist nie zu spät, damit anzufangen.

Ich liebe dich.

Dad

Daisy ließ den Umschlag neben sich auf das Sofa fallen. Tränen liefen über ihre Wangen. Es ergab keinen Sinn. All diese Geburtstagskarten, die sie nie erhalten hatte. All die Worte ihres Vaters, die sie nie hatte lesen dürfen. Als er gestorben war, hatte sie geglaubt, er hätte sie vergessen oder hätte nie etwas mit ihr zu tun haben wollen. Doch diese Briefe zeichneten ein ganz anderes Bild.

Impulsiv griff sie nach ihrem Handy und öffnete die Liste der zuletzt gewählten Nummern. Ganz oben stand *Mum*. Doch anstatt auf *Anrufen* zu drücken, starrte sie nur auf den Bildschirm. Warum hatte ihre Mutter das vor ihr geheim gehalten? Warum hatte sie die Briefe ihres Vaters zurückgeschickt und jeden Versuch der Kontaktaufnahme verhindert? Es musste einen Grund geben. Pippa hatte alles getan, um sicherzustellen, dass Daisy ein gutes Leben hatte. Und auch wenn Daisy viele Fehler gemacht hatte, war Pippa immer für sie da gewesen, hatte sie unterstützt, sie geliebt.

Es ergab einfach keinen Sinn, dass sie ihr das verheimlicht haben sollte – es sei denn, sie hatte einen triftigen Grund. Das Problem war nur, dass Daisy den Grund nicht erfahren würde, ohne ihre Mutter zu fragen.

Sie schaute aus dem Fenster und dann auf die Uhr auf ihrem Telefon. Es war erst halb neun, aber sie hatte das Gefühl, es sei fast Mitternacht. Ihre Arme und Beine schmerzten vom vielen Heben und Tragen, dazu hatte sie Kopfschmerzen. Selbst wenn ihre Mutter über die Vergangenheit sprechen würde, war Daisy zu müde, um ein so ernstes Gespräch zu führen. Also sammelte sie die Karten und den Brief ein, schleppte sich in ihr Schlafzimmer und war eingeschlafen, bevor ihr Kopf das Kissen berührte.

Als sie am nächsten Morgen aufwachte, hatte Daisy das Gefühl, kaum geschlafen zu haben. Wie immer lag der Duft von frischen Backwaren in der Luft, obwohl sie inzwischen fast immun geworden war. Ihr Nacken schmerzte und ihr Kopf dröhnte, was durch das Gepolter in der Bäckerei unter ihr noch verstärkt wurde. Daisy schloss die Augen, um noch etwas weiterzuschlafen, bevor sie sich der Realität dessen, was sie gestern Abend erfahren hatte, stellte.

Sie musste ihre Mutter besuchen.

Daisy schaffte den Weg von ihrer Wohnung zum Haus ihrer Mutter in Rekordzeit. Normalerweise hätte sie sich darüber gefreut, nur zwanzig Minuten zu brauchen, aber dies war kein normaler Besuch, und sie wünschte, sie wäre von mehr roten Ampeln aufgehalten worden.

Pippa war an der Ostküste Englands aufgewachsen, war aber mit Anfang zwanzig nach London gezogen, um ihr Glück in den großen Restaurants der Hauptstadt zu versuchen. Obwohl Daisy wusste, dass sie voreingenommen war, hatte sie immer gedacht, Pippas Essen wäre gut genug, um auf der Speisekarte eines Michelin-Sterne-Restaurants zu stehen. Doch nach ein paar Jahren in der gehobenen Gastronomie wurden Pippa der Stress und die langen Arbeitstage zu viel, und sie beschloss, stattdessen in einem kleinen Café zu arbeiten, nur fünfzehn Gehminuten von ihrem Haus in Edmonton entfernt.

Als Daisy vor der Tür des kleinen Reihenhauses stand, überlegte sie, was sie tun sollte. Ihr Hausschlüssel war immer noch derselbe, den sie mit elf Jahren bekommen hatte, und bis jetzt hatte sie ihn immer ohne Zögern benutzt. Doch diesmal zögerte sie.

Sie wusste, dass Bex und Claire ihr raten würden, ihre Mutter mit den Briefen zu konfrontieren und Antworten zu verlangen. Allerdings würden sie auch eine Meinung zu der Sache mit dem Boot haben, von dem Pippa nach wie vor nichts wusste. Daisy kannte ihre Mutter besser als alle anderen. Wenn sie sofort auf Konfrontationskurs ging, würde sich Pippa nur verschließen und gar nichts mehr sagen. So war sie immer, wenn ihr ein Gespräch nicht gefiel. Es konnte Tage, wenn nicht Wochen dauern, bis man dann eine Antwort bekam. So schmerzhaft es auch war, Daisy wusste, dass sie behutsam vorgehen musste.

Also atmete sie tief durch, nahm allen Mut zusammen, steckte den Schlüssel ins Schloss und öffnete die Tür.

KAPITEL 16

Das Haus roch immer noch genau wie damals, als Daisy hier gewohnt hatte. Der Duft von leckerem Essen hatte sich in den Wänden festgesetzt, und das blumige, leichte Parfum ihrer Mutter war immer noch dasselbe wie zu Daisys Schulzeit. Doch trotz der vertrauten Gerüche hatte sich die Einrichtung des Hauses drastisch verändert. In den letzten fünf Jahren hatte ihre Mutter einen neuen Teppichboden verlegt, ein neues Sofa gekauft und allein im Wohnzimmer zweimal die Vorhänge ausgetauscht. Alle Schlafzimmer waren frisch gestrichen, und im letzten Jahr war die Küche umfassend renoviert worden.

Daisy streifte ihre Schuhe ab und stellte sie ordentlich ins Regal. Ihre Mutter legte großen Wert auf Ordnung, besonders wenn es um Dinge auf dem Boden ging. Nachdem sie sorgfältig überprüft hatte, dass die Schuhe gerade standen, hängte sie ihren Mantel an den Haken. Dann fielen ihre Augen auf das Gemälde im Flur.

Die Landschaft war ein abstraktes Meer aus Farben und fast einen Meter breit. Die Blau- und Grautöne waren von goldenen Sprenkeln durchzogen, und obwohl keine klaren Bilder darin zu erkennen waren, sagten viele Menschen, dass das Gemälde an den Himmel nach einem Sturm erinnerte. Daisy hatte ihre Mutter schon mindestens ein Dutzend Mal gebeten, dieses Bild zu entfernen. Einmal hatte sie sogar selbst ein anderes Bild gekauft und es aufgehängt, aber kaum hatte sie das Haus verlassen, war es verschwunden, und das ursprüngliche Bild hing wieder an seinem Platz. Inzwischen hatte sie es aufgegeben, danach zu fragen.

»Dieses Bild war das erste Zeichen, dass du eine besondere Gabe hast«, sagte Pippa jedes Mal, wenn Daisy sie bat, es abzuhängen. »Auch wenn du nicht mehr malst – das ändert nichts daran, dass meine Tochter unglaublich talentiert ist und ich daran erinnert werden möchte.«

Normalerweise vermied es Daisy, das Bild anzuschauen, wenn sie ins Haus kam. Aber an diesem Morgen verweilte ihr Blick auf den Pinselstrichen. Für sie war das Gemälde banal. Durchschnittlich. Aber sie wollte nicht darüber nachdenken, wie gut sie hätte werden können, wenn nicht alles den Bach heruntergegangen wäre.

»Daisy, Liebling, bist du das? Ich habe nicht mit dir gerechnet. Alles in Ordnung?«

Pippa kam die steile Treppe hinunter, die Daisy in ihrer Jugend gerne heruntergerutscht war. Jetzt fragte sie sich, wann diese Treppe für ihre Mutter zu einer Herausforderung werden würde. Natürlich würde sie das nie laut sagen. Pippa war noch keine fünfzig und hatte keinerlei gesundheitliche Probleme, aber manchmal wünschte Daisy, ihre Mutter würde etwas mehr über die Zukunft nachdenken. Darüber, dass ein Haus mit so einer steilen Treppe in fünfzehn oder zwanzig Jahren nicht mehr so praktisch sein würde.

»Tut mir leid, störe ich?«, fragte sie. Ihr Herz schlug viel zu schnell.

»Natürlich störst du nicht«, sagte Pippa und zog Daisy in eine enge Umarmung, die ein wenig länger dauerte als sonst. »Ich habe mir Sorgen um dich gemacht. Gestern am Telefon klangst du nicht wie du selbst.«

»Ich hatte nur viel um die Ohren, das ist alles«, log sie.

Eine tiefe Falte bildete sich zwischen Pippas Brauen. »Es ist dieser Job, oder? Ich dachte, dass du ihn magst. Hat sich etwas geändert? Ich dachte, du hättest gesagt, dass du einen guten, stabilen Lohn hättest.«

»Es hat nichts mit dem Job zu tun, Mum.«

»Gut. Denn ich denke wirklich, das könnte das Richtige für dich sein. Ich habe mit Farah darüber gesprochen. Sie sagte, dass man sich heutzutage als Sekretärin eine gute Karriere aufbauen kann, und es gibt viele Teilzeitstellen. Du weißt, falls du dich nebenher mit … anderen Dingen beschäftigen möchtest.«

Daisy spürte, wie sich ein Monolog anbahnte. Für jemanden, der immer entspannt zu sein schien, war Pippa überraschend gut darin, sie mit Ratschlägen zu überhäufen.

»Ich kann nicht lange bleiben«, sagte sie, als sie bemerkte, dass sie noch keine ihrer Fragen gestellt hatte. »Ich treffe mich mit Bex und Claire.«

»Macht ihr etwas Schönes?«, fragte ihre Mutter.

Daisy öffnete den Mund, nur um ihn gleich wieder zu schließen. Der Kommentar über ihre Freundinnen war ihr einfach so herausgerutscht und hatte sie in eine schwierige Lage gebracht. »Oh … Amelia hat irgendeine … Gymnastikaufführung oder so etwas. Ich kann mich nicht mehr genau erinnern. Claire hat uns gefragt, ob wir zusehen wollen.«

»Das klingt nett«, sagte ihre Mutter. Sie gingen in die Küche, wo ihre Mutter den Wasserkocher einschaltete. »Ich beneide euch Mädels. Es ist so schön, dass ihr euch gegenseitig unterstützt.«

»Ja, das ist es«, sagte Daisy und versuchte, das Gespräch in die gewünschte Richtung zu lenken. »Danach wollten wir irgendwo spazieren gehen. Vielleicht in einem Pub zu Mittag essen. Angeblich gäbe es ein neues Lokal in der Nähe einer Schleuse.«

Daisy hatte gehofft, die Reaktion ihrer Mutter beobachten zu können, aber ihr Kommentar war schlecht getimt, da Pippa gerade die Milch aus dem Kühlschrank holte und ihr den Rücken zuwandte.

»Das klingt nach einem schönen Tag«, stimmte sie zu.

Daisy biss die Zähne zusammen. Sie würde direkter werden müssen, wenn sie Antworten bekommen wollte.

»Hast du je darüber nachgedacht, auf einem Boot zu leben?«, fragte sie, während ihre Mutter die Milch einschenkte. Pippa erstarrte, während die Milch weiter in die Tasse floss.

»Auf einem Boot leben?«, wiederholte sie und stellte die Milch beiseite, bevor die Tasse überlief. »Warum sagst du so etwas?«

»Das ist ziemlich beliebt«, erwiderte Daisy. Ihr Herzschlag beschleunigte sich. Ihre Lüge klang wenig überzeugend, aber sie war fest entschlossen, das hier durchzuziehen. »Viele Leute ziehen auf Hausboote um, besonders Menschen aus der Stadt. Du weißt, um Miete zu sparen und ein einfacheres Leben zu führen.«

Ihre Mutter schnaubte. »Ein einfacheres Leben? Mit einer Chemietoilette und neugierigen Nachbarn, die mitten in der Nacht neben dir ankern? Nein, ich kann mir nichts Schlimmeres vorstellen. Ich hatte nie das Verlangen, so zu leben.«

Sie lachte, als wäre das alles nur ein Witz, aber Daisy sah die Anspannung in ihren Augen. Pippa umklammerte ihre Tasse so fest, dass die Oberfläche des Inhalts zitterte, ganz zu schweigen von dem Kommentar über die Chemietoilette.

Daisy wusste nicht einmal, was das war, aber es war offensichtlich, dass ihre Mutter viel mehr über Kanalboote wusste, als sie zugab.

Daisy nahm ihren Tee entgegen und wechselte das Thema, als hätte sie die Schleuse und die Hausboote nur beiläufig erwähnt. Sie unterhielten sich über Bex und Claire und darüber, dass der Besitzer des Cafés, in dem Pippa arbeitete, thematische Mittagessen veranstalten wollte. Daisy erfuhr außerdem, dass Farahs Hüftoperation erneut verschoben worden war. Als ihr Tee leer war, küsste sie ihre Mutter auf die Wange und hob ihre Tasche vom Boden auf.

»Kommst du später in der Woche noch einmal auf eine Tasse Tee vorbei?«, fragte Pippa.

»Natürlich«, sagte Daisy. »Ich bin sicher, dass wir dann einiges zu besprechen haben.«

KAPITEL 17

Als Daisy in *Wildflower Lock* ankam, erwartete sie eine Überraschung.

»Was machst du denn hier?«, fragte sie, als sie das Schleusentor erreichte und eine etwas verloren wirkende Claire dort stehen sah. »Ich dachte, du müsstest dieses Wochenende auf Amelia aufpassen?«

»Eigentlich schon, aber ich dachte, Bex hätte dir gestern geholfen. Ich habe gestern Abend mit ihr telefoniert. Sie sagte, sie hätte arbeiten müssen. Warum hast du nichts gesagt? Ich hätte etwas arrangieren können.«

Erst da bemerkte Daisy, dass Amelia hinter Claire an der Wand lehnte. Sie war sieben Jahre alt und konnte genauso lange über Feen und Golden Retriever reden wie über die verschiedenen Schichten des Meeres und die Tiere, die dort lebten.

»Wird sie sich hier zurechtfinden? Ich weiß nicht, wie kinderfreundlich das Boot ist.«

»Das geht schon. Wir haben Malbücher und Kartenspiele, und wenn das nichts mehr nützt, habe ich auch noch ein

Tablet und Kopfhörer dabei. Also, welchen Teil putzen wir zuerst?«

»Eigentlich wollte ich dich erst etwas fragen.«

Dreißig Minuten später hatte Amelia ihr Tablet und Kopfhörer auf, und Daisy erzählte Claire von den Briefen, den Geburtstagskarten und der seltsamen Reaktion ihrer Mutter, als sie ganz beiläufig Kanalboote erwähnt hatte.

»Unglaublich, dass du ihr die Briefe nicht um die Ohren gehauen hast«, sagte Claire, wie Daisy geahnt hatte. »Warum hast du nichts gesagt? Ich verstehe nicht, warum du nicht einfach gefragt hast: Hast du sämtliche Geburtstagskarten und Briefe meines Vaters zurückgeschickt, ohne mir etwas davon zu sagen? Du bist so ruhig. Ich wäre außer mir vor Wut.«

»Ich bin nicht ruhig«, gestand Daisy. »Aber da muss mehr dahinterstecken, oder? Mein Vater muss etwas wirklich Schlimmes getan haben, damit meine Mutter jeglichen Kontakt unterbunden hat, oder?«

»Nun, wenn es das ist, was du denkst, ist es vielleicht besser, es nicht zu wissen.«

»Genau, und je eher ich dieses Boot hergerichtet und verkauft habe, desto besser.«

Nach der Entdeckung im Schlafzimmer hatte Daisy die Tür zu diesem Teil des Bootes geschlossen, um sich auf den Rest zu konzentrieren. Während sie damit beschäftigt war, Küchenschränke von Suppenkonserven und *Corned Beef* zu befreien, deren Haltbarkeitsdatum weit überschritten war, arbeitete Claire mit einem Besen. Jetzt, da der größte Teil des Fußbodens frei war, konnte sie endlich die enormen Mengen an Staub und Spinnweben wegfegen.

Obwohl die *September Rose* noch weit davon entfernt war, ein luxuriöses Heim zu sein, wurde ihr Potenzial immer deutlicher.

»Ich glaube, ich würde gern mal eine Nacht auf einem

Boot verbringen«, sagte Claire und trat zurück, um ihr Werk zu betrachten. Wahrscheinlich war es nur ein beiläufiger Kommentar, aber in Daisys Kopf begann eine Idee Gestalt anzunehmen. Sie wusste, was sie am nächsten Wochenende unternehmen würden.

»Okay, das lässt sich einrichten«, erwiderte sie.

IN DER DARAUFFOLGENDEN WOCHE FIEL ES DAISY SCHWER, IHRE Arbeit zu bewältigen. Normalerweise erforderte ihr Job nicht allzu viel Konzentration – Telefonanrufe entgegenzunehmen und E-Mails zu beantworten bedeutete meist, in einen konstanten Arbeitsfluss zu geraten, in dem man sich einfach treiben lassen konnte. Normalerweise machte ihr die Arbeit Spaß, doch jetzt kreisten ihre Gedanken unaufhörlich um das Boot und die Briefe ihres Vaters.

Am Montag leitete sie einen Anruf ins falsche Büro weiter, und am Dienstag beantwortete sie dieselbe E-Mail zweimal. Zum Glück wusste niemand außer ihr und dem Kunden davon, aber es war trotzdem kein gutes Zeichen. Sie mochte ihren Job und wollte ihn nicht verlieren. Wenn sie weiter solche dummen Fehler machte, würde es irgendwann auffallen. Es fiel ihr zunehmend schwer, an etwas anderes zu denken als an das Boot und alles, was damit zusammenhing.

Am Dienstagabend betrat Daisy zum ersten Mal einen Baumarkt. Sie wusste immer noch nicht genau, welche Werkzeuge sie brauchen würde, hatte aber mehrere Stunden damit verbracht, sich über Farben für den Außenanstrich des Bootes zu informieren. Dabei hatte sie herausgefunden, dass sie das Boot irgendwann aus dem Wasser holen müsste, um den Rumpf zu streichen. Doch auch im Inneren gab es viele Aufgaben, die sie bereits jetzt erledigen konnte, und sie hoffte, dass ihr jemand im Baumarkt helfen würde, das richtige Werkzeug zu finden, damit sie loslegen konnte.

Als sie jedoch den Laden betrat, war es kein Angestellter, dem sie begegnete. Zumindest kein Angestellter des Baumarkts.

»Amanda?«, sagte Daisy, doch dann war sie sich plötzlich unsicher, wen sie da vor sich hatte. Die Person sah eindeutig wie ihre Vorgesetzte aus, aber statt eines Business-Anzugs und Stöckelschuhen trug sie Latzhosen und einen übergroßen Kapuzenpullover.

»Daisy, was für eine Überraschung.«

Es war tatsächlich Amanda. Da sich Daisy außerhalb des Büros nicht mit ihren Kollegen traf, wusste sie nur wenig über deren Privatleben, aber angesichts der riesigen Mengen an Holzplanken und Gipskartonplatten, die Amanda in ihrem Einkaufswagen hatte, war sie wohl eine erfahrene Handwerkerin.

»Du scheinst Großes vorzuhaben«, sagte Daisy aus dem unangenehmen Gefühl heraus, die Stille mit Small Talk füllen zu müssen. Es war nicht so, dass sie Amanda nicht mochte. Sie hasste nur Situationen, in denen ein Gespräch nahezu unausweichlich war, obwohl sie nicht viel zu sagen hatte. Glücklicherweise lächelte ihre Vorgesetzte freundlich.

»Du wirst es nicht glauben, aber ich baue eine Trennwand ein. Die Zwillinge sind es leid, sich ein Zimmer zu teilen, und Lynn und ich halten die Streitereien nicht mehr aus.«

Zwillinge, dachte Daisy. Sie hatte nicht einmal gewusst, dass Amanda Kinder hatte, doch bevor sie etwas sagen konnte, sprach Amanda schon weiter.

»Und was ist mit dir? Ist das hier einer deiner üblichen Treffpunkte nach der Arbeit?«

Daisy lachte. Normalerweise hielt sie ihr Privatleben strikt von der Arbeit getrennt, aber schließlich waren sie nicht im

Büro, und Amanda hatte ihr bereits einen Einblick in ihr Leben außerhalb des Jobs gegeben.

»Darf ich dir kurz etwas zeigen? Sofern du es nicht eilig hast.«

»Glaube mir, alles, was mir fünf Minuten ohne die Streitereien der Zwillinge erspart, ist willkommen. Man würde meinen, es würde besser werden, wenn sie etwas älter sind, aber ich finde, es wird schlimmer. Zumindest bei meinen.«

Daisy kramte kurz in ihrer Tasche, zog dann ihr Handy heraus und zeigte Amanda die Fotos, die sie am vergangenen Wochenende gemacht hatte. Seitdem hatte sie die Bilder nicht mehr angesehen. Eigentlich waren sie nur als Referenz gedacht gewesen – vorher und nachher –, doch jetzt verspürte sie ein seltsames Gefühl von Nostalgie. Etwas an der geschwungenen Dachlinie und den großen Fenstern vermittelte ihr ein seltsames Gefühl von Geborgenheit.

»Das ist die *September Rose*. Mein Großvater, den ich kaum kannte, hat sie mir hinterlassen.«

Amandas Augen weiteten sich. »Wow. Lynn und ich hatten ein paar Dates auf einem kleinen Boot. Und vor ein paar Jahren haben wir sogar eine Woche Urlaub auf einem Boot in Warwickshire gemacht. Hast du eine Ahnung, wie oft ich versucht habe, sie davon zu überzeugen, dass wir die Wohnung aufgeben und auf ein Boot ziehen sollten?«

»Würde dir das wirklich gefallen?«, fragte Daisy und dachte an den Kommentar ihrer Mutter über Chemietoiletten. »Könntest du wirklich auf einem Boot leben?«

»Jetzt natürlich nicht mehr«, antwortete Amanda. »Und die Jungs wären auch nicht gerade begeistert, besonders jetzt mit all den Prüfungen. Aber in deinem Alter, als Lynn und ich frisch verheiratet waren – warum nicht? Das wäre ein Abenteuer gewesen. Sieht aber so aus, als hättest du noch einiges vor dir, bevor das Boot bewohnbar ist.«

»Ich weiß. Aber ich habe das Gefühl, dass es sich lohnt. Ich meine, wahrscheinlich werde ich es nicht behalten. Ziemlich sicher nicht, aber es ist schon etwas Besonderes, oder?«

Amanda blickte noch einen Moment auf das Display, bevor sie Daisy anlächelte. »Du musst mir unbedingt Fotos zeigen, wenn du fertig bist. Ich würde gern sehen, wie es geworden ist. Vielleicht kannst du uns im Sommer sogar auf eine Fahrt mitnehmen – vorausgesetzt, du hast das Boot bis dahin nicht schon verkauft.«

»Das wäre schön«, sagte Daisy, dann verabschiedete sie sich von ihrer Vorgesetzten. Sie hatte Werkzeug einzukaufen.

KAPITEL 18

Am Mittwochabend fuhr Daisy direkt nach *Wildflower Lock*. Eigentlich hatte sie vorgehabt, nur am Wochenende am Boot zu arbeiten, aber es war ein Tag mit klarem Himmel und strahlendem Sonnenschein, und sie wollte die immer länger werdenden Abende ausnutzen. Sie dachte, dass es unter der Woche ruhiger sein würde, aber sie hatte sich geirrt.

Woher kamen all diese Menschen? Der Parkplatz war voller als an dem Wochenende, als sie mit Bex hierhergefahren war – die Autos standen praktisch Schlange. Wieder sah sie unzählige Paddleboarder und Kajakfahrer, und neunzig Prozent der anderen Besucher hatten einen Hund dabei. Wie es aussah, liebten Hundebesitzer *Wildflower Lock*.

Wegen des Platzmangels musste Daisy am anderen Ende des Parkplatzes parken, was einen noch längeren Fußmarsch zur *September Rose* bedeutete – aber das störte sie nicht. Der Weg gab ihr die Gelegenheit, die Libellen und Teichhühner im Schilf zu beobachten. Sie war sich noch nicht ganz sicher, womit sie anfangen wollte. Im Schlafzimmer standen noch einige Boxen, die sie sortieren musste, und die Kartons im Wohnzimmer mit Winterpullovern und Anglerausrüstung wollte sie in einen Secondhandladen bringen. Andererseits könnte es auch sinnvoll sein, zuerst eine Inventarliste mit den Dingen zu machen, die noch brauchbar waren.

Sie war gerade auf das hintere Deck getreten und überlegte, wie schwierig es wohl wäre, die gesamte Küche herauszureißen, um eine neue einzubauen, als sie von einer Stimme hinter sich gerufen wurde. »Daisy? Daisy May?«

Daisy drehte sich um. Für einen kurzen Augenblick war sie verwirrt, doch dann erkannte sie die Frau vor sich.

»Tante Bethany!«, rief sie und sprang sofort vom Boot. Tante Bethany war eigentlich gar keine richtige Tante. Die hochgewachsene, elegante Frau, die einen ebenso eleganten Hund an der Leine führte, hatte Daisys Mutter unter ihre Fittiche genommen, als diese nach London gezogen war. Ein großer Teil von Daisys Kindheit hatte sich in Bethanys Haus abgespielt, das wie ein zweites Zuhause für sie gewesen war. Sie hatte den Kühlschrank geöffnet, wenn sie hungrig war, überall Spielsachen liegen lassen und gelegentlich sogar Horrorfilme gesehen – etwas, das Pippa niemals erlaubt hätte. Doch kurz bevor Daisys Vater gestorben war, hatte Bethany dem stressigen Stadtleben den Rücken gekehrt und war aufs Land gezogen. Das war das letzte Mal gewesen, dass Daisy sie gesehen hatte.

»Es ist Jahre her. Wie geht es dir? Und wer ist das?«, fragte Daisy und bückte sich, um den Hund zu streicheln.

»Das ist Pom-Pom«, antwortete Bethany. »Meine Enkelin wollte sie so nennen.«

»Sie ist toll«, sagte Daisy, während der Hundeschwanz hart gegen ihr Bein schlug. Sie wusste nichts über Hunderassen, vermutete aber, dass Pom-Pom so etwas wie ein Windhund oder ein Greyhound war.

»Und du?«, fragte Bethany, was Daisy dazu brachte, sich aufzurichten und ihre Aufmerksamkeit auf ihr Gegenüber zu richten. »Ich kann es wirklich kaum glauben. Du hast dich kaum verändert. Malst du noch? Ich nehme an, du hast die Kunsthochschule besucht, so wie du es immer wolltest.«

Daisys Lächeln wurde steif. »Das hat leider nicht ganz so geklappt, wie ich es mir erhofft hatte«, sagte sie und versuchte dann, so schnell wie möglich das Thema zu wechseln. »Aber Mum wohnt immer noch in London, und zwar immer noch im selben Haus. Unglaublich, oder?«

»Und sie arbeitet bestimmt immer noch im gleichen Café, oder?«

»Natürlich.«

»Sie hat dieses Café schon viel zu lange am Leben erhalten. Ich hoffe, die Besitzer wissen, wie glücklich sie sich schätzen können, sie zu haben. Es ist schon lange her, dass ich mit ihr gesprochen habe, aber du kennst das ja. Man hat viel um die Ohren, und ehe man sich versieht, sind zehn Jahre vergangen.«

Daisy konnte die Trauer in ihren Augen sehen, als sie das sagte.

»Wir haben es geschehen lassen«, sagte sie und versuchte, kein peinliches Schweigen entstehen zu lassen. »Du hast jetzt also Enkelkinder?«

»Drei sogar. Und sie sind einfach wundervoll. Was machst du eigentlich hier? Du stehst auf einem Boot.«

Daisys Puls beschleunigte sich. Sie hatte sich so über das Wiedersehen mit ihrer alten Freundin gefreut, dass sie gar nicht daran gedacht hatte, was es bedeutete, von Bethany hier gesehen zu werden. Plötzlich war sie froh, dass Bethany und Pippa keinen Kontakt mehr hatten.

»Oh, ich? Nicht viel. Ich genieße nur das Wetter, weißt du? Ich habe überlegt, mit einer Freundin Paddleboarding auszuprobieren. Das hier ist das Boot eines Freundes. Genauer gesagt, eines Freundes von diesem Freund.« Daisy spürte, dass sie sich in eine unangenehme Lage manövrierte, aber Bethany schien es nicht zu bemerken.

»Mein Schwiegersohn liebt Paddleboarding. Er kommt oft hierher. Vielleicht triffst du ihn ja.«

Das Gespräch machte Daisy immer nervöser. Sie zeigte auf den Hund. »Pom-Pom scheint weiterzuwollen. Ich werde Mum deine Grüße ausrichten.«

»Es war schön, dich wiederzusehen. Versuch, nicht von Bord zu fallen. Obwohl die Sonne scheint, ist das Wasser zu dieser Jahreszeit eisig.«

»Das werde ich mir merken.« Daisy lächelte.

Einen Moment später gingen Bethany und Pom-Pom weiter, und Daisy stieß ein langes, erleichtertes Seufzen aus.

Sie lehnte sich gegen die *September Rose* und wartete darauf, dass sich ihr Herzschlag wieder normalisierte, als Theo aus seinem Boot trat. Daisy wollte eigentlich nicht mit ihm sprechen. Eigentlich war er der perfekte Grund, sich wieder in Bewegung zu setzen, aber bevor sie das tun konnte, sprach Theo sie an.

»Sie hatte ich heute nicht erwartet«, sagte er. »Aber ich bin froh, dass Sie hier sind.«

»Tatsächlich?« Ihre Stimme stockte bei seiner unerwartet freundlichen Begrüßung.

»Ich habe die Preise für die Liegeplätze im nächsten Jahr. Fred hat immer rechtzeitig bezahlt, auch als er nicht mehr selbst herkommen konnte. Die nächsten sechs Monate sind abgedeckt, danach müssen Sie selbst für den Liegeplatz bezahlen. Ich habe den Brief in meinem Boot, wenn Sie einen Moment warten können.«

»Liegeplatzgebühren?« Jetzt, da Theo es erwähnte, schien es offensichtlich, dass man dafür bezahlen musste – sonst könnte ja jeder einfach anlegen, wo er wollte. Aber war das nicht der Sinn eines eigenen Bootes? Die Freiheit, hinzufahren, wohin man wollte?

Als Theo die Stufen in sein Boot hinabstieg, um den Brief zu holen, warf Daisy einen Blick durch das Fenster hinein. Der makellose Zustand seines Bootes war ein starker Kontrast zu seinem alternativen Look – was jedoch nicht unattraktiv war. Im Gegenteil: Es machte ihn irgendwie noch anziehender.

Sie verscheuchte diesen Gedanken sofort. Nein, auf keinen Fall. Er mochte überdurchschnittlich gut aussehen, aber das machte einen Mann noch lange nicht anziehend. Sie hatte bereits erlebt, wie er war, wenn er schlechte Laune hatte. Mit einem Kerl wie ihm wollte sie nichts zu tun haben. Eigentlich wollte sie mit keinem Kerl etwas zu tun haben.

»Hier, bitte sehr«, sagte er, als er wieder auftauchte und ihr den Brief überreichte. »Das ist natürlich nur, wenn Sie denselben Liegeplatz möchten. Fred hatte schon immer diesen Platz, und Sie werden vermutlich kein besseres Angebot finden, aber das liegt ganz bei Ihnen. Ich bin nicht beleidigt, falls Sie umziehen möchten.«

War das ein Scherz? Sie hatte keine Ahnung und wollte es eigentlich auch nicht herausfinden.

»Danke.« Sie nahm den Umschlag entgegen, drehte sich um und ging zur *September Rose* hinüber. Sie hatte ihn aufgerissen und den Brief herausgezogen, noch ehe sie auch nur einen Fuß auf das Boot setzen konnte. Ihre Hand legte sich über ihren Mund, um ein Keuchen zu unterdrücken. Das Papier trug das Logo der Kanalbehörde und enthielt einige Daten und Informationen wie die Liegeplatzlänge – aber eine Sache sprang Daisy sofort ins Auge: eine Zahl. Eine sehr große Zahl.

KAPITEL 19

»Siebentausend Pfund.« Egal, wie oft sie es laut sagte, die Zahl wurde nicht kleiner. »Siebentausend Pfund – so viel kostet ein Liegeplatz pro Jahr. Aber Theo hat gesagt, dass ich die Gebühr momentan nicht bezahlen muss. Sie ist noch nicht fällig.«

Nachdem sie den Schock über den Brief verdaut hatte, fiel es Daisy schwer, sich auf die Arbeiten am Boot zu konzentrieren. Sie hatte sogar darüber nachgedacht, zu Theo zurückzugehen und zu fragen, ob er aus Versehen eine Null zu viel angehängt hatte, aber eine kurze Internetsuche zeigte, dass die Zahl wohl stimmte. Nachdem sie eine Stunde lang ziellos Kartons hin- und hergeschoben hatte, gab Daisy schließlich auf und fuhr nach Hause. Sie rief Bex an, um sie auf einen Drink einzuladen.

Ihre beste Freundin wartete bereits vor der Bäckerei auf sie, als Daisy vor ihrer Wohnung parkte. Zum Glück hatte sie diesmal nicht nur Wein, sondern auch Bier mitgebracht. »Sieben tausend Pfund. Das ist fast ein Viertel meines Gehalts. Ich dachte, das Leben auf einem Boot sei günstiger?«

Bex nahm Daisy den Brief aus der Hand und überflog ihn.

»Schau, hier steht, dass du bis September nichts bezahlen musst. Bis dahin ist alles gedeckt. Vielleicht kannst du danach in monatlichen Raten zahlen.«

»Das sind immer noch fast sechshundert Pfund pro Monat«, erwiderte sie und war beeindruckt, wie schnell sie das ausgerechnet hatte.

Daisy seufzte. Momentan konnte sie sich Take-away, Shoppingtouren und gelegentlich eine Designerhandtasche leisten, aber in manchen Gegenden des Landes entsprachen sechshundert Pfund einer Monatsmiete.

»Nein, das ist gut«, sagte sie und nahm einen großen Schluck von ihrem Craft-Bier. »Das gibt mir eine Deadline. Bevor die nächste Rate fällig wird, muss das Boot zum Verkauf bereit sein. September.«

Nun war es an Bex, Kopfrechnen zu betreiben – was ihr angesichts ihres Berufs wahrscheinlich nicht allzu schwerfiel. »September? Das heißt, du hast sechs Monate Zeit. Sechs Monate für die komplette Renovierung eines Bootes.«

»Ein Widebeam-Boot mit sechs Kojen«, sagte Daisy und streute etwas von dem Fachjargon ein, den sie in den letzten zwei Wochen gelernt hatte. »Und ich muss nicht das ganze Boot renovieren. Das Badezimmer ist in Ordnung.«

»Es ist trotzdem eine Menge Arbeit. Du weißt nichts über das Renovieren von Häusern, ganz zu schweigen von Booten.«

Daisy dachte nach. Sechs Monate – das klang nach viel Zeit, wenn es darum ging, einen Job zu behalten. Aber wenn sie an die vielen Arbeiten dachte, die am Boot zu erledigen waren, und daran, dass sie nur die Wochenenden und gelegentlich einen freien Abend dafür hatte, wirkte es doch ziemlich entmutigend.

»Nun, dann sollten wir uns besser ins Zeug legen«, sagte sie und straffte ihre Haltung.

»Was genau meinst du mit *wir?*«, erwiderte Bex.

DAISY WAR AUFGEREGT. HEUTE WÜRDE EIN GUTER TAG WERDEN. Nein, es würde ein fantastischer Tag werden. Ian hatte sich bereit erklärt, das ganze Wochenende auf Amelia aufzupassen, und Bex und Claire hatten ein paar alte Schlafsäcke und Luftmatratzen herausgesucht. Die drei Freundinnen würden die Nacht auf dem Boot verbringen.

»Habt ihr extra Socken und Jogginghosen eingepackt? Ich habe keine Ahnung, wie kalt es wird, und ich möchte nicht der Sündenbock sein«, sagte sie, während sie ihr Gepäck in den Kofferraum luden. Obwohl sie nur eine Stunde Fahrt und eine Nacht auf dem Boot vor sich hatten, war der Kofferraum vollgestopft. Ein großer Teil davon war Essen – Chips, Schokolade und eine bunte Auswahl an Leckereien aus der Bäckerei – ganz zu schweigen von Wein und Bier. Bex hatte ihren Bluetooth-Lautsprecher mitgebracht, und Claire hatte eine spezielle »Erste Nacht auf dem Boot«-Playlist erstellt. Doch sie hatten auch Praktisches dabei: Metallschaber zum Abziehen von Farbe, Eimer, Schwämme und ein großes Paket industrieller Müllsäcke. Die Idee war, das Boot so gründlich wie möglich zu reinigen, bevor sie mit dem Streichen und dem Austauschen der Inneneinrichtung begannen. Danach müsste sie es zur nächsten Werft bringen, um die Außenseite behandeln zu lassen.

»Du solltest Theo fragen, ob er dir eine Fahrstunde gibt«, sagte Bex, als sie losfuhren und das Radio aufdrehten. »Das wäre eine nette Gelegenheit, ihn besser kennenzulernen. Fast wie ein Date.«

Daisy warf ihrer Freundin einen vernichtenden Blick zu.

»Hör auf damit, okay? Ich habe dir gesagt, dass ich erst wieder mit jemandem ausgehe, wenn ich bereit bin. Und selbst wenn ich das wäre – was ich nicht bin – Theo ist nicht mein Typ.«

»Ich glaube, du nimmst das etwas zu ernst. Ich sage ja nicht, dass du gleich heiraten musst, aber du hattest seit der Trennung von Paul kein einziges Date. Findest du das nicht ein bisschen merkwürdig?«

»Viele Menschen wollen nach einer Trennung nicht sofort wieder mit jemandem ausgehen«, entgegnete Daisy und bemerkte, dass ihre Stimme lauter wurde.

»Aber es sind zweieinhalb Jahre vergangen.«

Das war der Tropfen, der das Fass zum Überlaufen brachte. Sie waren gerade erst losgefahren, aber Daisy setzte den Blinker und lenkte das Auto an den Straßenrand.

»Lasst mich eins klarstellen: An diesem Wochenende reden wir nicht über Paul«, sagte sie, so laut und deutlich, dass sie die Worte fast ausspuckte. »Wir reden nicht darüber, dass ich mit niemandem ausgehe. Wir sprechen nicht über Theo, ob er Single ist oder mein Typ. Wir reden nicht darüber, was mein Typ ist. Wir reden über nichts anderes als darüber, wie wir dieses Boot schnellstmöglich in einen verkaufsfähigen Zustand bringen. Ist das klar? Wenn nicht, dann solltet ihr jetzt aussteigen.«

Im Rückspiegel sah Daisy, wie Claire in ihrem Sitz zusammensank, aber tief im Inneren wusste Daisy, dass sie ähnlich dachte wie Bex. Claire war nur klug genug, nicht darüber zu sprechen, wenn sie dabei war.

»Wir wollen nur, dass du glücklich bist«, sagte Bex leise. »Du hast so viel zu bieten, aber du ziehst dich komplett zurück. Ehrlich, wann hast du das letzte Mal etwas mit jemand Neuem unternommen? Mal einen Kollegen zum

Frühstück getroffen oder im Fitnessstudio jemanden gefragt, ob er mit dir einen Smoothie trinken gehen will?«

»Seit wann gehe ich ins Fitnessstudio?«, antwortete Daisy. »Und meine Kollegen sind nicht so. Ich verstehe nicht, warum du so einen Aufstand machst. Ich brauche keine neuen Bekanntschaften. Ich mag mein Leben so, wie es ist.«

»Wirklich? Denn manchmal habe ich das Gefühl, dass dein Leben stillsteht, seit er dich verlassen hat.«

Daisys Brust zog sich schmerzhaft zusammen, doch sie weigerte sich, es zu zeigen.

»Ich brauche keinen Mann, um glücklich zu sein. Ich muss nicht in irgendwelchen Apps nach Typen suchen, damit mein Leben einen Sinn bekommt. Ich sage dir schließlich auch nicht, dass du mit zu vielen ausgehst oder dass du die letzten fünf Male geglaubt hast, er wäre der Richtige, obwohl jeder sehen konnte, dass er es nicht war. Ich unterstütze dich einfach, verstehst du? Du sagst, ich hätte zu wenig Freunde. Es wäre schade, wenn ich noch einen verlieren würde.«

Es waren harte Worte, aber es war nicht das erste Mal, dass sie so mit Bex sprach – oder Bex mit ihr. Sie waren wie Schwestern und wussten genau, wie sie sich gegenseitig auf die Palme bringen konnten.

»Es tut mir leid. Du weißt, dass ich dich liebe«, sagte Bex, lehnte sich über die Mittelkonsole und umarmte sie.

»Ich liebe dich auch«, erwiderte Daisy.

Sie hielten sich fest, bis sie von einem Husten vom Rücksitz unterbrochen wurden. Als sie sich voneinander gelöst hatten, steckte Claire ihren Kopf durch die Lücke zwischen den beiden Vordersitzen.

»So schön und emotional dieser Moment auch war«, sagte sie, »können wir jetzt weiterfahren? Das ist das erste kinderfreie Wochenende seit drei Monaten, und ich würde es lieber nicht im Auto verbringen.«

KAPITEL 20

»Hier kommt noch ein Müllsack.«

»Wo kommen die alten VHS-Kassetten hin? Davon gibt es eine Menge.«

»Es sei denn, sie sehen wertvoll aus, weg damit«, antwortete Daisy.

Der Tag war wie im Flug vergangen. Alleine war es langweilig gewesen, Freds alte Sachen zu sortieren, aber jetzt machte es Spaß. Sie trafen alle Entscheidungen gemeinsam und stimmten darüber ab, ob die Dinge auf dem Boot bleiben oder weggeworfen werden sollten. Zwei Drittel der Kartons, die Daisy zur weiteren Durchsicht aufbewahrt hatte, entpuppten sich als Krempel, wie alte VHS-Geräte und Zeitschriften aus den Neunzigern. Bis siebzehn Uhr waren nur noch fünf große Kartons auf dem Boot übrig, dazu die Kiste mit den Geburtstagskarten, die Daisy immer noch mied.

Zwei der Kartons waren voller Mäntel und Kleidung, die, obwohl längst nicht mehr modern, in gutem Zustand zu sein schienen – ein Fund für einen Gebrauchtwarenladen. Bei den letzten zwei Kartons war sie sich nicht so sicher. Es gab diverses Werkzeug, das jemand nützlich finden könnte, sowie Kleinigkeiten wie ein Fernglas und Drahtrollen. Außerdem mussten sie noch ein paar Schränke ausräumen, den Bereich unter den Etagenbetten und ein verstecktes Fach in den Treppenstufen, das ebenfalls mit Werkzeug gefüllt war.

»Daisy, komm her und sieh dir das an«, rief Claire.

»Moment, ich räume erst diese Stufen leer«, rief Daisy zurück. Sie hatte sich hingekniet und arbeitete sich mit erstaunlich viel Mut durch ein Gebilde aus Spinnweben.

»Nein, es muss jetzt sein. Das musst du dir ansehen.«

Die Aufregung in ihrer Stimme ließ Daisy aufhorchen. Sie wischte sich die Hände an ihrer Jeans ab und stand auf, um zum hinteren Teil des Bootes zu gehen.

Bex und Claire standen neben einer großen Plastikkiste und strahlten übers ganze Gesicht.

»Was ist denn los? Was habt ihr gefunden? Ist es etwas Wertvolles? Etwa ein Koffer voller Bargeld? Bitte sagt mir, dass ihr einen Koffer voller Geld gefunden habt.«

»Du musst es dir selbst ansehen«, sagte Bex.

»Es ist besser als Geld«, fügte Claire hinzu.

»Besser als Geld?«

»Okay, vielleicht ist das etwas übertrieben. Aber es fühlt sich wie Schicksal an.«

Jetzt war Daisy wirklich verwirrt. Dieses Boot hatte schon mehrere Überraschungen bereitgehalten, aber bisher hatte sich nichts wie Schicksal angefühlt. Ihre Freundinnen traten zur Seite, sodass Daisy die Kiste sehen konnte.

»Es gibt eine Menge davon«, sagte Claire aufgeregt. »Und das ist noch nicht alles. Der Nachttisch ist auch voll davon. Du kennst dich da besser aus, aber ich glaube, es sind Aquarell- und Acrylfarben. Jede Menge Papier. Aquarellpapier ist teuer, oder? Ich erinnere mich, dass du das mal gesagt hast.«

Daisy hörte nur mit einem Ohr zu. Sie griff in die Kiste

und zog eine kleine, in Stoff gewickelte Rolle heraus, die mit einem Lederband zusammengehalten wurde. Noch bevor sie die Schnalle löste und sie auspackte, wusste sie, was sie darin finden würde.

»Diese sind sogar noch schöner als die, die ich im Kunststudium hatte«, flüsterte sie und strich vorsichtig mit dem Finger über einen der Pinsel. Sie hatte keine Ahnung, was diese Pinsel gekostet hatten, aber sie waren in absolut perfektem Zustand. Und wie Claire gesagt hatte: Es waren viele.

Daisy fand zwei weitere Rollen mit Pinseln, alle in unterschiedlichen Größen und Formen, aber von hoher Qualität. Wenn diese Fred gehört hatten, dann hatten sie mehr gemeinsam gehabt, als sie gedacht hatte. Sie stellte sich vor, wie sie an einem Sommermorgen auf dem Vordeck des Bootes saß und die Pinsel über das Papier gleiten ließ. Schon jetzt, im Frühling, gab es viel zu malen – und im Winter könnte es sogar noch bezaubernder sein. Sie liebte es, stimmungsvolle Szenen einzufangen. Vielleicht könnte sie das Boot irgendwo verankern, wenn ein Sturm aufzog, und malen, während der Regen auf das Dach trommelte.

»Daisy? Erde an Daisy?«

Sie drehte den Kopf und sah ihre Freundinnen an.

»Oh«, sagte sie, als ihr bewusst wurde, dass sie völlig in Gedanken versunken gewesen war. Sie schaute auf ihre Hände. Die Pinsel, die ihr gerade noch Hoffnung und Optimismus vermittelt hatten, fühlten sich auf einmal schwer an. »Ja, gut. Okay.« Sie legte die Pinsel zurück in die Kiste. »Wir sollten vielleicht einen Haufen mit Dingen zum Verkaufen machen.«

Die Frauen sahen sich gegenseitig an, bevor sie sich wieder an Daisy wandten.

»Vielleicht solltest du sie erst einmal behalten«, schlug

Claire diplomatisch vor. »Ich meine, wenn du sie nicht willst, würde sich Amelia darüber freuen.«

»Gut. Kein Problem. Aber wir sollten weitermachen. Ich schätze, wir haben noch etwa eine Stunde, bevor es zu dunkel wird, um weiterzuarbeiten.«

Mit einem schweren Gefühl in der Brust kehrte Daisy zur Treppe zurück, unter der sie die vielen Spinnweben entfernt hatte.

Zwei Stunden später beendeten sie offiziell ihre Arbeit für den Tag.

»Unglaublich, dass du den Strom wieder in Gang bekommen hast.« Die Frauen saßen auf dem Boden und aßen kalte Quiches und Couscous-Salat.

»Es war wirklich nicht so schwer«, meinte Claire. »Hast du nie draußen nach einer Steckdose gesucht?«

»Warum hätte ich draußen suchen sollen? Ich war doch drinnen«, sagte Daisy, und alle drei brachen in schallendes Gelächter aus. Auch wenn Daisys Unfähigkeit, über die Grenzen des Bootes hinauszudenken, der Auslöser war, trugen ihre Erschöpfung und die zwei Flaschen Wein, die sie gemeinsam geleert hatten, dazu bei, dass das Lachen nicht mehr enden wollte.

»Dreh das Lied lauter! Dreh das Lied lauter!«

Claire sprang auf. »Erinnerst du dich an diesen Song? Als wir in der Schule waren, lief der ständig. Beweg deine Arme!«

Jetzt stand auch Bex auf und hüpfte auf und ab, während Claire schief und mit völlig falschem Text mitsang.

»Bitte, bitte hört auf«, keuchte Daisy, die vor Lachen kaum noch Luft bekam.

»Nein, du musst aufstehen und tanzen! Ich habe noch nie auf einem Boot getanzt! Noch nie!« Mit diesen Worten begann Claire, auf die Küchentheke zu steigen, stellte aber schnell fest, dass dort viel zu wenig Platz war.

»Jemandem, der sich so verantwortungslos verhält, sollte man kein Kind anvertrauen«, meinte Bex, während sie versuchte, Claire davon abzuhalten, vornüber zu kippen.

»Ich bin nicht so verantwortungslos, wenn das Kind bei mir ist«, erwiderte Claire empört. »Daisy, sei nicht so langweilig! Tanz mit mir! Tanz mit mir!«

Stöhnend stemmte sich Daisy auf die Füße. »Na gut, ich tanze. Ich tanze – aber danach holen wir unsere Schlafsäcke und legen uns schlafen.«

»Es sei denn, das nächste Lied ist gut«, entgegnete Claire. »Wenn ein gutes Lied kommt, müssen wir weitertanzen.«

KAPITEL 21

Daisys Kopf schmerzte – doch nach kurzem Überlegen stellte sie fest, dass es nicht nur der Kopf war und dass es auch nicht einfach nur wehtat. Der Schmerz pochte. Er hämmerte. Es fühlte sich an, als hätte jemand Nägel in ihre Schläfen und ihren Hinterkopf getrieben. Ihr Mund war trocken und schmeckte, als hätte sie auf einem Laib verschimmelten Brots gekaut. Und ihre Knochen… ihre Knochen sollten doch eigentlich nicht so wehtun, oder? Sie war erst vierundzwanzig, fühlte sich aber wie vierundsiebzig. Sie atmete tief ein, um das aufsteigende Gefühl von Übelkeit zu unterdrücken, bereute es jedoch sofort, als es noch schlimmer wurde.

»Oh Gott, ich glaube, ich muss mich übergeben.« Das Sprechen half nicht, denn ihre Stimme war so laut, dass es alles nur noch schlimmer machte. Und sie war nicht die Einzige, der es so erging.

»Warum schreist du?«, stöhnte Claire, die den Kopf in ihrem Schlafsack versteckte. »Warum ist alles so laut? Warum bewegt sich der Boden? Sag dem Boden, er soll aufhören, sich zu bewegen.«

Bex ließ ein lautes Gähnen hören, bevor sie die Arme über sich ausstreckte.

»Das war eine gute Nacht«, sagte sie, was Daisy ein gequältes Ächzen entlockte. Ihre Fröhlichkeit war genug, um eine weitere Welle der Übelkeit in ihr auszulösen. »Ich hätte nicht gedacht, dass ihr zwei so schnell weg sein würdet. Ihr wisst schon, dass ihr vor Mitternacht eingeschlafen seid, oder?«

»Daisy, bring sie zum Schweigen«, zischte Claire leise. »Wenn sie nicht aufhört zu schreien, kann ich für nichts garantieren.«

Daisy wollte sagen, dass sie hundertprozentig auf Claires Seite war. Doch das Sprechen erwies sich als schwierig. Ihr Mund bewegte sich, und ihr Gehirn schaffte es halbwegs, einen Gedanken zu formen, aber beides miteinander zu verbinden, war eine echte Herausforderung. Zumindest hatte sie es vor dem Schlafengehen noch geschafft, ihren Pyjama anzuziehen – auch wenn sie sich nicht mehr daran erinnerte. Als sie jedoch den dunklen Weinfleck auf ihrem Nachthemd mit Sternenmuster betrachtete, wurde ihr klar, dass sie das nicht vom Weitertrinken abgehalten hatte. Sie stützte den Kopf in die Hände und stieß ein weiteres langes Stöhnen aus.

»Ich erinnere mich ans Singen«, brachte sie schließlich hervor. »Claire, du bist eine schreckliche Sängerin.«

»Und das fällt dir erst jetzt ein?«, entgegnete Bex. »Du hingegen bist immer noch extrem talentiert. Das Bild, das du gestern Abend gemalt hast, ist einfach toll.«

»Das was?« Daisy riss erstaunt die Augen auf. »Was meinst du mit Bild? Ich male nicht mehr.«

»Aber gestern Abend hast du es getan. Weißt du nicht mehr? Du hast ein Boot gemalt.«

Daisy kniff die Augen zusammen und versuchte, sich an die Ereignisse des vergangenen Abends zu erinnern. Sie wusste noch, dass sie über Claires Gesang gelacht hatte. Sie erinnerte sich auch daran, dass Claire Bex' Handy genommen hatte, um nachzusehen, ob Theo auf einer der unzähligen Dating-Apps war, die Bex benutzte. Er war es nicht, und Daisy war ein wenig enttäuscht gewesen, auch wenn sie das niemals zugegeben hätte. Doch an das Bild konnte sie sich nicht erinnern. An so etwas würde sie sich doch erinnern, oder?

Sie ließ den Kopf sinken und kam zum Schluss, dass es nur ein Kommentar gewesen war, um sie zu ärgern. Doch dann unterbrachen Claires nächste Worte diesen Gedanken.

»Wow. Das ist wirklich toll. Ich hatte ganz vergessen, wie gut du bist.«

Jetzt hatte Daisy die Nase voll. Sie sprang auf, bereute es jedoch sofort, als das Blut aus ihrem Kopf schoss und sie schwankte, als wäre das Boot auf hoher See. Sie griff nach der Seitenwand, um sich zu stabilisieren. Nach einem Moment ließ der Schwindel nach, und sie öffnete vorsichtig die Augen, bevor sie ein paar Schritte auf die Theke zumachte, wo Claire stand.

Ein Kloß bildete sich in ihrer Kehle. Es war kein großes Bild – sie hatte einfach ein Blatt aus einem A4-Block gerissen – und es war weit davon entfernt, ihr bestes Werk zu sein. Der Einfluss des Alkohols zeigte sich in den schiefen Linien und den schlecht gemischten Aquarellfarben im Himmel. Aber es war ein Bild von einem Boot. Sie hatte zum ersten Mal seit Jahren gemalt. Zum ersten Mal, seit sie die Kunsthochschule verlassen und sich geschworen hatte, nie wieder einen so lächerlichen Traum zu verfolgen. Jahrelang hatte sie kaum mehr als ein paar Kritzeleien in die Ecken ihrer Notizblöcke gemacht. Und jetzt hatte sie gemalt. Ein ganzes Bild. Und die anderen hatten recht: Es war gar nicht schlecht.

»Vielleicht solltest du es aufhängen?«, schlug Bex leise vor.

Daisy trat zurück und schüttelte den Kopf. »Ich wollte wahrscheinlich nur sehen, ob die Farben noch gut sind.« Diese Entschuldigung klang selbst für sie schwach. Dann, als sie die Aquarellpalette offen auf der Küchentheke liegen sah, fügte sie hinzu: »Wir sollten diese Sachen lieber wieder wegräumen.«

Zumindest hatte sie, obwohl sie betrunken gewesen war, die Pinsel ausgewaschen und zum Trocknen hingelegt. Diese Gewohnheit war zu tief verankert.

Sie wandte sich vom Bild ab und drehte sich zu den Fenstern um. Unsicher, ob sie zurück ins Bett gehen und den Kopf unter dem Kissen vergraben oder die Vorhänge öffnen sollte, um richtig wach zu werden, blieb sie schließlich einfach stehen und runzelte die Stirn.

Zuerst dachte sie, ihre Augen spielten ihr einen Streich oder das Licht würde sich seltsam auf dem Glas brechen. Doch als sie einen Schritt näher trat, bemerkte sie einen merkwürdigen Schatten, als würde etwas an der Außenseite ihres Fensters kleben.

Mit einem schnellen Ruck zog sie den Vorhang auf.

»Willst du mich umbringen?«, schrie Claire. Doch Daisy zog den Vorhang nicht wieder zu. Sie starrte auf das Papier, das außen am Fenster klebte – ein Umschlag, der ihr sehr bekannt vorkam.

KAPITEL 22

Obwohl das mulmige Gefühl in Daisys Magen wahrscheinlich vom Alkohol kam, wusste sie instinktiv, dass dieser Brief nichts Gutes bedeutete.

»Alles in Ordnung?«, fragte Bex, während sie den kleinen Reisewasserkocher, den sie mitgebracht hatten, einschaltete. Doch Daisy hatte keine Zeit, um zu antworten. Sie ging langsam nach draußen und stieg vorsichtig die Stufen hinab, um nicht zu sehr zu schwanken. Als sie das Fenster erreichte, zog sie den Umschlag ab und nahm den Brief heraus.

»Das soll wohl ein Scherz sein.« Sie las nicht den ganzen Brief, aber das, was sie gesehen hatte, war genug, um ihr Blut in Wallung zu bringen. Mit geballter Faust taumelte sie rückwärts. Das würde sie nicht einfach hinnehmen. Auf keinen Fall.

»Daisy?«, rief Bex noch einmal. »Alles in Ordnung?«

Wieder ignorierte Daisy sie, aber anstatt ins Boot zurückzukehren, marschierte sie wütend an der *September Rose* vorbei zum Nachbarboot. Sie stieg auf das hintere Deck und hämmerte mit den Fäusten gegen die Glastür.

»Ich weiß, dass Sie das waren!«, schrie sie so laut, dass ihre Stimme in ihren Ohren dröhnte. »Sie können genauso gut aufmachen, denn ich gehe nirgendwo hin.«

Sie hämmerte erneut gegen die Tür. Dann noch einmal.

»Was ist los?«

Die Stimme kam von hinten und ließ Daisy erschrocken herumfahren. Fast hätte sie das Gleichgewicht verloren, fing sich jedoch im letzten Moment. Dort, am Flussufer, stand er: Theo.

Mit dem Papier in der Hand ging Daisy zwei Schritte auf ihn zu.

»Sie wissen ganz genau, was los ist«, sagte sie. »Das.« Sie fuchtelte mit dem Papier vor seinem Gesicht herum, was ihn einen Schritt zurückweichen ließ. Auf seiner Stirn bildete sich eine Falte.

»Sollte ich wissen, was das ist?«

Sie hätte es kaum für möglich gehalten, aber seine gespielte Unwissenheit brachte ihre Wut auf ein ganz neues Niveau.

»Tun Sie nicht so unschuldig! Ich weiß, dass Sie das waren.«

Ohne sich von der Stelle zu bewegen, griff Theo nach dem Papier und zog es ihr aus den Fingern. Langsam überflog er den Brief. Die Falte auf seiner Stirn glättete sich ein wenig und sein Mundwinkel zuckte.

»Ich nehme an, Sie und Ihre Freunde hatten eine gute Nacht?« Er grinste.

»Das ist einfach nur kleinlich, wissen Sie das?« Ihre Stimme bebte vor Wut.

Hinter ihr hörte sie eine Bewegung. Bex war am Ufer aufgetaucht, zweifellos vom Lärm angezogen. Und sie war nicht die Einzige – mehrere Spaziergänger hatten ihre

Schritte verlangsamt, doch das hielt Daisy nicht davon ab, weiterzusprechen.

»Ich verstehe es. Sie mögen mich nicht. Sie wollen mich nicht hier auf dem Kanal. Aber ich bin hier, und ich habe genauso viel Recht, hier zu sein wie Sie, also werden Ihre Drohungen nicht funktionieren. Unzumutbarer Lärm? Das nennt man Spaß, etwas, von dem Sie anscheinend keine Ahnung haben, denn sonst würden Sie mir nicht mit einer weiteren Geldstrafe drohen. Drohen Sie mir, so viel Sie wollen – ich werde das nicht bezahlen. Und ich werde allen sagen, dass nicht ich das Problem bin, sondern Sie. Sie und Ihr absurder Rachedurst.«

»Das ist nicht von mir«, sagte Theo mit einem Achselzucken.

»Oh, nein, natürlich nicht.« Ihre Worte trieften vor Sarkasmus.

»Sie können mir glauben oder nicht, aber es ist die Wahrheit.« Er gab ihr das Papier zurück. »Ich war gestern Abend gar nicht hier. Ich bin gerade erst zurückgekommen.« Er blickte seitlich zu Boden, und als Daisy seinem Blick folgte, sah sie eine große Reisetasche.

Seine Worte waren einfach, aber Daisy fiel es schwer, sie zu verstehen.

»Was meinen Sie damit, Sie waren nicht hier?« Ihr Kopf schwirrte. »Ich dachte, Sie wohnen hier?«

»Und ich dachte, Sie wohnen woanders. Das bedeutet nicht, dass man nicht auch mal woanders übernachten kann. Ich war bei meiner Freundin.«

Das war zu viel für Daisy, um es verarbeiten zu können. Sie hatte nicht nur gerade erfahren, dass Theo Zeit weg von seinem Boot verbrachte, sondern auch, dass er eine Freundin hatte. Sein Boot sah jedenfalls nicht so aus, als hätte eine Frau Einfluss auf die Einrichtung gehabt. Ihr Mund öffnete sich, während sie nach einer passenden Antwort suchte – doch ohne Erfolg.

»Sie haben das nicht an mein Boot geklebt?«, fragte sie schließlich.

»Nein, habe ich nicht.«

»Und das bedeutet, dass sich jemand anderes beschwert hat.«

»Hervorragende Schlussfolgerung. Haben Sie schon einmal darüber nachgedacht, Detektivin zu werden?« Diesmal war es seine Stimme, die sarkastisch klang, aber Daisy nahm es kaum wahr.

»Also muss ich diese Strafe tatsächlich zahlen?«

»So funktionieren Strafen im Allgemeinen, obwohl … Kann ich mir das noch mal ansehen?«

Da sie sich bereits gründlich blamiert hatte, sah Daisy keinen Grund, Theo den Brief nicht ein zweites Mal lesen zu lassen. Nicht, dass es viel zu lesen gab. Es war dasselbe Briefpapier, das er verwendet hatte. Die gleiche Schriftart. Und die Unterschrift sah nicht im Geringsten wie ein echter Name aus, eigentlich nicht einmal wie Buchstaben – zumindest nicht für Daisy. Doch Theo las den Brief nicht, sondern hielt das Papier an seine Nase und nahm einen tiefen Atemzug.

»Sie haben Yvonne verärgert«, sagte er. »Hier, riechen Sie mal.«

Daisy war sich absolut sicher, dass er sie nur auf den Arm nehmen wollte. Er wollte sie noch dümmer aussehen lassen, als sie sich ohnehin schon fühlte. Aber spielte das überhaupt noch eine Rolle? Sie hielt sich das Papier an die Nase und nahm einen langen, tiefen Atemzug.

»Rauch?«, fragte sie, an ihrem eigenen Verstand zweifelnd. »Blumiger Rauch?«

»Räucherstäbchen. Yvonne liebt diese Dinger, was ziemlich beunruhigend ist, wenn man bedenkt, dass sie in einem

Zuhause aus Holz lebt. Sie haben Yvonne verärgert, also müssen Sie ordentlich Krach gemacht haben. Normalerweise ist sie ziemlich entspannt.«

»Yvonne?« Der Name sagte ihr nichts, aber warum auch. Daisy kannte nur Theo hier.

»Das Gute ist«, fuhr er fort, »dass sie ziemlich vernünftig ist. Wenn Sie ihr erklären, dass Sie die Lärmschutzzeiten nicht kannten, bin ich ziemlich sicher -«

»Es gibt Regeln darüber, wann ich Lärm machen darf?« Daisy klappte die Kinnlade herunter.

»So ein Kommentar wird Wunder wirken, wenn Sie ihr versprechen, dass es nicht noch einmal vorkommt. Ich bin sicher, dass sie die Beschwerde zurückziehen wird. Aber machen Sie denselben Fehler nicht noch einmal. Sie hat keine Geduld für Idioten.«

Daisy stieß ein langes Seufzen aus. Sich bei Leuten zu entschuldigen, war schon unter normalen Umständen schwierig, aber sich bei einer Wildfremden entschuldigen zu müssen, war ein Albtraum. Leider sah sie keine andere Möglichkeit, es sei denn, sie wollte die Strafe zahlen – und das wollte sie wirklich nicht.

»Welches Boot?«, stöhnte sie.

»Die *Ariadne*.« Theo zeigte auf das Boot mit den Sternbildern. Es war Daisy bei ihrem ersten Besuch an der Schleuse aufgefallen und war direkt auf der anderen Seite des Kanals festgemacht – nah genug, um den ganzen Lärm zu hören, den sie gemacht hatten. »Ich rate Ihnen, sich ordentlich zu entschuldigen. Kuchen, Blumen, was auch immer Ihnen einfällt. Sie mag es, wenn man ihr schmeichelt.«

Toll, dachte Daisy, jetzt würde sie nicht nur gezwungen, vor ihr am Boden zu kriechen, sie müsste ihr auch noch ein Geschenk besorgen. Dabei hatte der Kanal nicht mal ein Café. Großer Gott, wie sollte sie das schaffen, ohne Auto zu fahren?

»Nun, wenn das alles war, würde ich jetzt gerne auf mein Boot kommen«, sagte Theo.

Daisy wurde schlagartig bewusst, dass sie ihm immer noch den Weg versperrte. Außerdem hatte sie sich nicht dafür entschuldigt, dass sie ihn mit wütenden Vorwürfen überschüttet hatte, obwohl er völlig unschuldig war.

Sie spürte, wie ihr die Röte in die Wangen stieg, und trat schnell zur Seite, um den Weg freizumachen, bevor sie sich auf den Rückweg zur *September Rose* machte.

»Oh, und Daisy?« Theos Stimme ließ sie noch einmal innehalten.

»Ja?«, fragte sie, während sie sich fragte, was er jetzt noch auf Lager haben könnte, um sie sich noch schlechter fühlen zu lassen.

»Toller Pyjama.«

KAPITEL 23

Auf dem Boot war Claire dabei, mit einer Hand in ihrer Tasche nach Schmerzmitteln zu suchen, während sie sich mit der anderen Hand die Zähne putzte und ihre Füße in ihre Turnschuhe schob.

»Es tut mir wirklich leid, dass ich so plötzlich gehen muss«, sagte sie, als Daisy hereinkam. »Ian holt mich ab. Seiner Mutter geht es nicht gut. Er muss ins Krankenhaus und möchte nicht, dass Amelia ihre Oma so sieht.«

»Oh nein. Das ist schon in Ordnung. Ich verstehe das«, sagte Daisy. »Ich hoffe, es geht ihr bald wieder besser.«

»Das hoffe ich auch. Vielleicht wird sie jetzt endlich auf uns hören, wenn wir ihr sagen, dass sie es langsam angehen lassen muss.«

»Ich muss auch los«, sagte Bex und kam aus dem hinteren Teil des Bootes, voll angezogen und mit einem Stirnband auf dem Kopf. »Kannst du meine Tasche mitnehmen?«

»Du gehst auch?« Daisy war etwas verwirrt über die plötzliche Abreise ihrer Freundinnen.

»Ich muss trainieren, weißt du noch? Für den Marathon. Wir haben doch gestern darüber gesprochen. Heute muss ich 35 Kilometer schaffen, und das bringt mich bis zum Bahnhof. Ich habe dir die Route auf der Karte gezeigt – erinnerst du dich nicht? Du hast gesagt, du würdest meine Sachen mit zu dir nach Hause nehmen, damit ich sie später abholen kann.«

Natürlich wusste Daisy, dass Bex bald an einem Marathon teilnehmen würde; Bex war immer bei solchen Aktivitäten dabei. Aber sie konnte sich wirklich nicht mehr daran erinnern, auf eine Karte geschaut oder versprochen zu haben, Bex' Sachen mitzunehmen. Diese Erinnerung war genauso verschwunden wie die an das Bild vom Boot, das sie gemalt hatte, oder an den Lärm, der eine Beschwerde ausgelöst hatte.

»Warum fährst du nicht ebenfalls nach Hause?« schlug Claire vor und legte ihre Hand auf Daisys Schulter. »Gestern haben wir wirklich viel geschafft. Schau es dir an – langsam beginnt es, Formen anzunehmen.«

Das war wahrscheinlich etwas optimistisch, besonders angesichts der leeren Bier- und Weinflaschen, die auf dem Boden lagen. Aber Daisy wusste, was Claire meinte. Das Boot sah deutlich verkaufsfähiger aus als bei Daisys erstem Besuch, und sie konnte das Potenzial darin erkennen. Sie müsste die Schränke reparieren, alles frisch streichen und ein paar Polster austauschen lassen – dann hätte sie endlich etwas, das einen guten Preis erzielen würde.

Als sie aus dem Fenster schaute, fiel ihr Blick auf die makellose Lackierung der *Ariadne*. War es wirklich so schlimm, am Wochenende ein wenig Spaß zu haben? Wahrscheinlich nicht. Tatsache blieb jedoch, dass sie diese Frau genug verärgert hatte, um sie mitten in der Nacht aus ihrem Boot zu locken – und das allein machte eine Entschuldigung angebracht.

»Nein, schon gut. Ich habe noch ein paar Dinge zu erledigen.«

Als Ian fünfzehn Minuten später mit Amelia auftauchte, machte sich Daisy bereit, sich zu verabschieden.

»Bist du sicher, dass du nicht auch gleich nach Hause fahren möchtest?«, fragte Claire erneut. »Du solltest dich nicht überanstrengen. Du hast ja immerhin noch einen Vollzeitjob.«

»Mach dir keine Sorgen. Ich mache nur noch etwa eine Stunde weiter, damit ich sicherstellen kann, dass alle Schränke leer sind.«

»Und vielleicht solltest du dich bei deinem Nachbarn entschuldigen«, sagte Bex. »Du warst ganz schön barsch zu dem armen Kerl.«

»Tja, wie man in den Wald hineinruft, so schallt es heraus«, erwiderte Daisy unverblümt.

Sie hatte nicht vor, sich bei Theo zu entschuldigen. Wäre er nach ihrer Ankunft nicht so kleinlich gewesen, hätte sie auch nicht sofort angenommen, dass er der Schuldige war.

»Danke für eure Hilfe«, sagte sie und zog die beiden Frauen für eine letzte Umarmung an sich. »Vielleicht können wir das nächste Mal aufs Wasser rausfahren.«

»Das werden wir uns nicht entgehen lassen.«

Dreißig Minuten später hatte Daisy eine aktuelle Liste aller Dinge, die ersetzt werden mussten, sowie der einfachen, ästhetischen Veränderungen, die sie selbst vornehmen konnte. Die Holzlatten unter dem Sofa waren kaputt, wahrscheinlich durch das Gewicht der vielen Kartons, die darauf abgestellt worden waren. Von den achtundzwanzig Schranktüren mussten siebzehn repariert werden, aber auch die verbleibenden elf sahen nicht gerade ansprechend aus. Die Nachttische in der Hauptkabine schienen jedoch in gutem Zustand zu sein, und die Etagenbetten, auf denen Claire und Bex geschlafen hatten, waren ebenfalls stabil.

Nachdem sie die Bestandsaufnahme gemacht hatte, putzte Daisy die Fenster, die nach einer Mischung aus Glasreiniger und Muskelkraft verlangten. Der Unterschied war erstaunlich, und nach einer Weile stellte sie fest, dass sie seit über zwei Stunden arbeitete und ganz vergessen hatte, dass sie Yvonne immer noch eine Entschuldigung schuldete.

Als sie kurz Pause machte, um eine Tüte Chips zu öffnen, fiel Daisys Blick auf ihr Gemälde. Hatte sie das wirklich letzte Nacht gemalt? Sie war so betrunken gewesen, dass sie sich nicht einmal mehr an die Texte der Lieder erinnert hatte, die sie seit ihrer Kindheit kannte, und trotzdem hatte sie es geschafft, ein Boot zu malen. Ihre Leidenschaft war noch da – das wusste sie, als sie die Pinsel sah, die auf dem Sideboard trockneten. Wahrscheinlich war sie nie verschwunden, dieser Drang, einen Pinsel aufzunehmen, ihn ins Wasser zu tauchen, Farben zu mischen und sie auf die Leinwand zu bringen, Schatten und Texturen hinzuzufügen und auf einem flachen Stück Papier eine ganze Welt zu erschaffen.

Natürlich hatte sie gewusst, dass sie das Malen vermisste, aber sie war sich nicht bewusst gewesen, wie sehr. Es war ein Teil von ihr gewesen, wie das Fundament eines Hauses. Doch sie verband zu viel Schmerz mit dieser Zeit, zu viele Rückschläge. Trotzdem, es würde nicht viel brauchen, um das Aquarellbild von letzter Nacht so zu verbessern, dass es nicht nur durchschnittlich, sondern wirklich gut wäre.

Sie betrachtete das Gemälde mit einem Künstlerblick und erkannte Bereiche, in denen die Schatten nicht ganz stimmten. Einige Stellen mussten etwas dunkler sein, und der Himmel könnte ein wenig mehr Blau vertragen.

Bevor sie sich weitere Gedanken machen konnte, füllte sie

eine Tasse mit Wasser und zog einen Hocker an die Frühstücksbar heran. Ihre Freundinnen hatten recht: Aquarellpapier von dieser Qualität war alles andere als billig, und es wäre schade, es für ein mittelmäßiges Werk zu verschwenden. Mit dem Vorsatz, nur ein paar kleine Anpassungen vorzunehmen, setzte sich Daisy May zum ersten Mal seit drei Jahren hin, um zu malen.

KAPITEL 24

Erst als Daisys Magen knurrte, bemerkte sie, wie lange sie dort gesessen und das Bild verfeinert hatte. Blinzelnd lehnte sie sich zurück und betrachtete ihr Werk. Sie war angenehm überrascht. Es hatte eine Weile gedauert, die genauen Töne zu mischen, die sie benötigte. Nach drei Jahren war sie außer Übung und fühlte sich nicht mehr gleich sicher darin, die richtige Menge Pigment ins Wasser zu mischen, um den gewünschten Farbton zu treffen. Aber es hatte nicht lange gedauert, bis sie wieder einen Rhythmus gefunden hatte, und als sie einmal angefangen hatte, gab es kein Halten mehr.

Zunächst ging sie wie geplant vor und fügte dünne Schatten am Rumpf und an der Wasserlinie hinzu. Doch dann machte sie weiter und wollte dem Hintergrund etwas mehr Tiefe verleihen. Ihre Inspiration stammte von einer Trauerweide, die auf der gegenüberliegenden Seite des Kanals stand. Sie hatte das Malen von Naturbildern immer als sehr entspannend empfunden, und das hier war keine Ausnahme. Es war nicht ganz einfach, die Dinge draußen zu malen, während sich das Licht veränderte und Wolken vorbeizogen, aber sie tat ihr Bestes.

Nach einer Weile sah der Hintergrund detaillierter aus als der Vordergrund. Also kehrte sie zum Boot zurück und fügte feine Linien um die Fenster und etwas mehr Textur auf dem Deck hinzu, sowie Spiegelungen in den Glasfenstern. Als sie schließlich zurücktrat und ihre Arbeit betrachtete, glomm ein Funken Stolz in ihr auf. Leider wurde er sofort wieder von Schmerz verdrängt. Wenn ihr Leben anders verlaufen wäre, hätte sie so gut werden können.

Als Daisy den Kopf hob, fiel ihr Blick nach draußen. Die *Ariadne* lag still auf der anderen Seite des Kanals, und einen Moment lang wanderte ihr Blick zwischen dem Boot und dem Gemälde hin und her. Es war weder ein Blumenstrauß noch ein Kuchen, aber man konnte es durchaus als Geschenk betrachten. Bevor sie es sich anders überlegen konnte, griff sie nach dem Papier und dem Brief, der an ihrem Fenster befestigt gewesen war, und machte sich auf den Weg nach draußen.

Da die *Ariadne* auf der anderen Seite des Kanals lag, musste Daisy das Wasser überqueren, um dorthin zu gelangen. Obwohl es beim Parkplatz eine Brücke gab, war der schnellste Weg hinüber die Schleuse. Sie hatte schon einige Leute über die dicken, hölzernen Balken gehen sehen, aber es gab kein Geländer, an dem man sich hätte festhalten können. Normalerweise hätte sie sich keine Sorgen gemacht, aber sie hatte die Hände voll und kämpfte immer noch mit den Nachwirkungen ihres Katers. Vorsichtig setzte sie einen Fuß vor den anderen, bis sie die andere Seite erreichte und erleichtert aufatmete. Jetzt war es nur noch ein kurzer Spaziergang bis zu Yvonnes Boot.

Theo hatte die Wahrheit gesagt, was die Räucherstäbchen anging. Mehrere Fenster der Ariadne waren geöffnet, und ein schwerer Duft drang nach draußen. Daisy war gar nicht bewusst gewesen, dass Leute immer noch Räucherstäbchen anzündeten. Duftkerzen, ja. Und diese Wachsschmelzdinger, die bei jedem Wichteln dabei waren, an dem sie je teilgenommen hatte. Aber Räucherstäbchen? Die hatte sie seit Jahren nicht mehr gesehen. Nervös klopfte Daisy an die Tür und wappnete sich gegen die Rauchschwaden, die sie hinter der Tür erwarteten.

Einen Moment lang passierte nichts, also klopfte sie noch einmal, diesmal etwas kräftiger. Im Gegensatz zu ihrer und Theos Hintertür, die Glasscheiben hatten, war diese hier aus massivem Holz, wodurch sie nicht hineinsehen konnte. Sie überlegte, ob sie das Bild einfach unter der Tür hindurchschieben und darauf hoffen sollte, dass diese Yvonne verstand, von wem es stammte. Daisy klopfte noch einmal, als eine Stimme aus dem Inneren rief:

»Einen Moment, bitte! Haben Sie denn gar keine Geduld? Eine alte Dame so zu hetzen … Ich komme schon, ich komme schon.«

Großartig, sie war also tatsächlich eine alte Dame. Kein Wunder, dass sie sich beschwert hatte. Sie erwartete wahrscheinlich, dass alle um halb zehn zu Hause waren und sich mit einer Tasse Kakao im Bett einkuschelten. Zumindest dachte Daisy das, bis sich die Holztür nach außen öffnete.

Der staksige Gang und der gebeugte Rücken der alten Dame traten in den Hintergrund, als Daisy ihr knalliges violett- und pinkfarbenes Haar sah. Es waren keine sanften Pastelltöne, wie man sie bei einer älteren Frau erwarten würde, sondern grelle Farben, die eher zu einem selbstbewussten Teenager passten, der sich von der Menge abheben will. Yvonnes Haar war zu einem Zopf geflochten, und die schwarze Jeansjacke ließ die leuchtenden Farben noch intensiver wirken. Für einen Moment hatte Daisy das Gefühl, sie wäre bei Woodstock oder auf einem anderen berühmten Festival der Siebzigerjahre gelandet.

Ein Schwall von Rauch strömte aus der Tür und brachte Daisy zum Husten. Sie erinnerte sich daran, warum sie eigentlich hier war.

»Yvonne?«, sagte sie und überlegte, wie sie ihre Entschuldigung formulieren sollte. In einer Hand hielt sie den Brief, in der anderen das Gemälde. Sie könnte ihr einfach beides überreichen. Wäre das nicht selbsterklärend? Obwohl ein paar Worte wahrscheinlich auch helfen würden.

Sie versuchte, sich zu einem Lächeln zu zwingen, aber der Gesichtsausdruck der alten Frau war seltsam. Entsetzt war das Wort, das Daisy spontan einfiel. Nicht, als würde sie jemandem gegenüberstehen, der ihr ein Dorn im Auge war, sondern als hätte sie einen Geist gesehen. Ihre Augen waren weit aufgerissen, was durch ihren kräftigen Lippenstift noch betont wurde.

Mit einem Keuchen schlug sich die alte Dame die Hände vor den Mund. Als sie sie wieder sinken ließ, glitzerten Tränen in ihren Augen.

»Daisy May! Dass ich das noch erleben darf.« Dann schlang sie ganz unerwartet ihre Arme um Daisy und begann zu weinen.

KAPITEL 25

Daisy war völlig verwirrt. Gerade noch hatte sie darüber nachgedacht, wie sie sich bei dieser alten Frau mit knallbuntem Haar entschuldigen sollte, und jetzt hielt diese Daisy fest umklammert. Als Yvonne sich endlich wieder von ihr löste, wischte sie sich die Tränen aus den Augen.

»Oh mein Gott, ich kann es kaum glauben. Ich meine, ich hatte Gerüchte gehört, weißt du. Nur Gerüchte. Aber ich habe sie nicht geglaubt. Warum auch?« Sie machte einen Schritt zurück, ohne sich auch nur umzublicken – ein Paradebeispiel für jemanden, der sein Boot in- und auswendig kannte. »Komm rein, komm rein, komm rein.«

Daisy stand immer noch wie angewurzelt auf dem Deck, bevor sie zögernd den Brief hob, den sie wenige Stunden zuvor an ihrem Fenster gefunden hatte. Aber die alte Frau war bereits wieder ins Boot zurückgekehrt und erwartete offensichtlich, dass Daisy ihr folgte. Daisy zögerte. Vielleicht war die Frau nicht ganz zurechnungsfähig. Aber würde man sie wirklich allein auf einem Kanalboot wohnen lassen, wenn das der Fall wäre? Und es erklärte auch nicht, woher die Frau ihren Namen kannte.

Daisy machte sich auf die schweren Düfte der Räucherstäbchen gefasst und betrat die *Ariadne.*

»Ich bin wegen dieses Briefes hier«, sagte sie, da sie das Bedürfnis hatte, die Geldstrafe anzusprechen.

Zum ersten Mal, seit sie sich voneinander gelöst hatten, drehte sich die alte Frau um und sah Daisy an. Mit einer schwungvollen Bewegung und deutlich lebhafter als vorhin an der Tür nahm Yvonne ihr den Brief ab und zerknüllte ihn in ihrer Faust. Dann machte sie einen Schritt in die Küche hinein, öffnete den Deckel des Mülleimers und warf den Brief hinein.

»Ach, ignorier ihn einfach. Ich wusste nicht, dass du es bist. Ich konnte ja schlecht durch die Vorhänge schauen, oder? Außerdem hatte ich eine schlechte Nacht. Meine Hüfte hat mir wieder Schwierigkeiten gemacht. In solchen Momenten kann ich etwas zickig sein, da kannst du jeden hier fragen.«

Daisy nickte stumm, immer noch unsicher, was hier vor sich ging. Wenigstens war sie den Brief losgeworden, obwohl Daisy sich nicht wirklich entschuldigt hatte und das Bild immer noch in der Hand hielt. Behalten wollte sie es nicht. Sie brauchte keine Erinnerungen daran, wozu sie einmal fähig gewesen war.

»Nun … ich habe dir das hier mitgebracht«, sagte sie und trat ein. »Als Entschuldigung?«

Während Yvonne das Bild entgegennahm, wurde Daisy von der Pracht der *Ariadne* abgelenkt. Wenn sie noch irgendwelche Zweifel gehabt hatte, dass Yvonne im Herzen ein Hippie war, waren diese nun ausgeräumt. Es war heller Tag, aber hier drinnen hätte man denken können, man befände sich um Mitternacht in einem Wahrsagerzelt. Plötzlich ergaben die Sternbilder auf dem Äußeren des Bootes Sinn.

Das Boot war auf eine übertriebene Weise phänomenal. Eine Wand war weiß gestrichen, die andere in einem tiefen Violett – jedenfalls war das die Grundfarbe. Es gab Schattierungen in Rosa, Lila und Blau, alle mit spiralförmig angeordneten weißen Punkten, die die Illusion einer Galaxie erschufen. An mehreren Wänden waren Traumfänger aufgehängt, und Perlvorhänge trennten das Heck des Bootes vom Bug. Kristallsäulen, Geoden und Schalen mit glitzernden Steinen waren auf den verschiedenen Tischen und Oberflächen verteilt, und jedes Regal war bis zum Rand mit Büchern gefüllt. Es waren Romane, wie *Jane Eyre* und *Supergute Tage oder Die sonderbare Welt des Christopher Boone*, aber es gab auch Bücher über Reisen, Musik und eines über natürliche Heilmittel aus europäischen Kräutern. Und dort, auf einem eigenen kleinen Tisch brannten, genau wie Theo gesagt hatte, ein paar Räucherstäbchen vor sich hin.

»Das ist eine erstaunliche Sammlung von … Dingen«, sagte sie, unfähig, ein präziseres Wort für das Sammelsurium vor ihr zu finden.

Daisy bemerkte erst nach ein paar Minuten und nachdem sie eine perfekt kugelförmige Messinguhr studiert hatte, dass Yvonne kein Wort gesagt hatte, seit Daisy ihr das Bild überreicht hatte. Sie hatte sich auch nicht bewegt. Sie stand noch immer an der gleichen Stelle wie vor mehreren Minuten.

Als sich Daisy wieder zu der alten Frau umdrehte, sah sie, dass Tränen über ihr faltiges Gesicht liefen.

»Was ist los?«, fragte sie besorgt und fragte sich plötzlich, ob sie gegen irgendeine unausgesprochene Bootsregel verstoßen hatte und nun ein weiterer Beschwerdebrief auf dem Weg war. »Ist etwas nicht in Ordnung? Ich wollte dich nicht beleidigen.«

Sie konnte sich nicht vorstellen, dass ein Aquarellgemälde eines zufälligen Kanalbootes jemanden verstören könnte. Es passte offensichtlich nicht zur Ästhetik von Yvonnes Boot, aber deswegen gleich in Tränen auszubrechen, schien ihr doch etwas übertrieben.

»Oh, nein«, sagte Yvonne atemlos. »Als ob du das könntest. Ach, es erinnert mich nur an deinen Vater. Dieses Bild erinnert mich so sehr an deinen Vater.«

Das Boot war stickig und heiß, und doch lief Daisy ein Schauer über den Rücken.

»Wie bitte?« Ihr Hals schnürte sich zu, und sie hoffte verzweifelt, dass sie sich verhört hatte. »Was hast du gerade gesagt?«

»Es erinnert mich einfach so sehr an Johnny. Weißt du, an manchen Tagen kann ich ihn immer noch vor mir sehen. Dort drüben auf dem Boot, einen Pinsel in der Hand. Oder zwischen den Zähnen. Er hatte die Angewohnheit, auf seinen Pinseln zu kauen.«

Daisy wurde schwindelig, und das hatte nichts mit den Räucherstäbchen zu tun.

»Du hast meinen Vater gekannt?«, fragte Daisy ungläubig.

»Gekannt? Ich habe Johnny praktisch großgezogen. Und dich – zumindest für eine kurze Zeit. Dein Haar ist jetzt viel dunkler. Und die Locken sind weg. Das ist schade. Es waren wirklich schöne Locken.«

Daisy war zu überrascht, um zu sprechen. Sie hatte gehofft, dass Yvonne vielleicht nicht ganz zurechnungsfähig war, aber es war unmöglich, dass sie sowohl Daisys Namen als auch den ihres Vaters kannte.

»Tut mir leid, aber ich bin sehr verwirrt«, sagte sie, straffte ihre Haltung und bemühte sich, so deutlich wie möglich zu sprechen. »Kannst du mir vielleicht erklären, wie es kommt, dass du meinen Vater kennst?«

»Oh, ich weiß etwas Besseres, Liebes«, sagte die Frau mit funkelnden Augen. »Ich kann es dir zeigen.«

KAPITEL 26

Yvonne schlug vor, aufs Deck zu gehen, wo ein kleiner, gusseiserner Tisch mit zwei Stühlen und noch mehr Kristallen und Räucherstäbchen stand.

»Mach es dir bequem. Ich bin gleich wieder da.« Damit verschwand sie wieder im Inneren des Bootes. Von drinnen hörte Daisy Schimpfwörter, begleitet von Poltern und Krachen. Was auch immer Yvonne suchte, es war offensichtlich gut versteckt. Nach ein paar Minuten erschien sie wieder auf dem Deck, die Arme voller alter, in Leder gebundener Fotoalben.

»Bitte hab einen Moment Geduld mit mir«, sagte sie und ließ die Fotoalben mit einem lauten Knall auf den Tisch fallen. »Ich weiß, ich hätte sie eigentlich datieren sollen. Mein Mann Frank hat mir immer gesagt, ich solle alle Fotos datieren, nicht nur ab und zu. Aber in einem von diesen hier finde ich es bestimmt. Hier, nimm das hier. Ich suche in den anderen.«

Daisy streckte die Hand aus, doch dann zögerte sie. Sie hatte Yvonne nach ihrem Vater gefragt, und nun hielt sie ein Fotoalbum in den Händen, das zweifellos Bilder von ihm enthielt. Doch wie sollte sie wissen, wer er war? Ihre Mutter hatte ihr nie Fotos von ihm gezeigt, und das einzige Mal, als sie Fred gesehen hatte, war vom oberen Ende einer Treppe aus gewesen. Ihr Herz pochte, aber Yvonne blätterte bereits eifrig durch die Seiten, mal kopfschüttelnd, mal leise murmelnd, als ob sie Daisys Anwesenheit völlig vergessen hätte.

Daisy wollte nicht untätig herumsitzen und schlug das Fotoalbum auf. Sofort erkannte sie *Wildflower Lock*. Vieles sah immer noch genauso aus wie damals, sogar die Reihen mit den violetten Lavendelbüschen, auch wenn die Schuppen entlang der Wege auf den Bildern in einem weitaus besseren Zustand waren als heute. Sie sah nach unten und entdeckte, dass Yvonne das Foto datiert hatte: 1987. Eigentlich war es ein Farbfoto, doch es war stark verblichen. Der Himmel schien nur noch aus Wolken zu bestehen, aber das Boot war noch gut zu erkennen. Darauf stand eine sechsköpfige Familie und winkte. Daisy verspürte einen Hauch von Traurigkeit.

Obwohl sie allein mit ihrer Mutter aufgewachsen war, hatte sie nie das Gefühl gehabt, dass ihr etwas fehlte. Pippa hatte ihr oft genug gesagt, dass sie und ihre Mutter die meiste Zeit ihres Lebens allein gewesen waren und dass es so besser war. Doch nun fragte sich Daisy, wie es wohl gewesen wäre, Geschwister zu haben, mit denen sie sich hätte streiten und spielen können, wenn Pippa bei der Arbeit oder bei Bethany, Farah oder anderen Nachbarn war.

Als Daisy durch das halbe Fotoalbum geblättert hatte, war sie noch auf kein einziges Bild gestoßen, das nicht mit Booten oder Kanälen zu tun hatte. Einige Fotos zeigten die Menschen auf den Booten, andere zeigten Schleusen oder Enten. Ein besonders künstlerisches Bild zeigte eine Schwanenfamilie, die sich im Schilf am Flussufer niederließ. Beim Anblick dieses Fotos verspürte Daisy sofort den Wunsch, es zu malen, musste sich jedoch daran erinnern, dass sie nicht mehr malte. Gestern Nacht und heute Morgen waren Ausnahmen gewesen.

Daisy wollte gerade weiterblättern, als Yvonne einen kleinen Schrei ausstieß. »Da sind sie«, sagte sie und schlug mit der Faust auf das Album. »Ich wusste, dass sie hier drin sein würden. Schau dir das mal an, ja?« Das Foto, auf das sie zeigte, war älter als die, die Daisy bisher gesehen hatte. Den Frisuren und den gemusterten Hemden nach zu urteilen, stammte es aus den Siebzigern.

»Da ist er«, sagte Yvonne und deutete auf ein kleines Kind, das oben auf dem Boot saß und die Beine baumeln ließ. Heutzutage hätte er eine Schwimmweste tragen müssen, um keinen Ärger mit den Behörden zu bekommen, aber auf dem Bild saß er völlig unbeschwert in der Sonne. Er konnte kaum älter als drei Jahre gewesen sein. »Siehst du, was ich mit den Locken gemeint habe?«

Daisy starrte auf das Bild. War das wirklich ihr Vater? Es könnte irgendein Kind sein. Sie kniff die Augen zusammen, als würde das helfen, mehr Details zu erkennen. Sie hatte kaum Bilder von sich selbst in diesem Alter gesehen, da sich Pippa als alleinerziehende Mutter keine Kamera hatte leisten können. Deshalb konnte sie nicht sagen, ob sie sich ähnelten.

»Hast du auch Fotos, auf denen er älter ist?«, fragte sie.

Yvonnes Augen weiteten sich überrascht. »Was für eine Frage! Das ganze Fotoalbum ist voll damit. Und ich bin mir sicher, du wirst auch noch ein paar andere Leute erkennen.« Als sie umblätterte, verstand Daisy, was Yvonne meinte. Sie zeigte mehrere Gesichter, darunter ihren Großvater Fred. Daisy hatte ihn nur einmal getroffen, aber er war ihr deutlich in Erinnerung geblieben.

Einige Seiten später war ihr Vater kein kleines Kind mehr. Daisy tippte auf seine frühen Teenagerjahre. »Er war immer sehr groß für sein Alter«, sagte Yvonne, als könnte sie Daisys Gedanken lesen. »Ich glaube, dass er hier immer noch die Grundschule besuchte. Wenn ich mich richtig erinnere, war das kurz nach seinem zehnten Geburtstag. Deine Größe hast du wohl von ihm geerbt. Von deiner Mutter kommt sie jedenfalls nicht.«

Daisys Überraschung war groß. Es war eine Sache, Yvonne von ihrem Vater sprechen zu hören, aber von ihrer Mutter? Woher wusste Yvonne überhaupt etwas über Pippa? Sie wollte sie fragen, aber Yvonne blätterte bereits weiter. »Das hier wird dir gefallen. Das ist der Tag, an dem er sie bekam. Sie war eine echte Schönheit. Nicht, dass sie das nicht wieder sein könnte, wohlgemerkt.«

Daisy starrte auf das Foto vor sich. Yvonne hatte recht: Das Boot, das sie betrachtete, war wunderschön. Es war in einem satten Grün gestrichen und hatte einen hellgrünen Rand. »Die *September Rose*?«, fragte sie ungläubig.

»Ich erinnere mich noch genau an den Tag, an dem er zum ersten Mal mit ihr fuhr. Er war mächtig stolz. Er hatte hart dafür gearbeitet und seit er alt genug war Boote gewaschen, um etwas Geld zu verdienen. Er war fest entschlossen, eines Tages sein eigenes Boot zu haben.«

»Darf ich?«, fragte Daisy und griff nach dem Fotoalbum. Es reichte ihr nicht, sich darüber zu beugen. Sie wollte sich alles genau ansehen.

»Aber sicher, blätter ruhig alles durch. Du wirst noch viel mehr darin finden. Ich erinnere mich, dass er darauf bestand, dass wir viele Fotos von ihr machten. Ich glaube, ich habe drei ganze Filmrollen verbraucht.«

Yvonne hatte nicht übertrieben. Das Album umfasste mehrere Jahrzehnte – seitenweise Fotos, die ihren Vater auf der *September Rose* zeigten, zu jeder Jahreszeit. Zuerst als kleiner Junge mit Mütze und Schal, unter denen nur seine

Augen hervorschauten, später als Teenager in Badehose. Auf jedem Bild trug er dasselbe alberne Grinsen im Gesicht, als wäre er der glücklichste Mensch der Welt. Wie konnte jemand, der so glücklich wirkte, seine Tochter vergessen und keinen Gedanken mehr an sie verschwenden?

Aber das hatte er ja nicht, erinnerte sie sich. Er hatte an sie gedacht. Deshalb hatte er ihr all die Karten geschickt.

Sie wollte gerade fragen, ob sie sich das Album für eine Weile ausleihen könnte, um ein paar Fotos zu kopieren. Es wäre auch schön zu sehen, wie die *September Rose* ursprünglich ausgesehen hatte, damit ihre Renovierungen dem gerecht wurden. Doch ihre Finger glitten wie von selbst unter die nächste Seite und blätterten um. Wieder sah sie Fotos vom Boot und ihren Vater am Steuer. Doch dieses Mal war er nicht allein. Neben ihm stand eine Frau mit hüftlangem Haar und dickem, schwarzem Eyeliner. Sie war klein, kaum einen Meter fünfzig groß.

»Mum?«, fragte Daisy fassungslos.

Da war ihre Mutter, zusammen mit ihrem Vater auf dem Hausboot. Nach allem, was sie gesagt hatte. Das war kein Verschweigen von Dingen. Das war keine Lüge durch Auslassung. Sie hatte sie angelogen, doch das war nur ein Teil des Schocks, der durch ihren Körper fuhr.

Dort, die Arme um den Hals ihrer Mutter geschlungen, war ein kleines Kind mit lockigem Haar.

»Ich war schon einmal hier? Ich habe *Wildflower Lock* besucht?«

»Besucht?« Yvonnes Stimme klang überrascht. »Ihr habt hier gelebt. Alle zusammen.«

KAPITEL 27

Daisy wurde schlecht. Je länger sie das Foto ansah, desto mehr erkannte sie, dass sie es war. Und es war nicht nur ein einzelnes Bild. Nein, es gab eines, auf dem sie oben auf der *September Rose* stand, genauso wie ihr Vater auf einem der früheren Fotos. Ein anderes zeigte, wie ihr Vater sie hochhielt und sie so tat, als würde sie das Boot steuern. Auf einem weiteren saß sie auf den Schultern ihres Vaters, während sich ihre Mutter vor Lachen krümmte. Es war die Art von Foto, die man heute kaum noch sah, weil die meisten wegen einer unvorteilhaften Pose gelöscht wurden – aber für Daisy war dieses Bild voller Leben. Die Art, wie sich ihre Mutter kaum aufrecht halten konnte, ließ Daisy die Energie und Liebe spüren, die davon ausging.

Es gab auch ein Bild von ihrem ersten Geburtstag, auf dem sie zwischen den Knien ihrer Eltern saß, den Kuchen vor sich ignorierte und stattdessen zu ihrem Vater hochblickte. Sogar ein Foto von ihr und Yvonne war dabei: Die damals noch viel jüngere Frau hatte Daisy auf der Hüfte sitzen. Ihr Haar war schon damals leuchtend gefärbt gewesen, auf diesem Bild jedoch zu einer Zopfkrone geflochten, in der bunte Blumen steckten.

Yvonne war sehr still geworden. »Wusstest du das nicht?«

Daisy schüttelte den Kopf. »Ich hatte keine Ahnung. Ich wusste nur, dass er uns verlassen hat. Dass er uns verlassen hat und nichts mehr mit uns zu tun haben wollte. Dass er nicht der Typ Mensch war, den wir in unserem Leben haben wollten. Das hat sie mir gesagt.«

Yvonnes Reaktion war viel stärker, als Daisy erwartet hatte. Sie stieß ein lautes, verächtliches Lachen aus. »Dein Vater hatte seine Fehler, aber er war ein guter Mann. Ein sehr guter Mann. Und er hat dich über alles geliebt.«

»Was ist dann passiert?« Daisys Frage war mehr an sich selbst gerichtet, schließlich musste etwas passiert sein, das ihre Mutter so wütend gemacht hatte, dass sie den Namen ihres Vaters nicht einmal mehr aussprechen konnte, ohne wütend zu werden. Ohne auf Yvonnes Antwort zu warten, blätterte sie die Seite um, um weitere Familienfotos zu sehen. Und die gab es. Da waren Daisy und ihr Vater. Daisy und Fred. Es gab ein Foto von Daisy, Fred und Johnny in einem Bach, und ihr Vater sah aus, als würde er sie gleich ins Wasser tauchen. Aber es war das nächste Bild, das Daisys Aufmerksamkeit fesselte: Ihr zweiter Geburtstag.

Zumindest nahm sie das aufgrund der nächsten paar Fotos an. Da war ein Kuchen und ein Haufen Geschenke. Auf einem Bild saß sie mit gespitzten Lippen auf Johnnys Knie, und eine dünne Rauchschwade stieg vor ihr auf. Auf den Fotos waren viele lächelnde Gesichter zu sehen: Yvonne, ihr Vater und mindestens ein halbes Dutzend Leute, die sie nicht kannte.

Aber ein Gesicht fehlte.

»Wo ist meine Mutter auf diesen Fotos?«, fragte sie und schaute sie noch einmal der Reihe nach an, um ganz sicherzugehen. »Ich kann sie nicht sehen. Hat sie die Fotos gemacht?«

Sie hatte angenommen, dass die Antwort Ja lauten würde, aber als sie aufsah, waren Yvonnes Lippen zu einer dünnen Linie zusammengepresst. Sie griff über den Tisch und legte ihre Hand auf Daisys.

»Es ist nicht meine Aufgabe, dir das zu sagen, Liebes«, sagte sie leise. »Ich wünschte, es wäre so. Aber es ist nicht meine Aufgabe.« Eine einzelne Träne tropfte von Daisys Wange auf das Fotoalbum. Sie zog ihre Hand zurück, um sie abzuwischen.

»Es tut mir leid«, sagte sie und stand auf, nur um festzustellen, dass es keinen Ort gab, wohin sie gehen könnte. Sie war am Ende des Bootes. »Es tut mir leid für alles. Und es tut mir leid wegen des Lärms. Ich … ich …«

»Möchtest du das hier mitnehmen?«, fragte Yvonne und hielt ihr das Fotoalbum hin.

Daisy schüttelte den Kopf. »Vielleicht später. Wäre das in Ordnung? Nicht heute, aber vielleicht später, wenn das okay ist.«

»Du bist jederzeit willkommen, Liebes. Jederzeit.«

Daisy nickte. Als sie sich an dem gusseisernen Tisch vorbeiquetschte, bemerkte sie, dass mehrere der Räucherstäbchen abgebrannt waren. Ein großes Gebilde aus Asche hing am Ende des Stäbchens und würde jeden Moment herunterfallen. Genau so fühlte sie sich – als würde der geringste Windhauch reichen, um sie umzuwerfen.

Sie brauchte Antworten. Sie brauchte sie jetzt.

Sie machte sich nicht einmal die Mühe, zur *September Rose* zurückzukehren, um zu überprüfen, ob sie richtig abgeschlossen hatte. Selbst wenn nicht, gab es dort nichts von Wert außer den Malsachen. Und vielleicht wäre es sogar gut, wenn jemand sie stehlen würde.

Ohne innezuhalten oder langsamer zu werden, lief sie zu ihrem Auto. Es war ein Wunder, dass sie überhaupt fahren konnte, denn Tränen strömten unablässig über ihre Wangen. Mehrmals überlegte sie, kurz an den Rand zu fahren, um sich zu sammeln. Aber wie? Bis sie mit ihrer Mutter gesprochen hatte, war es unmöglich, klar zu denken.

Sie hätte nicht warten sollen. Sie hätte die Wahrheit einfordern müssen, als sie die Geburtstagskarten entdeckt hatte, aber aus Sorge, Pippas Gefühle zu verletzen, hatte sie ihre eigenen hinten angestellt.

Diesmal würde Daisy nicht gehen, bevor sie die Wahrheit kannte.

Der Sonntagsverkehr war dichter als erwartet, und jede rote Ampel fühlte sich an wie ein absichtlicher Versuch, sie von der Wahrheit über ihre Vergangenheit fernzuhalten. Schließlich, nach einer gefühlten Ewigkeit, bog sie in die Straße ihrer Mutter ein. Die Straße, auf der sie aufgewachsen war. Normalerweise fühlte sie sich hier geborgen, weil es ihr Zuhause war, und das war es immer gewesen – aber das war nicht mehr die ganze Wahrheit.

Diesmal zögerte sie nicht, als sie den Schlüssel aus ihrer Tasche zog und das Haus betrat.

»Mum?«, rief sie, doch dann hörte sie Stimmen. Ihr Brustkorb verkrampfte sich. Jemand war hier. Hoffentlich jemand, der Verständnis dafür haben würde, dass Daisy etwas Privatsphäre mit ihrer Mutter brauchte. Oder vielleicht würde Pippa die Dringlichkeit der Situation erkennen und ihren Besuch bitten, zu gehen.

Daisy wischte sich die Tränen weg und kniff sich in die Wangen, um etwas Farbe in ihr Gesicht zu bringen, bevor sie Mantel und Schuhe auszog. Als sie das Wohnzimmer betrat, sah sie, dass ihre Mutter im Sessel saß. Es war der Sessel, in dem sie immer saß, ob beim Fernsehen, Häkeln oder beim Durchforsten von Rezepten, die sie kochen und anpassen wollte. Das Sofa, auf dem Daisy normalerweise saß, war besetzt.

»Tante Bethany?«, sagte Daisy, und ihr Magen zog sich zusammen. »Das ist eine Überraschung.«

Bethany stand vom Sofa auf und gab Daisy einen Kuss auf die Wange.

»Ich weiß. Du hast mich zehn Jahre lang nicht gesehen und jetzt gleich zweimal an einem Wochenende. Aber du bist der Grund, warum ich hier bin. Als ich dich gesehen habe, dachte ich, dass es viel zu lange her war. Viel, viel zu lange. Also habe ich deine Mutter angerufen, und sie sagte mir, ich solle heute Nachmittag vorbeischauen. Wir haben uns prächtig unterhalten.«

Daisy spürte den bohrenden Blick ihrer Mutter.

»Wie schön.« Sie zwang sich zu einem Lächeln, bevor sie endlich ihre Mutter ansah.

»Oh ja«, sagte Pippa, mit demselben aufgesetzten Lächeln. »Wir hatten ein interessantes Gespräch. Wirklich sehr interessant.«

KAPITEL 28

Obwohl es Ewigkeiten her war, dass Daisy und ihre Mutter Bethany gesehen hatten, kannte ihre alte Freundin sie immer noch gut genug, um zu merken, dass etwas nicht stimmte. Bethanys Lächeln wurde steif, als ihr Blick zwischen Pippa und Daisy hin und her wanderte.

»Nun, es war schön, mit dir zu sprechen«, sagte sie und stand auf, um Pippa zu umarmen. »Wir dürfen nicht wieder so lange warten, bis wir uns das nächste Mal wiedersehen.«

»Nein, wirklich nicht«, stimmte Pippa zu. Ihre Miene wurde kurzzeitig weicher, als sie von Daisy zu Bethany blickte. »Es war schön, dich zu sehen. Lass mich dich hinausbegleiten.«

»Das ist nicht nötig.«

»Bitte, ich bestehe darauf.«

Die beiden Frauen verließen den Raum und ließen Daisy allein zurück. Vielleicht hatte Bethany ihrer Mutter nichts über das Boot gesagt, dachte sie optimistisch, verwarf diesen Gedanken aber gleich wieder. Der Blick ihrer Mutter erinnerte sie an den, den sie erhalten hatte, als sie und Claire mit sechzehn heimlich zu einer Rave-Party geschlichen waren und sie erst um drei Uhr morgens nach Hause gekommen war.

Als sich die Haustür schloss, wurde Daisy noch nervöser. Pippa kam mit verschränkten Armen ins Wohnzimmer zurück.

»Nun, das war ein interessantes Gespräch«, sagte sie. »Bethany erzählt mir, sie hätte dich auf einem Boot gesehen. Auf einem Boot in der Nähe der Schleuse von *Wildflower Lock*. Ich nehme an, das hat etwas mit dem Tod deines Großvaters zu tun?«

Daisys Mund klappte auf. »Du hast es gewusst? Du hast gewusst, dass er gestorben ist, und hast nichts gesagt?«

»Was für eine Rolle hätte das gespielt? Du hast ihn nicht gekannt. Ich hätte nicht gedacht, dass er so dumm wäre, dir etwas zu hinterlassen. Bitte sag mir nicht, dass es dieses verdammte Boot ist.«

Daisy sah ihre Mutter fassungslos an. Es war, als stünde sie einer Fremden gegenüber. Daisys Schweigen genügte Pippa, um zu wissen, dass sie mit ihrer Vermutung richtig lag.

»Also doch. Und du hast mich belogen und hast hinter meinem Rücken -«

»Ich? Du wirfst mir vor, dich zu belügen? Fang gar nicht erst damit an!«

»Was auch immer dir die Leute erzählt haben -«

»Leute? Welche Leute meinst du, Mutter? Meinst du Yvonne? Denn sie ist die Einzige bei der Schleuse, mit der ich gesprochen habe, die Großvater kannte. Aber weißt du was? Wie sich herausstellte, kannte sie auch dich. Und wo wir schon beim Thema Lügen sind: Ich nehme an, unsere Adresse wurde nur zufällig von diesen Karten gestrichen?«

Sie zog einen Stapel Karten aus ihrer Tasche, die als unzustellbar returniert worden waren, und warf sie ihrer Mutter vor die Füße.

»Du hast gesagt, er wollte mich nicht kennenlernen.«

»Er hat es nicht verdient, dich kennenzulernen.«

»Das ist nicht dasselbe, und das weißt du ganz genau. Er wollte mich kennenlernen. Er wollte, dass wir eine Beziehung haben. Ich hätte ein Mitbestimmungsrecht haben sollen.«

Pippa hob eine Karte auf, öffnete sie und überflog die Worte darin. Ein Teil von Daisy wollte sie ihr wegreißen, denn ihre Mutter hatte es nicht verdient, zu lesen, was dort stand. Aber Daisy blieb stehen und wartete auf Pippas Antwort.

»So einfach ist das nicht«, sagte Pippa schließlich.

»Warum erklärst du es mir dann nicht?« Daisys Haltung spiegelte die ihrer Mutter wider, die jetzt wieder mit verschränkten Armen im Wohnzimmer stand. »Warum fangen wir nicht mit der Tatsache an, dass ich früher auf einem Boot gelebt habe?«

»Yvonne«, murmelte Pippa so leise, dass Daisy den Namen kaum hörte. Doch sie hatte ihn gehört und knüpfte sofort daran an.

»Natürlich habe ich Yvonne gefragt, warum du meinen Vater von mir ferngehalten hast, aber sie sagte, das sei nicht ihre Aufgabe, mir das zu erzählen. Aber wenn ich zurückgehe und nachhake … wenn ich ihr sage, dass ich dich gefragt habe und du dich geweigert hast, es mir zu erzählen, dann wird sie es mir sagen. Auch, warum du auf allen Fotos rund um meinen zweiten Geburtstag fehlst. Es liegt also an dir, Mum. Erzählst du es mir – oder nicht?«

Daisy hatte noch nie so mit ihrer Mutter gesprochen. Sie hatte ihr noch nie ein Ultimatum gestellt, das ihre gesamte Beziehung gefährden könnte. Aber sie hatte auch nie einen Grund dazu gehabt. Mit verschränkten Armen und erhobenem Kinn sah sie ihrer Mutter in die Augen. Daisy war bereit, zu gehen. Wenn nötig, würde sie aus dem Leben ihrer Mutter verschwinden, bis sie ihr die Wahrheit über ihre Vergangenheit erzählt hatte.

Eine undurchdringliche, schmerzhafte Stille breitete sich zwischen ihnen aus. Daisy wollte gerade einen Schritt machen, um zu gehen, als Pippa das Wort ergriff.

»Ich denke, ich sollte uns beiden einen Drink machen.«

KAPITEL 29

Daisy hatte Pippa noch nie so viel Gin einschenken sehen, aber das war nicht das, was Daisy am meisten beunruhigte. Was sie wirklich unruhig machte, waren Pippas zitternde Hände und die Tatsache, dass sie mehrmals den Mund öffnete und dann wieder schloss.

»Wie viel weißt du?«, fragte sie schließlich. »Was hat Yvonne dir erzählt?«

»Ehrlich? Nicht viel. Ich habe auf dem Boot gelebt. Dad hat mich geliebt. Er war ein guter Mann – zumindest laut Yvonne. Aber offensichtlich ist etwas schiefgelaufen.« In der Hoffnung, mehr zu hören, fuhr Daisy fort: »Du siehst glücklich aus auf den Fotos von dir und Dad. Ihr seht so glücklich aus. Was ist passiert?«

Die Haut ihrer Mutter war so blass, dass sie fast durchsichtig wirkte, und im Laufe ihres Gesprächs schien sie ein Jahrzehnt gealtert zu sein. Ein Hauch von Schuld stieg in Daisy auf. Sie wollte nicht, dass sich ihre Mutter schlecht fühlte, aber sie hatte vierundzwanzig Jahre lang Zeit gehabt und sich dennoch entschieden, die Wahrheit vor ihr zu verbergen. Sie hatte mehr als genug Zeit gehabt, sich darauf vorzubereiten.

»Ich habe deinen Vater kennengelernt, als ich noch sehr jung war, wie du und Paul.«

»Wie jung?«

»Ich war dreizehn, als ich ihn zum ersten Mal sah. Er ging nicht auf dieselbe Schule, aber sein Vater hatte ein Boot an der Schleuse. Ein kleines Ding – nichts im Vergleich zur *September Rose*, aber hübsch. Auf dem Weg zur Schule kam ich immer daran vorbei. Ein Tag, ein Gespräch, und es war um mich geschehen. Wir waren verrückt nacheinander, und ich konnte mir keine Zukunft ohne deinen Vater vorstellen. Wir warteten, bis er genug Geld gespart hatte, um das Boot zu kaufen, und dann haben wir geheiratet. Unsere Flitterwochen verbrachten wir auf der *September Rose* – stell dir das vor! Wir fuhren durchs ganze Land und waren sechs Monate lang unterwegs. Das Problem war nur … die Flitterwochen hörten nie wieder auf.«

Dieser Kommentar verwirrte Daisy. War das nicht gut? War die sogenannte Flitterwochenphase nicht ein Zeichen dafür, dass eine Beziehung gut lief? Offenbar nicht, zumindest nicht für ihre Mutter.

»Ich verstehe nicht«, sagte Daisy, woraufhin ihre Mutter einen großen Schluck von ihrem Gin nahm, dann noch einen.

»Ich hatte auch Träume«, fuhr Pippa fort. »Dein Vater wusste das, als er mir einen Antrag machte. Er hat sie unterstützt. Zumindest hat er das gesagt. Vielleicht hätte er es wirklich getan, wenn …« Was auch immer sie sagen wollte, Pippa brach ab.

»Was ist los? Was ist passiert?«

»Bitte versteh mich nicht falsch, Liebling. Bitte nicht. Du bist das Beste, was mir je passiert ist, zweifellos. Aber du warst nicht geplant. Als ich herausfand, dass ich schwanger war, war ich schon im vierten Monat, weil ich so beschäftigt gewesen war, mich auf all diese Praktika zu bewerben …«

»Wofür denn?«, fragte Daisy, der es vorkam, als würde sie ihre Mutter immer weniger kennen. »Ich dachte, du wolltest schon immer Köchin werden?«

»Oh, das wollte ich auch, Liebling. Schon immer. Aber ich hatte große Träume, genau wie du mit deiner Kunst. Und als du zur Welt kamst …« Ihr Blick schweifte ins Leere, als wäre Daisy gar nicht da. »Mein Traum war Paris. Nicht wegen des Eiffelturms, sondern wegen des Essens. Die Franzosen können einem so viel über die Kunst des Kochens beibringen, und ich hatte die Möglichkeit, ein Jahr lang von den Besten zu lernen. Du warst noch ein Baby, aber ich dachte, Johnny wäre damit einverstanden. Ich dachte, er würde es vielleicht sogar genießen – schließlich gibt es in Paris auch Boote. Sicher, er hätte die Sprache lernen müssen, aber es wäre ein Abenteuer gewesen. Doch er wollte nicht mitkommen. Es schien ihm egal zu sein, wie wichtig es mir war oder dass ich … mich wiederfinden musste. Ich habe ihn in seinem Traum unterstützt, auf diesem Boot zu leben. Ich habe alles aufgegeben – Familie, Freunde –, um mit ihm durchs Land zu fahren. Aber als es um meinen Traum ging, war er nicht bereit, dasselbe für mich zu tun.«

Daisy hörte den Schmerz in der Stimme ihrer Mutter. Die Wut darüber, dass ihr Vater sie im Stich gelassen hatte. Aber Daisy brauchte noch mehr Antworten.

»Und was hast du dann getan?«

Wieder breitete sich Schweigen aus, und Daisy ahnte bereits, dass ihr die Antwort ihrer Mutter nicht gefallen würde. Ihr Atem wurde flacher, und ihr Herz hämmerte gegen ihre Rippen. Sie wollte dieses Gespräch beenden. Sie wollte Pippa sagen, dass alles in Ordnung war, dass sie es gar nicht wissen wollte und dass es keine Rolle spielte. Sie wollte einfach in ihr altes Leben zurückkehren und vergessen, dass sie je von dem Boot, den Fotos und dem Stapel zurückgesandter Briefe erfahren hatte. Aber das konnte sie nicht.

»Du musst verstehen, dass ich krank war«, sagte Pippa leise. »Damals wusste ich nicht, was es war. Über solche Dinge sprach man damals nicht. Und ich möchte nicht, dass du denkst, ich hätte dich je für meine Gefühle verantwortlich gemacht – keine Sekunde. Aber ich musste es tun. Ich brauchte das einfach.«

Daisy ahnte bereits, was ihre Mutter getan hatte. Sie konnte es an Pippas Gesicht sehen, an den Tränen, die über ihre Wangen liefen. Aber sie musste es hören. Sie musste es aus dem Mund ihrer Mutter hören. Von der Mutter, der sie vertraut hatte und von der sie geglaubt hatte, dass sie sie niemals belügen würde. Sie musste hören, wie sie es sagte.

Endlich, mit tränenerstickter Stimme, sah Pippa ihr in die Augen. »Ich habe euch verlassen. Ich habe euch beide verlassen, als du noch ein Baby warst, und bin nach Paris gegangen.«

KAPITEL 30

Es fühlte sich an, als wäre die gesamte Luft aus dem Raum gesogen worden. Daisys letzter Atemzug blieb in ihren Lungen stecken. Ihre Hände zitterten, während sie immer wieder blinzelte, um zu verstehen, was ihre Mutter ihr gerade erzählt hatte.

»Du bist trotzdem nach Paris gegangen? Du hast mich verlassen? Als ich ein Baby war?«

»Du warst achtzehn Monate alt«, antwortete Pippa. Sie starrte wieder auf ihren Drink und schien es nicht zu schaffen, sie anzusehen. »Ich glaube … ich glaube, ich habe es getan, um Johnny zu testen – anfangs zumindest. Er würde mich nicht einfach allein nach Paris ziehen lassen, oder? Ohne mich würde er nicht zurechtkommen.«

»Zurechtkommen? Du meinst mit meiner Betreuung?«

Pippa nickte, und wieder verging eine Minute in vollkommener Stille. Eine Minute voller unausgesprochener Worte, in der sie beide ihre Tränen zurückdrängten. Mehr als einmal überlegte Daisy, aufzustehen und zu gehen. Sie hatte genug gehört. Sie wusste, dass ihre Mutter sie immer wieder belogen hatte, und das allein war Grund genug, durch diese Tür zu gehen und nie wieder zurückzublicken. Aber sie konnte noch nicht gehen. Sie musste noch mehr wissen. Denn wenn Pippa diejenige gewesen war, die sie verlassen hatte, warum war es dann ihr Vater, der aus ihrem Leben verbannt worden war? Das ergab keinen Sinn.

»Ich nehme an, er hat es geschafft«, sagte Daisy schließlich, als sie ihre Stimme wiederfand. »Er hat es ganz allein gemeistert.«

»Ich glaube, er würde sagen, es wäre übertrieben, das zu behaupten. Er hatte das halbe Kanaldorf, das geholfen hat, auf dich aufzupassen. Aber ja, er hat es geschafft. Als wäre ich nie da gewesen. Was in gewisser Weise auch stimmt. Ich war nicht so für dich da gewesen, wie ich es hätte sein sollen. Natürlich konnte ich es bei Bedarf vortäuschen und so tun, als hätte ich alles im Griff.«

»Und ich? Hatte ich überhaupt einen Platz in deinen Gedanken?« Daisy machte sich nicht die Mühe, die Bitterkeit in ihrer Stimme zu verbergen.

»Ich wusste, dass es ein Fehler war. Das wusste ich. Als Johnny nicht hinter mir herlief, um mich um Vergebung zu bitten, habe ich erkannt, dass ich einen Fehler gemacht hatte. Aber ich hatte all meine Ersparnisse in meinen Traum gesteckt. In die Anzahlung für eine schäbige kleine Wohnung am Stadtrand von Paris. Deine Sturheit hast du eindeutig von mir.«

Ihre Lippen verzogen sich, als wollte sie lächeln, aber das Lächeln kam nie ganz zustande. »Ich kam am Tag deines zweiten Geburtstags zurück«, sagte sie. »Ich sah dich dort auf der *September Rose*. Ich beobachtete Yvonne beim Fotografieren und deinen Vater, der dich an den Knöcheln über den Rand des Bootes hielt, während du vor Lachen gekreischt hast. Ich glaube, in diesem Moment warst du das glücklichste Kind auf der ganzen Welt.«

Dieses Mal erschien ein echtes Lächeln auf Pippas Gesicht, aber Daisy hatte keine Zeit für Sentimentalität. »Und dann? Hast du mich einfach zurückgenommen und ein Netz aus Lügen gesponnen? Die nächsten zweiundzwanzig Jahre genutzt, um meinen Vater zum Bösewicht deiner Geschichte zu machen?«

»Ich dachte darüber nach, dich erneut zu verlassen«, sagte Pippa sachlich. Ihre Augen waren gerötet vom vielen Weinen. »Ich sah, wie glücklich du warst, und dachte, vielleicht wäre es besser für dich, wenn ich nicht da wäre. Aber ich konnte es nicht. Als ich sah, wie sehr du gewachsen warst und mir klar wurde, wie viel ich verpasst hatte, wollte ich keine Sekunde mehr verlieren. Nichts war wichtiger. Ich wollte die Zeit zurückdrehen. Ich wollte, dass alles wieder so war wie vorher.«

»Aber er wollte das nicht? Er wollte dich nicht zurückhaben?«

»Das hätte seiner Familie gefallen – Fred und all den anderen auf dem Kanal. Sie haben versucht, ihn gegen mich aufzubringen, das weiß ich.«

»Ich denke, du hast sie gegen dich aufgebracht, als du deine Tochter verlassen hast.«

»Ich habe dich nicht verlassen.« Zum ersten Mal, seit sie zu sprechen begonnen hatte, erhob Pippa ihre Stimme. »Ich habe dich jeden Abend angerufen. Ich habe jeden Penny, den ich hatte, für Anrufe ausgegeben, damit ich dein Brabbeln hören konnte, deine Versuche, meinen Namen zu sagen. Ich habe dich nicht verlassen. Ich musste mich nur wiederfinden.«

Stück für Stück fügten sich die Puzzleteile zusammen. Aber es gab immer noch zu viele Lücken und Dinge, die keinen Sinn ergaben. Es gab noch tausend Fragen, die sie stellen musste. »Ich verstehe immer noch nicht, warum mein Vater kein Teil meines Lebens war. Wenn du mit ihm zusammen sein wolltest, warum hast du ihn dann von mir ferngehalten? War es Eifersucht? Warst du wütend auf ihn?«

»Glaubst du wirklich, ich wäre so kleinlich?«, fragte Pippa. Der Schmerz in ihrem Gesicht war echt.

»Warum dann?«

»Warum wohl? Um dich zu schützen.«

KAPITEL 31

Noch nie hatte Daisys Herz so lange so hart geschlagen wie an diesem Tag. Das Erwachen, der Strafzettel an ihrem Fenster, das Treffen mit Yvonne und jetzt das Gespräch mit ihrer Mutter, bei dem sie von einer Kindheit erfuhr, von der sie keine Ahnung gehabt hatte. Die ganze Zeit über war ihr Körper angespannt und voller Adrenalin gewesen. Nur das Malen hatte ihr vorübergehend etwas Erholung verschafft, aber diese Ruhe war längst verflogen.

»Ich habe gewartet, bis die Feier vorbei war, bevor ich zu dir gekommen bin. Gott, es war so schmerzhaft, so lange zu warten. Ich dachte, mein Herz würde zerspringen, während ich dir so nahe war, dich aber nicht berühren konnte. Johnny hatte dich gerade ins Bett gebracht, als ich endlich den Mut fand, das Boot zu betreten. ›Ich war mir nicht sicher, ob wir dich wiedersehen würden‹, sagte er zu mir. Das waren seine ersten Worte. Dass er sich nicht sicher war, ob er mich je wiedersehen würde, hat mir fast das Herz gebrochen. Wie konnte er nur so etwas denken? Wie konnte er auch nur einen

Moment glauben, dass ich nicht zu dir zurückkommen würde? Zu euch beiden.«

»Ich denke, das ist eine ziemlich nachvollziehbare Annahme, Mum. Du hast ihn verlassen. Du hast uns beide verlassen.«

»Das ist genau der Grund, warum ich dir das nicht erzählen wollte«, antwortete sie mit einem Anflug mütterlicher Ungeduld. »Weil ich wusste, dass du es nicht verstehen würdest. Ich wusste, dass du Partei für ihn ergreifen würdest.«

»Bisher hast du mir keinen Grund gegeben, es nicht zu tun. Du bist gegangen und hast ihn dann von mir ferngehalten. Wenn es in dieser Geschichte einen Bösewicht gibt, Mutter, dann bist es du.«

Pippa schüttelte den Kopf. »Glaubst du wirklich, ich hätte ihn einfach so ausgeschlossen? Dass es keinen Grund gab, warum ich dich von deinem Vater ferngehalten habe?«

»Im Moment warte ich immer noch darauf, ihn zu hören«, sagte sie. »Was könnte er getan haben, das schlimmer war als das, was du getan hast?«

Pippa seufzte, schaute auf ihre Knie und kaute dann auf ihrer Unterlippe herum. »Ich bin zurück auf das Boot gezogen. Oder zumindest habe ich es versucht. Aber wie mich alle angesehen haben. Die Blicke, die Gespräche, die verstummten, wenn ich vorbeiging. Alle wussten, was ich getan hatte und verurteilten mich dafür. Ich sage nicht, dass ich es nicht verdient hatte.« Sie hob abwehrend die Hände, als würde sie sich auf einen Angriff von Daisy vorbereiten. »Ich weiß, dass das, was ich getan habe, falsch war, aber ich hätte eine zweite Chance verdient, oder? Zumindest dachte ich, dass man Menschen, die einen Fehler machen, eine zweite Chance gibt. Also habe ich ihm gesagt, dass ich vom Kanal wegmuss. Weg von *Wildflower Lock*. Ich brauchte einen Neuanfang, und er stimmte zu. Er sagte, er würde damit klarkommen. Ein paar

Wochen später wurde mir ein Job angeboten. Ein guter Job in einem schönen Restaurant, zu dem auch eine Wohnung gehörte. Es war perfekt. Alles war geregelt. Ich nahm die Stelle an. Sie erwarteten, dass ich die Stelle antrete, aber dann änderte er seine Meinung.«

»Er wollte das Boot nicht aufgeben?«

»Er sagte, er hätte ebenfalls ein Jobangebot bekommen. Ich wusste nicht einmal, dass er sich auf diese Stelle beworben hatte. Es ging darum, an den Wasserwegen entlangzureisen und Schleusen zu besichtigen oder so etwas in der Art. Jede Nacht an einem anderen Anlegeplatz. Er hielt es für ein Abenteuer, aber ich sagte ihm, dass das kein Leben für dich sei. Während ich weg war, hattest du nur Kontakt zu ein paar Kindern, die ebenfalls am Fluss lebten, und die waren alle dreimal so alt wie du. Das war nicht genug. Du brauchtest Stabilität und gleichaltrige Freunde.

Natürlich warf er mir das Wort *Stabilität* direkt wieder an den Kopf. Ich habe ihn angefleht, habe versucht, ihm zu erklären, dass ich meinen Fehler eingesehen habe, dass ich krank war, es mir aber inzwischen besser ging. Aber er wollte nichts davon hören. Also stellte ich ihm ein Ultimatum: Wenn du diesen Job annimmst, wird Daisy aus deinem Leben verschwinden. Er hat mir nicht geglaubt – und warum hätte er auch? Ich glaube, ich habe selbst nicht wirklich daran geglaubt.«

»Was geschah dann?«

»Ich brachte dich über Nacht zu meiner Mutter. Ich sagte zu Johnny, dass ich hoffte, dass wir am nächsten Morgen über alles reden könnten. Aber als es Morgen wurde und ich zum Fluss kam … waren dein Vater und die *September Rose* verschwunden. Er hatte uns verlassen.«

Daisy rieb sich die Schläfen und versuchte, ihre pochenden Kopfschmerzen zu vertreiben.

»Du hast ihn aus meinem Leben verbannt, weil er weggefahren ist? Obwohl du genau das Gleiche gemacht hast? Du hast ihn bestraft und erwartet, dass er dir vergibt? Das ist nichts als Heuchelei, Mutter.«

»Ich weiß. Ich weiß das. Wirklich. Aber es ist nicht so einfach. Ich dachte, dass ich ihm vergeben würde, wenn er zur Vernunft gekommen war. Ich wollte ihm eine zweite Chance geben. Aber er hat nicht angerufen, Daisy. Einen ganzen Monat lang kein einziger Telefonanruf. Du warst am Boden zerstört. Ich weiß, dass ich nicht unschuldig bin, aber er hat dich großgezogen und dann einfach im Stich gelassen. Also, als dieser Monat vergangen war und ich nichts von ihm gehört hatte, bin ich umgezogen.«

»Was meinst du damit, du bist umgezogen?«

»Das, was ich sage. Ich suchte mir einen neuen Job, packte unsere Habseligkeiten zusammen und ging. Wir zogen hierher, in dieses Haus. Meine Mutter half mir mit der Anzahlung, damit ich eine Hypothek aufnehmen konnte, und das war's.«

Daisys Kopf dröhnte und ihre Kehle war rau und trocken. Sie versuchte, klar zu denken.

»Aber die Geburtstagskarten. Er kannte unsere Adresse.«

Pippa verzog das Gesicht, und ihre Nasenflügel blähten sich, als sie scharf Luft holte.

»Das ist der Grund, warum ich nicht wollte, dass du ihn siehst. Warum ich ihn nicht in deinem Leben dulden konnte.« Sie seufzte tief, bevor sie weitersprach. »Ich hätte wissen müssen, dass er irgendwann herausfinden würde, wo wir wohnten. Wir hatten etwa sechs Monate hier gelebt, als es eines Abends an der Tür klopfte. Ich wusste sofort, dass er es war. Manchmal spürt man solche Dinge, nicht wahr? Aber der Mann, der dann vor mir stand … so hatte ich ihn noch nie gesehen. Oh, er hatte schon immer gern mal etwas getrunken

– das haben wir beide –, aber das war etwas anderes. Es erinnerte mich an meinen Vater.«

Pippa hatte nie über ihren eigenen Vater gesprochen. Nicht ein einziges Mal. Sie hatte Daisy allein großgezogen, so wie ihre Mutter sie allein großgezogen hatte. Frauen, die allein Frauen aufzogen – sie brauchten keine Männer.

»Vielleicht wusste ich tief im Herzen, dass dein Vater nicht mehr derselbe war«, fuhr sie fort, »aber ich konnte das Risiko nicht eingehen. Ich konnte es nicht. Ich wusste, was es bedeutet, einen Trinker als Vater zu haben. Ich hatte es erlebt. Und ich wollte nicht, dass du so etwas durchmachen musst. Dein Vater wusste, was ich erlebt hatte. Was ich gesehen hatte. Die Tatsache, dass er in diesem Zustand bei uns auftauchte …«

Pippa schauderte, und zum ersten Mal, seit sie hier angekommen war, spürte Daisy einen Hauch von Mitgefühl. Was ihre Mutter getan hatte, war falsch gewesen, aber wenigstens ergab es jetzt ein klein wenig Sinn.

»Es tut mir so leid, Liebling. Es gibt keine Entschuldigung auf der Welt, die wiedergutmachen könnte, was ich getan habe – die Dinge, die ich getan habe, und all das, was ich vor dir verheimlicht habe. Aber du verstehst es doch, oder? Bitte sag mir, dass du es verstehst.«

Sie flehte jetzt, und ihre weit aufgerissenen, geröteten Augen füllten sich erneut mit Tränen. Aber Daisy rührte sich nicht. Sie war wie versteinert und schüttelte ungläubig den Kopf.

»Ich brauche etwas Zeit«, sagte sie schließlich.

KAPITEL 32

Es war einfach zu viel, um es zu verstehen. Zu viele widersprüchliche Gefühle. Die Gedanken an Pippas Kindheit und das Trauma, das sie erlitten hatte, lasteten schwer auf Daisy, ebenso die Tatsache, dass ihre Mutter nach Daisys Geburt gelitten hatte. Natürlich hätte Pippa Unterstützung gebraucht, aber war das wirklich eine Entschuldigung? Es waren so viele Jahre vergangen. Warum hatte sie Johnny nicht wenigstens einmal besucht, um zu sehen, ob sich ihre schlimmsten Befürchtungen bestätigt hatten und er zu einem gewalttätigen Trinker geworden war? Sie hatte sie aus Angst voneinander ferngehalten, und Daisy war diejenige, die dafür bezahlt hatte.

Sie kämpfte gegen ihre Tränen an, startete ihr Auto und begann die Fahrt zu ihrer Wohnung. Doch als sie sich dem Kreisverkehr näherte, zögerte sie. Sie hatte so viele Erinnerungen an ihre Mutter, die sie mit ihrer Wohnung verband. Ihre Mutter, die ihr beim Umzug half, ohne ihre Entscheidung, ihren großen Traum aufzugeben und einen Bürojob anzunehmen, je infrage zu stellen. Wunderschöne Gerichte und Kuchen, die ihre Mutter für sie gekocht hatte, um neue Jobs und Geburtstage zu feiern. Die Wohnung war voller Erinnerungen an eine falsche Vergangenheit, die ihre Mutter konstruiert hatte. Sie musste woanders hin.

Also fuhr sie zu dem einzigen anderen Ort, der ihr einfiel.

NACHTS WAR *WILDFLOWER LOCK* EIN GANZ ANDERER ORT. DER öffentliche Parkplatz war geschlossen, also parkte Daisy in der Nähe am Straßenrand und ging den schmalen Weg entlang. Es gab keine Paddleboarder und Kanufahrer mehr, auch keine plaudernden Hundebesitzer, die die Luft mit ihrem Lachen füllten. Die einzigen Geräusche kamen vom sanften Plätschern des Wassers, das ruhig durch den Kanal floss, von Fröschen und Vögeln, die in ihre Nester zurückkehrten. Hier draußen konnte man viel mehr Sterne sehen, bemerkte sie, als sie in den Himmel blickte – Sterne, die auch ihr Vater von genau diesem Ort aus gesehen hatte. Wahrscheinlich hatte er dabei an sie gedacht. An die kurze Zeit, die sie miteinander gehabt hatten. An all die Fehler, die dazu geführt hatten, dass sie aus seinem Leben verschwunden war.

Als sie die *September Rose* erreichte, stieg Daisy auf das Deck und griff in ihre Tasche, um die Schlüssel herauszuholen.

»Wo sind sie bloß?«, murmelte sie, während sie ihre Brieftasche und ein paar Päckchen Taschentücher zur Seite schob, um den kleinen Schlüsselbund zu finden. Sie hatte keine Ahnung, wann ihre Tasche so chaotisch geworden war – es kam ihr vor, als enthielte sie tausend Quittungen und zerknüllte Zettel, dazu einen Lippenstift und einen Spiegel. Kurz gesagt: alles außer ihren Schlüsseln. Nach einer Minute hektischen Herumwühlens fand sie ihn schließlich in einer

Ecke einer Seitentasche. Sie zog sie mit zwei Fingern heraus und ließ sie fast sofort aufs Deck fallen.

»Zum Teufel noch mal!«, fluchte sie und schlug mit der Faust gegen den Türrahmen des Bootes. »Kann mir eigentlich auch mal was gelingen?«

Es kostete sie eine Menge Selbstbeherrschung, um nicht laut zu schreien. Stattdessen vergrub sie das Gesicht in den Händen und ließ sich auf das kalte, hölzerne Deck sinken. Wie lange sie dort saß, die Arme um die Knie geschlungen, während die kühle Frühlingsluft ihre Arme mit einer Gänsehaut überzog, konnte sie nicht sagen. Sie dachte auch nicht darüber nach, wer ihr Schluchzen hören könnte, als sie sich gegen die Kabine lehnte.

Ihr liefen immer noch Tränen über das Gesicht, als eine Stimme die Stille durchbrach.

»Kann ich irgendwie helfen?«

Daisy wischte sich über die Augen und legte die Hand neben sich auf den Boden, um aufzustehen – da spürte sie etwas Kaltes und Metallisches. Die Schlüssel.

»Natürlich«, murmelte sie, bevor sie aufstand und sich Theo zuwandte.

Selbst im schummrigen Licht konnte sie erkennen, dass er besorgt aussah. Und es wirkte echt.

»Keine Sorge, ich habe nicht vor, irgendwelche Kanalregeln zu brechen«, sagte sie. »Ich habe einfach nur einen schlechten Tag, das ist alles.«

»Möchten Sie darüber reden? Oder alternativ: nicht reden und einfach nur essen? Ich habe was in den Ofen geschoben – mehr, als ich alleine schaffe.«

»Sie müssen das nicht tun.«

»Ich weiß, dass ich das nicht muss.« Er machte eine Pause, als hätte er noch mehr zu sagen. Und tatsächlich musste sie nicht lange warten, um herauszufinden, was. »Ich habe heute mit Yvonne gesprochen.«

»Oh.«

Obwohl sie es kaum für möglich gehalten hätte, wurde ihr Herz noch schwerer.

»Sie hat mir das Bild gezeigt, das Sie für sie gemalt haben. Sie haben wirklich Talent.«

»Früher vielleicht. Heute nicht mehr.«

»Mich hätten Sie glatt täuschen können.«

Daisy wartete. Sie rechnete damit, dass er noch mehr über Yvonne oder ihren Vater sagen würde. Etwas über ihr Leben in *Wildflower Lock,* von dem sie nichts gewusst hatte. Aber er schwieg.

»Ich sollte besser reingehen«, meinte er schließlich. »Ich will nicht, dass meine Focaccia anbrennt.«

»Sie haben Focaccia gebacken?«, fragte Daisy überrascht.

»Ja. Mit Oliven und getrockneten Tomaten, um genau zu sein. Sie ist gar nicht übel, wenn ich das so sagen darf. Sie sind herzlich eingeladen, sie zu kosten. Ich habe auch ein kaltes Bier im Kühlschrank.«

Daisy dachte kurz nach. Ihr Tag war auf so viele Arten eine Katastrophe gewesen, und jetzt brachte ihr ein Mann, den sie kaum kannte, so viel Freundlichkeit entgegen. Sie holte tief Luft, um sein Angebot dankend abzulehnen, als sie sich selbst sagen hörte:

»Brot und Bier klingt großartig.«

KAPITEL 33

Daisy hätte wissen müssen, dass Theo mit dem Bier im Kühlschrank keine Dose *Red Stripe* oder eine Flasche *Corona* meinte.

»Ein Kumpel von mir braut diese speziellen Biere«, sagte er, als er den Kühlschrank öffnete und Dutzende braune Flaschen mit handgeschriebenen Etiketten zum Vorschein kamen. »Sie schmecken großartig, aber er gibt mir so viele, dass ich sie unmöglich alle trinken kann. Es ist schön, sie mit jemandem teilen zu können. Such dir eins aus.«

»Dafür hast du doch sicher deine Freundin«, meinte Daisy, dann fiel ihr ein, wie unhöflich das klingen musste.

Zum Glück lächelte Theo. »Sie steht eher auf Pinot«, erwiderte er. »Setz dich schon mal. Ich hole das Brot aus dem Ofen.«

Sein Boot hatte ein erstaunlich durchdachtes Layout, dachte Daisy, als sie ihm zusah, wie er zur kleinen Küche hinüberging. Es wirkte sogar noch praktischer, als ihr beim ersten Mal aufgefallen war. An den Wänden waren Halterungen angebracht, in denen verschiedene Küchenutensilien senkrecht und griffbereit aufgehängt waren. Es gab einen großen Backofen, eine Mikrowelle und natürlich eine Kaffeemaschine. Als Theo die Ofentür öffnete, erfüllte der Duft von frisch gebackenem Brot die kleine Küche. Sofort begann ihr Magen zu knurren, und ihr fiel ein, dass sie heute noch nichts gegessen hatte. Gar nichts. Am Morgen hatte sie sich noch zu verkatert gefühlt, dann war sie bei Yvonne gewesen, und danach hatte sie nur noch über die Geschichte mit ihren Eltern nachgedacht.

Umso enttäuschter war sie, als Theo sagte: »Wir sollten es wohl ein paar Minuten abkühlen lassen.«

Daisys Magen knurrte verärgert, beruhigte sich aber sofort, als Theo zwei Gläser holte und auf die Bierflaschen deutete.

»Hast du dich entschieden, welches du haben möchtest?«

»Ich überlasse dir die Wahl«, sagte sie.

Nach kurzer Überlegung öffnete Theo zwei der Flaschen und reichte ihr eine davon.

»Also, ich nehme an, du willst nicht darüber sprechen?«, fragte Theo. »Was auch immer dich dazu gebracht hat, deinen Kopf gegen das Boot zu schlagen – du solltest wissen, dass es mehr braucht, um eine Delle zu machen.«

»Es hat schon genug Dellen, oder hast du das noch nicht bemerkt?«

»War das der Grund? Frust über den Zustand des Boots? Ich weiß, es sieht nach viel Arbeit aus, aber du wirst staunen, wie schnell man vorankommt, wenn man erst einmal losgelegt hat.«

Daisy lächelte dankbar über seinen Versuch, sie aufzumuntern.

»Nein, es war nicht das Boot. Na ja, nicht direkt.« Sie hielt inne und überlegte, ob sie weitersprechen sollte. Nach einem kurzen Moment entschied sie, dass sie nichts zu verlieren hatte. Schließlich schien Theo eng mit Yvonne befreundet zu sein. Wahrscheinlich hatte sie ihm ohnehin schon etwas erzählt. »Wusstest du, dass mein Vater hier gelebt hat? Hier an der Schleuse?«

Theo senkte den Blick und nickte. »Ja, das wusste ich. Aber ich weiß nicht, was passiert ist. Fred hat manchmal von ihm erzählt, aber ich war noch nicht lange hier, als Fred Schwierigkeiten bekam, zum Boot runterzukommen. Dein Großvater hat ihn sehr vermisst.«

»Es war ein Herzinfarkt«, sagte Daisy, bevor sie sich davon abhalten konnte. »Er war erst zweiundvierzig. Fit und gesund, angeblich. Ich weiß es nicht – ich habe ihn nie gekannt, aber das sagten die Leute bei seiner Beerdigung. Sein Tod war ein Schock.«

Theo betrachtete sie einen Moment und nippte an seinem Bier. »Du kanntest ihn also nicht, warst aber trotzdem auf seiner Beerdigung? Das sagt einiges über dich aus.«

»Etwas Gutes oder etwas Schlechtes?«

Theo gab ein leises Lachen von sich. Es war erstaunlich, wie seine Augen erstrahlten, wenn er lachte. Das war ihr bisher nie aufgefallen, aber sie hatten ja auch nie ein Gespräch geführt, bei dem es Grund zum Lachen gegeben hätte.

»Ich finde, zur Beerdigung deines Vaters zu gehen, obwohl du ihn nicht kanntest, ist sehr mutig.«

»Ja, nun, ich wollte etwas über den Mann erfahren, der nie etwas mit mir zu tun haben wollte«, antwortete sie, nahm einen großen Schluck von ihrem Bier und hoffte, dass es nicht zu stark war – schließlich musste sie noch nach Hause fahren. »Aber es stellte sich heraus, dass ich mich geirrt hatte. Ich hatte mich in vielen Dingen geirrt.« Sie hielt inne und blickte auf die Holzplanken zu ihren Füßen. Der Boden war dunkler als auf ihrem Boot, aber er gefiel ihr. Sie war gerne hier.

Dieses Zuhause auf dem Wasser hatte etwas Unkompliziertes. Oder vielleicht lag es an Theo.

»Wie sich herausstellt, habe ich selbst hier in *Wildflower Lock* gelebt«, sagte sie, getrieben von dem plötzlichen Drang, jemandem davon zu erzählen.

»Und das wusstest du nicht?«

»Ich wusste viele Dinge nicht. Ich wusste nicht, dass meine Mutter nach Paris geflohen ist, als ich noch ein Baby war. Ich wusste nicht, dass mein Vater mir bis zu seinem Tod jedes Jahr eine Geburtstags- und Weihnachtskarte geschickt hat, die meine Mutter aber immer sofort zurückgehen ließ. Ich wusste nicht, dass meine Mutter an postnataler Depression litt und ihr Vater Alkoholiker war. Ich wusste nichts davon. Und manchmal wünschte ich, es wäre immer noch so.«

Sie bereute es sofort, so offen gesprochen zu haben. Das war viel zu viel gewesen. Das Funkeln in Theos Augen war verschwunden, und er sah sie mit einem ernsten Blick an, der ihr bewusst machte, wie verletzlich sie sich fühlte.

»Entschuldige. Ich hätte dich nicht damit belasten sollen. So etwas willst du sicher nicht hören.« Sie stand auf, um zu gehen, aber Theo legte ihr sanft eine Hand auf die Schulter.

»Setz dich wieder hin«, sagte er sanft. »Ich hole das Brot, außerdem habe ich noch eine Menge davon.« Er hob die Bierflasche. »Wenn ich das so höre, glaube ich, dass du noch eine vertragen könntest.«

Obwohl Daisy im Umgang mit Fremden schüchtern war, schien das Gespräch zwischen ihr und Theo nicht abzureißen. Sie wechselten mühelos von einem Thema zum nächsten, sprachen über die Blumen, die Daisy entlang der Uferwege entdeckt hatte, und darüber, dass keiner von ihnen aktuelle Chart-Hits kannte. Sie war erstaunt, wie wohl sie sich fühlte – und noch erstaunter darüber, wie lecker das Brot schmeckte.

»Du solltest das verkaufen«, sagte sie, als sie das erste Stück verputzt hatte.

Theo lachte. »Ich glaube nicht, dass ich Zeit dafür hätte. Mit meinem Vollzeitjob und allem.«

»Ich weiß gar nicht, was du beruflich machst«, sagte Daisy und wurde sich bewusst, wie wenig sie über diesen Mann wusste, der sie einfach so zu sich eingeladen hatte.

»Ich bin Schleusenwart«, sagte er, als wäre das selbsterklärend. Aufgrund ihres verwirrten Gesichtsausdrucks merkte er jedoch schnell, dass das nicht der Fall war. »Ich bin für diesen Abschnitt der Kanäle zuständig. Ich sorge dafür, dass die Ufer sauber bleiben, schneide die Schilfflächen zurück, überprüfe, ob die Schleusen richtig funktionieren. Solche Sachen eben. Es ist derselbe Job, den Fred hatte, bevor seine Arthritis so schlimm wurde, dass er nicht mehr hier wohnen konnte.«

»Das wusste ich nicht. Dass Fred Schleusenwärter war, dass er Arthritis hatte – nichts davon. Ich weiß so wenig über meine Familie.«

»Du bist nicht allein«, antwortete Theo. »So ist das in vielen Familien, nicht wahr? Die meisten haben irgendwelche Geheimnisse. Dinge, die sie niemandem erzählen wollen. Schließlich sind wir alle nur Menschen.«

Daisy griff nach ihrer Bierflasche, stellte fest, dass sie leer war, und stellte sie wieder auf den Tisch vor sich. Natürlich war ihre Mutter nur ein Mensch, der Fehler gemacht hatte, aber es war Daisy, die den Preis dafür zahlte. Das war ein Unterschied.

»Ich hole dir ein neues Bier. Und ich habe noch Lachs im Kühlschrank, falls du noch Hunger hast. Habe ich selbst geräuchert.«

»Du räucherst deinen eigenen Lachs?«, fragte Daisy, aber eigentlich hätte sie das nicht überraschen sollen. »Ich möchte dir nicht alles wegessen«, fügte sie schnell hinzu.

»Das wirst du nicht. Wie gesagt, es ist schön, jemanden zu haben, mit dem man solche Dinge teilen kann.«

Es war das zweite Mal, dass er so eine Bemerkung machte. Seine Stimme klang fast sehnsüchtig, und diesmal würde Daisy den Kommentar nicht einfach so stehen lassen.

»Was ist mit deiner Freundin? Ich bin sicher, sie genießt es, so verwöhnt zu werden.«

Er lachte. »Heather mag es definitiv, verwöhnt zu werden. Es ist mehr das Boot, mit dem sie ein Problem hat.«

»Wirklich?«

»Sie steht mehr auf Fünf-Sterne-Hotels und luxuriöse Strandresorts.«

»Und das funktioniert mit euch beiden?«, fragte Daisy überrascht.

»Seltsamerweise schon. Oder zumindest hat es das immer. Wir sind schon sehr lange zusammen – seit wir vierzehn sind. Damals hatte ich kein Interesse an Booten, geschweige denn an einem Leben auf dem Wasser. Sie war immer sehr flexibel, was meine Lebensentscheidungen anging, also versuche ich, genauso flexibel zu sein.«

Das war viel wert. Diese Art von Flexibilität und Kompromissbereitschaft hatten Daisy und Paul eindeutig gefehlt.

»Was ist dann passiert? Mit dem Boot, meine ich. Wie bist du hier gelandet?«

Theo hob sein Glas an die Lippen und sah sich um, als würde er sein Zuhause zum ersten Mal richtig wahrnehmen. Dann wandte er sich wieder Daisy zu.

»Ich brauchte einen Job. Ich hatte die Schule beendet und keine Ahnung, was ich mit meinem Leben anfangen sollte. Meine Mutter war verständnisvoll, aber konsequent. Sie sagte, es sei ihr egal, was ich mache, aber ich könne nicht den ganzen Tag herumlungern. Also musste ich mir etwas suchen. Da sah ich eine Anzeige für einen Ausbildungsplatz als

Schleusenwart. Ich habe mich beworben, obwohl ich ehrlich gesagt keine Ahnung hatte, was eine Schleuse ist.«

Daisy hätte vor Lachen fast ihr Bier ausgespuckt. »Das ist nicht dein Ernst, oder?«

»Doch, absolut. Jedenfalls habe ich die Stelle bekommen und angefangen. Meine Kollegen meinten, wenn ich den ersten Winter überstanden hätte, wäre ich süchtig. Und was soll ich sagen, sie hatten recht. Nach zwei Jahren im Job verkaufte jemand dieses Boot hier zu einem Spottpreis. Der Name kam mir passend vor: *Narrow Escape*. Genau so fühlte es sich damals für mich an – wie eine knappe Flucht vor dem realen Leben. Also habe ich es gekauft und alles selbst renoviert.«

Daisy hatte die ausgezeichnete Ausstattung des Bootes bewundert, seit sie an Bord gekommen war, aber jetzt sah sie alles mit anderen Augen. Theo hatte alles selbst gemacht. Sie stellte ihr Bier mit etwas mehr Schwung als beabsichtigt auf den Tisch.

»Du solltest das beruflich machen. Boote instand setzen, meine ich. Damit könntest du ein Vermögen machen.«

Er lächelte fast mitleidig. »Das wäre schwierig. Ich liebe diese Art von Arbeit, aber hier geht es um persönliche Räumlichkeiten. Jedes Boot hat seine eigenen Charakteristiken, und man braucht Zeit, um diese zu erforschen.« Vielleicht hätte er noch mehr darüber erzählt, wie er die Charakteristiken seines eigenen Bootes entdeckt hatte, aber Daisy kam sofort ein Gedanke.

»Du könntest mir helfen, die *September Rose* zu renovieren! Ich habe nicht viel Geld, aber ich bin sicher, ich könnte etwas zusammensparen. Dann bezahle ich dich ordentlich, nachdem wir es verkauft haben.«

»Ich würde kein Geld von dir annehmen, Daisy.«

»Wir teilen den Gewinn. Zwanzig-achtzig. Oder mehr. Sag mir, wie viel du möchtest.«

»Ich würde dir sowieso helfen. Du musst nur fragen. So läuft das hier an der Schleuse.«

»Oh.«

Ihre Verlegenheit ließ ihr Gesicht rot anlaufen. Sie hatten einen wirklich schönen Abend gehabt, und jetzt hatte sie ihn vermasselt. Aber Theo wirkte ganz entspannt.

»Ich helfe dir«, sagte er. »Kostenlos, aber zuerst muss ich ein bisschen mehr über dich wissen.«

»Mehr über mich?« Sie hob die Augenbrauen bei diesem Kommentar. »Hast du nicht zugehört, als ich dir alles über meine Eltern erzählt habe? Darüber, wie meine Mutter mich verlassen hat, um nach Paris zu reisen, nur um mich dann von meinem Vater fernzuhalten?«

»Ich war hier und habe alles gehört, aber nichts davon handelte von dir. Du hast mir von deinen Eltern erzählt. Ich möchte mehr über dich wissen. Über deine Malkünste zum Beispiel. Du hast großes Talent, scheinst aber nicht gern darüber zu sprechen.«

»Es gibt nichts zu erzählen.«

»Siehst du, du machst es schon wieder. Die Sache ist die: Ich möchte wissen, warum du dich so sehr dagegen sträubst, über das Malen zu sprechen. Wenn du mir das erzählst, helfe ich dir mit der *September Rose*.«

KAPITEL 34

Daisy spürte die Kälte der Bierflasche auf ihrer Haut, während sie über die Bedeutung von Theos Frage nachdachte. Sie sprach selten über diese Zeit oder ihr Leben im Allgemeinen, weil es sie daran erinnerte, dass sie sich wie eine Versagerin fühlte. Die meisten ihrer Freunde hatten Karriere, eine glückliche Beziehung oder ein eigenes Haus. Manche, wie Claire, hatten sogar alles und auch noch ein Kind. Wenn man sie vor dem heutigen Tag gefragt hätte, hätte sie gesagt, dass sie überhaupt nicht malte und ihrer Mutter vollkommen vertraute. Aber heute hatte sich vieles verändert. Vielleicht war es an der Zeit, sich ihrer Vergangenheit zu stellen.

Sie holte tief Luft und begann, bevor sie es sich anders überlegen konnte. »Ich hatte eine Jugendliebe«, setzte sie an, entschied sich dann jedoch, noch weiter zurückzugehen. »Eigentlich waren wir schon vorher zusammen. Ich weiß, das ist schwer zu glauben, aber wir waren bereits in der Grundschule ein Paar. Damals haben wir nur Händchen gehalten und uns gemeinsam in der Mensa angestellt, aber du weißt …

Im Gymnasium wurde es dann zu einer echten Beziehung. Er war der erste Junge, den ich geküsst habe, meine erste Liebe, mein Ein und Alles.«

Eine tiefe Trauer stieg in ihr auf. Sie wusste, dass es unmöglich war, an ihre Kindheit zu denken, ohne Paul zu erwähnen. Er war von Anfang an ein Teil ihres Lebens gewesen – ihr bester Freund, ihr Schatten. Und sie hatte gedacht, dass es immer so bleiben würde. Zu sagen, dass er ihre erste Liebe war, war eigentlich nicht ganz richtig. Er war ihre einzige Liebe.

»Wir hatten nie Streit. Es gab keine dieser typischen Teenager-Dramen, die man so oft sieht. Wir waren einfach auf der gleichen Wellenlänge. Ich dachte wirklich, wir würden für immer zusammenbleiben. Heiraten, Kinder bekommen, die ganze Welt.«

»Und das hat etwas mit Malen zu tun?«, fragte Theo, als Daisy Luft holte. »Ich will nicht unhöflich sein, aber ich hatte gehofft, zu erfahren, warum du das Malen aufgegeben hast, obwohl du dieses unglaubliche Talent hast. Jetzt habe ich eher das Gefühl, gleich in einer Episode von *Dawson's Creek* zu landen.«

»*Dawson's Creek*? Wie retro bist du denn?« Daisy war dankbar für den humorvollen Kommentar. »Dazu komme ich gleich. Gib mir einen Moment.«

Wieder machte sie eine Pause, um den Schmerz unter Kontrolle zu halten, der mit diesen Erinnerungen einherging. Drei Jahre, aber der Schmerz war immer noch da. Vielleicht, weil sie nicht wollte, dass er verschwand. Schließlich war er das einzige Zeugnis ihrer Liebe, das sie noch hatte.

»Paul sollte in der Firma seines Vaters als Mechaniker arbeiten. Das war von Anfang an so geplant. Er kannte jede Automarke, bevor er das Einmaleins konnte. Er konnte sämtliche Teile eines Motors benennen, noch bevor wir aufs

Gymnasium kamen. Es bestand nie ein Zweifel daran, was er machen würde. Ich hingegen mochte es, zu zeichnen. Nein, ich liebte es, zu zeichnen. Deshalb habe ich mich für die Kunstakademie in Brighton beworben.«

Theo sah sie mit fragendem Blick an. »Ich nehme an, das ist eine gute Schule. Tut mir leid, ich kenne mich in dem Bereich nicht so aus.«

»Ja, eine der besten. Es war ein Wunder, dass ich überhaupt aufgenommen wurde.«

»Warum sagst du das? Das stimmt eindeutig nicht. Ich habe gesehen, wie talentiert du bist.«

»Es gibt viele talentierte Menschen«, entgegnete sie. »Glück hat definitiv eine Rolle gespielt.«

Theo straffte sich leicht. »Das gefällt mir nicht. Ich mag es nicht, wie du dich selbst herabsetzt. Vielleicht war Glück dabei, aber man schafft sich sein Glück auch selbst. Niemand hat Erfolg, ohne vorher Arbeit hineinzustecken.«

»Vielleicht.«

»Außerdem«, fuhr er fort, »korrigiere mich, wenn ich falsch liege, aber ich habe das Gefühl, dass sich dieser Paul als ziemlicher Idiot herausstellen wird.«

Daisy lachte so plötzlich, dass ihr Bier in die Nase schoss. Bex und Claire würden diesen Kerl mögen – er machte es irgendwie leichter, über Paul zu sprechen. Es kam ihr fast wie ein Wunder vor.

»Paul hat sich tatsächlich als Idiot entpuppt«, antwortete sie, während ihr Lächeln langsam verblasste. »Er meinte, die Entfernung wäre ein zu großes Problem. Außerdem hielt er nicht viel davon, dass ich mich mit Kunst beschäftige. Das heißt nicht, dass er nicht fand, ich wäre gut – er konnte sich einfach nicht vorstellen, wie ich damit Geld verdienen könnte.«

»Und du? Was dachtest du? Was wolltest du tun?«

Sie starrte die Flasche in ihrer Hand an und fragte sich, ob sie es tatsächlich aussprechen würde. Ihr Kindheitstraum war etwas, worüber sie schon lange nicht mehr nachgedacht hatte.

»Ich wollte immer Kinderbücher illustrieren. Helle, bunte Bilder voller verrückter Szenarien malen und Charaktere zum Leben erwecken. Wahrscheinlich auch Tiere. Keine realistischen allerdings – ich habe es immer geliebt, Tiere im Cartoon-Stil zu zeichnen. Ich habe immer davon geträumt, Bücher über Tiere zu illustrieren, die Abenteuer erleben. So etwas in der Art.« Sie verstummte. Es war ein Traum, den sie selten jemandem anvertraute, nicht einmal ihren Freundinnen. Sie holte tief Luft.

Stille breitete sich zwischen ihnen aus. Eine Stille, die leicht melancholisch hätte werden können, hätte Theo sie nicht gebrochen.

»Also Paul, der Sack – Verzeihung, Idiot ist besser, oder? Paul, der Idiot, wollte nicht, dass du gehst?«

»Er konnte nicht sehen, wie uns das zukünftig helfen würde. Wir würden Schulden machen, während wir eigentlich für eine Hochzeit oder ein eigenes Zuhause sparen sollten. Das war schließlich immer unser Plan gewesen.«

»Also bist du einfach nicht gegangen?«

»Ich bin einfach nicht gegangen«, sagte sie schlicht. »Ich habe das Angebot abgelehnt und einen Job als Zimmermädchen in einem Hotel angenommen. Und ich habe jede Minute davon gehasst. Den ganzen Tag auf den Beinen, das Chaos anderer Leute beseitigen … Ich war unglücklich.«

Sie erinnerte sich lebhaft daran, wie sie die Treppen rauf und runter gelaufen war; ihre Füße und ihr Rücken hatten vom vielen Bücken und Schleppen der Wäschekörbe geschmerzt.

»Habt ihr euch deshalb getrennt?«, fragte Theo, als Daisys Gedanken erneut abschweiften. »Hast du Schluss gemacht, weil du unglücklich warst und deinen Job gehasst hast?«

Daisy nahm einen großen Schluck Bier, bevor sie antwortete. »Ach, ich wünschte, ich hätte das damals erkannt. Ich meine, er wusste, wie unglücklich ich war, aber er war froh, dass ich in seiner Nähe geblieben bin. Wir waren noch zwei Jahre zusammen, während er seine Ausbildung zum Mechaniker machte. Dann, als er voll qualifiziert war, bekam er ein Jobangebot in Aberdeen.«

»Aberdeen? Warum gerade dort?«

»Ich glaube, er hat Cousins dort oben«, versuchte sie sich zu erinnern. »Und das war's. Er sagte, dass eine Fernbeziehung nicht funktionieren würde. Er hat mich nicht einmal gefragt, ob ich mit ihm kommen würde. Wir müssten unseren Horizont erweitern, sagte er. Genau das waren seine Worte: Unseren Horizont erweitern. So hat er Schluss gemacht.«

Die Erinnerung ließ sie unwillkürlich mit den Zähnen knirschen. Paul hatte mit ihr gesprochen, als würde er ihr einen Gefallen tun, indem er ihr die Chance auf ein neues Leben gab, während er ihr gleichzeitig den Boden unter den Füßen wegzog.

»Und was hast du dann getan? Du bist nach London gezogen?« Theos Frage tat weh, denn nun musste Daisy zugeben, dass es nicht Pauls Schuld war, dass sie ihren Traum aufgegeben hatte, sondern ihre eigene.

Sie schüttelte den Kopf. »Nein, ich war zwanzig, fast einundzwanzig. Ich wohnte noch bei meiner Mutter und hatte das ganze Geld aus meinem Job als Zimmermädchen gespart. Ein Teil davon war für ein Haus gedacht, aber eigentlich hatte ich auch für unsere Hochzeit gespart. Ich hatte sogar schon die Farbe für die Brautjungfernkleider ausgesucht. Ich war so sicher, dass wir zusammenbleiben würden. Als Paul weg war, beschloss ich, das zu tun, was ich immer gewollt hatte: Ich bewarb mich erneut an einer Kunsthochschule. Ich wollte es durchziehen und mir meinen Traum erfüllen, Illustratorin zu werden.«

Sie schluckte den Kloß in ihrem Hals hinunter und hoffte, Theo würde etwas sagen, um den dumpfen Schmerz zu lindern, der in ihr aufstieg. Doch er schwieg und sah sie aufmerksam an. Also zwang sie sich zu einem Lächeln und sprach weiter.

»Ich wurde in genau den Kurs aufgenommen, für den ich mich schon einmal beworben hatte – den, von dem ich immer geträumt hatte. Doch als ich dort war, fühlte ich mich fehl am Platz.« Sie suchte nach Worten, um diese lange verdrängten Gefühle auszudrücken. »Ich war älter als die anderen. Nur ein paar Jahre, aber der Unterschied zwischen achtzehn- und einundzwanzigjährigen Studenten fühlte sich riesig an. Außerdem war ich aus der Übung. Ich hatte Vollzeit in einem Job gearbeitet, der mir die ganze Energie geraubt hatte, und seit Jahren keinen Pinsel mehr in der Hand gehalten. Zumindest redete ich mir das ein. Ich hatte mich mit Bildern aus meiner Schulzeit beworben, aber unter all diesen frischen, motivierten Studenten war ich ständig im Rückstand. Es kostete ein Vermögen – die Miete, die Studiengebühren –, aber ich versuchte durchzuhalten. Ich schaffte ein Semester, aber ich wusste, dass ich es nicht schaffen würde. Kurz vor Weihnachten gab ich auf, kontaktierte eine Arbeitsvermittlung in London und nahm die erste Stelle an, die mir angeboten wurde. Das war's.«

Die Erinnerung an diese Zeit lastete schwer auf ihrer Brust. »Seitdem springe ich von einem Job zum nächsten, ohne wirklich zur Ruhe zu kommen. Ich langweile mich schnell, finde immer einen Grund, zu kündigen oder gekündigt zu werden. Und obwohl ich meine Wohnung liebe, wird mir zunehmend klar, dass ich wohl einfach nicht der Typ bin, der sich festlegt.«

Theo sah sie unbewegt an. »Das mit deinem Vater und deiner Mutter tut mir leid. Es tut mir leid, dass du deinen Traum aufgegeben hast. Aber es ist noch nicht zu spät, oder? Du bist eine talentierte Künstlerin. Ich habe gesehen, was du kannst.«

»Ich weiß nicht. Ich bin mir noch nicht einmal sicher, ob mein Herz noch dabei ist.«

»Glaube mir, wenn ich dieses Gemälde anschaue, kann ich sehen, dass dein Herz noch dabei ist. Du brauchst nur Mut, es wirklich anzugehen.«

Sein Blick war so intensiv, dass sich ein nervöses Kribbeln in ihrem Inneren ausbreitete. Eine Nervosität, die sie lange nicht mehr gespürt hatte. Sie schluckte den Kloß in ihrem Hals herunter, stand auf und stellte ihr Bier auf den Tisch. »Ich habe dich schon viel zu lange vollgequatscht. Ich sollte nach Hause fahren.«

Auch Theo stand auf. In dem engen Raum waren sie sich überraschend nah. »Sag nicht, du willst noch Auto fahren?«

Daisy deutete auf die braunen Flaschen. »Ich hab nur zwei davon getrunken.«

»Genau. Du hattest zwei davon. Die haben jeweils neun Prozent.«

»Neun Prozent?«

»Ungefähr. Und das ist eine konservative Schätzung. Mein Kumpel Damien, der dieses Bier braut, hat mal ein IPA mit vierzehn Prozent gemacht. Keine Ahnung, wie er das hingekriegt hat.«

Plötzlich verstand Daisy, warum sie so gesprächig geworden war. Sie hatte deutlich mehr Alkohol zu sich genommen, als ihr bewusst gewesen war – definitiv zu viel, um noch Auto zu fahren.

»Es tut mir wirklich leid«, sagte Theo. »Ich hätte sie dir nicht angeboten, wenn ich gewusst hätte, dass du nach Hause fahren willst. Ich dachte, du würdest wieder auf der *September Rose* übernachten, so wie letzte Nacht.«

Daisy nickte, während sich der Raum leicht zu drehen begann. Den ganzen Abend Bier zu trinken, dessen Alkoholgehalt an den von Wein herankam, nur mit Focaccia und etwas Räucherlachs im Magen, war vielleicht nicht die beste Idee gewesen.

»Es tut mir leid«, sagte sie und hatte das Gefühl, das Boot würde mit jeder Sekunde kleiner werden. »Das macht nichts. Ich kann auf dem Boot schlafen. Natürlich kann ich das. Ich muss nur früh aufstehen, um zur Arbeit zu fahren.«

Theo sah nicht überzeugt aus. »Brauchst du irgendetwas? Ist es warm genug? Ich habe massenweise Decken und Kissen.«

»Es ist kein Problem. Mein Schlafsack ist noch auf dem Boot.«

»Bist du sicher?«, fragte er. »Lass mich dich wenigstens nach Hause bringen.«

Auf dem Weg zu ihrem Boot blieb Theo einen Schritt hinter ihr. Als sie das Heck erreichte, hielt sie an, um sich zu verabschieden, doch Theo kam ihr zuvor.

»Das war ein unerwarteter Abend, Daisy May. Ein schöner, aber unerwarteter Abend. Ich habe es genossen, dich besser kennenzulernen.«

»Das nächste Mal sollten wir mehr über deine dunklen Geheimnisse sprechen, anstatt über meine beschämende Vergangenheit«, erwiderte sie lächelnd.

»Nichts an deiner Vergangenheit ist beschämend«, erwiderte Theo. »Gar nichts.«

Für einen Moment standen sie sich gegenüber, als gäbe es noch etwas zu sagen. Ein seltsames Gefühl von Déjà-vu stieg in ihr auf – und dann traf es sie mit voller Wucht. Es fühlte sich an, als wären sie auf einem Date.

Daisy trat einen Schritt zurück, während ihre Handflächen immer schwitziger wurden. Natürlich war das hier kein Date, auch wenn der Abend gutes Essen, Drinks und lange Gespräche beinhaltet hatte. Aber dieser Moment war wie das unangenehme Ende eines Dates, wenn man entscheidet, ob man nur höfliche Floskeln austauschen, sich wiedersehen oder … oder vielleicht sogar küssen möchte. Sie räusperte sich und versuchte, diesen Gedanken abzuschütteln. Aber er stand immer noch da und rührte sich nicht.

»Nun, da wären wir«, sagte sie schließlich.

Er lächelte, wenn auch etwas unsicher, und fragte: »Was machst du morgen Nachmittag, Daisy May?«

KAPITEL 35

Daisy ließ sich aufs Bett der *September Rose* fallen. Dieses ganze Wochenende war eine emotionale Achterbahnfahrt gewesen, und jetzt musste sie auch noch eineinhalb Stunden früher aufstehen, um rechtzeitig nach Hause zu kommen, um zu duschen, sich umzuziehen und pünktlich zur Arbeit zu kommen. Stöhnend stellte sie einen Alarm und sicherheitshalber noch einen zweiten, bevor sie die Augen schloss und sofort einschlief.

Das erste, was sie wahrnahm, war das sanfte Vogelgezwitscher – ein hohes Trillern, das von tieferen, volleren Melodien begleitet wurde. Einen Moment lang lag sie mit geschlossenen Augen da und dachte, sie würde träumen. Sie war sich nicht sicher, ob sie je von solch realistischen Klängen geträumt hatte. Langsam drehte sie sich um und stieß hart gegen einen Nachttisch, den sie dort nicht erwartet hatte. Schlagartig wurde sie wach und setzte sich auf.

Es dauerte einen Augenblick, bis die Erinnerungen an den Tag zuvor zurückkamen. Ihr Gespräch mit Yvonne. Das Geständnis ihrer Mutter. Die Erinnerung an den Abend mit

Theo und die Tatsache, dass sie auf der *September Rose* geschlafen hatte.

»Verdammt!« Sie sprang aus dem Bett, zog die Vorhänge auf und erblickte einen strahlend blauen Himmel. Ihr Puls schoss in die Höhe. »Bitte lass es einfach nur ein heller Morgen sein.« Sie griff nach ihrem Handy und tippte hektisch auf den Bildschirm. Nachdem sie fünfzehn lange Sekunden auf den schwarzen Bildschirm gestarrt hatte, begriff sie schließlich, dass der Akku leer war – und keiner ihrer Wecker sie geweckt hatte.

Sie schnappte sich ihre Hose und zog sie auf einem Bein hüpfend an.

»Wie spät ist es?«, rief sie in den leeren Raum, obwohl niemand da war, der ihr hätte antworten können. Beim Renovieren des Bootes würde sie zuerst eine große Uhr an die Wand hängen, die sie daran erinnern würde, wie sehr sie es vermasselt hatte, wenn sie verschlief.

Kaum hatte sie sich angezogen, zwang sie ihre Füße in die Schuhe und stolperte die Treppe hinauf aufs Deck. Sie hatte sich gerade umgedreht, um die Tür abzuschließen, als sie eine Stimme hörte.

»Alles in Ordnung?« Sie drehte sich um und sah Theo mit zwei dampfenden Kaffeetassen am Ufer stehen. »Ich dachte, du möchtest vielleicht was trinken.«

»Wie spät ist es?« Sie fummelte immer noch am Schloss herum und ignorierte sein Angebot. »Weißt du, wie spät es ist?«

Theo balancierte die Kaffeetassen und drehte vorsichtig sein Handgelenk, um auf die Uhr zu schauen.

»Es ist halb neun. Knapp.«

»Verdammt!« Daisys Panik erreichte ein neues Niveau. »Ich komme zu spät.« Sie griff nach einer der Kaffeetassen und nahm mehrere Schlucke von der bitteren, heißen Flüssigkeit.

»Danke«, sagte sie, als sie ihm die Tasse zurückgab.

»Keine Ursache. Ich verstehe es. Wir sehen uns nach Feierabend – wenn das immer noch passt?«

Daisy durchforschte ihr Gehirn, um herauszufinden, was sie vergessen hatte. Einen Moment später erinnerte sie sich an Theos vagen Vorschlag vom Abend zuvor.

»Natürlich, natürlich«, antwortete sie hastig, ohne sich die Zeit zu nehmen, über eine glaubwürdige Ausrede nachzudenken. Im Moment musste sie einfach nur zur Arbeit kommen.

Sie rannte zum Auto. Es half allerdings wenig, denn an diesem Morgen waren ihr die Verkehrsgötter alles andere als wohlgesonnen. Jede Ampel schaltete auf Rot, wenn sie sich näherte, an zwei Kreuzungen wurde ihr der Weg abgeschnitten, und einmal steckte sie einen halben Kilometer im Stau fest, weil ein weißer Lieferwagen liegen geblieben war.

»Es gibt keinen Grund zur Panik«, redete sie sich immer wieder ein, als sie endlich die letzte Abbiegung zu ihrer Straße erreichte. »Es gab einen Notfall in der Familie. Sie werden es verstehen.«

Nachdem sie nun schon zwei Nächte hintereinander auf der *September Rose* verbracht hatte, konnte sie die Dusche unmöglich auslassen. Hektisch stürmte sie durch die Haustür und zog die Post aus dem Briefkasten. Zwischen den Werbesendungen lag ein kleiner, brauner Umschlag. Ihr Name und ihre Adresse waren von Hand geschrieben.

Daisy blieb stehen und runzelte die Stirn. Auch der Brief über die Erbschaft war in einem braunen Umschlag verschickt worden, nur war jener deutlich größer gewesen. Da drei Minuten ohnehin keinen Unterschied mehr machten, öffnete sie den Brief und las ihn. Sofort wünschte sie, es nicht getan zu haben.

Bei der Arbeit machte zum Glück niemand viel Aufhebens um ihr spätes Erscheinen. Eigentlich schien man sie gar nicht zu bemerken, was gut war, da sie sich auf nichts anderes konzentrieren konnte als auf den Inhalt des Briefs. Sie hätte es kommen sehen sollen.

Ihr Vermieter würde die Miete erhöhen.

Es kam nicht wirklich überraschend, da sie seit ihrem Einzug denselben Betrag gezahlt hatte – etwa zwanzig Prozent weniger als die Durchschnittsmiete in der Gegend. Sie hätte ahnen müssen, dass es irgendwann so weit sein würde, und es war auch nicht unvernünftig. Der Vermieter hatte mitgeteilt, dass die Miete ab nächstem Monat um achtzig Pfund pro Woche steigen würde, um die Inflation und das allgemeine Mietniveau zu berücksichtigen. Er hatte auch darauf hingewiesen, dass es bisher nie eine Erhöhung gegeben hatte. Das stimmte natürlich, aber dreihundertsechzig Pfund mehr im Monat konnte sie sich einfach nicht leisten. Das waren viertausend Pfund mehr im Jahr.

Vielleicht hätte sie, wenn sie schon länger hier gearbeitet hätte, um eine Gehaltserhöhung bitten können. Aber nach nur sechs Monaten im Unternehmen – und nachdem sie heute Morgen zu spät gekommen war – schien dies kaum der richtige Zeitpunkt dafür zu sein. Sie musste sich dringend etwas einfallen lassen. Vielleicht sollte sie ihren Kleiderschrank durchsehen und ein paar alte Schuhe und Kleider verkaufen, die sie aufgehoben hatte. Damit ließe sich doch sicher ein wenig Geld verdienen, oder?

Da sie fast einen halben Tag verpasst hatte und völlig durcheinander war, hatte sie nicht einmal ansatzweise genug Zeit, ihre Arbeit zu erledigen. Der Strom an E-Mails riss nicht ab, aber es war fast unmöglich, die eingehenden Nachrichten zu beantworten, da sie immer wieder von Kunden unterbrochen wurde, die Termine hatten. Zu allem Überfluss wurde sie auch noch von ihrem klingelnden Handy gestört.

Pippa hatte sie noch nie während der Arbeit angerufen, aber heute gab sie einfach nicht auf. Wahrscheinlich wollte sie sich noch einmal entschuldigen oder einfach nur nachfragen, ob es ihr gut ging, aber Daisy hatte zu viel um die Ohren, um mit ihr zu sprechen. Außerdem hatte sie ihr gerade nichts zu sagen. Noch nicht. Sie brauchte etwas Zeit, um alles zu verdauen. Daher lehnte sie anfangs jedes Mal, wenn ihr Handy klingelte, den Anruf ab. Aber als sie um drei Uhr nachmittags fast zwanzig Anrufe hatte, gab sie schließlich nach.

»Das ist wirklich kein guter Zeitpunkt, Mum«, sagte sie direkt und sah sich verstohlen um, um zu sehen, ob einer ihrer Vorgesetzten in der Nähe war.

»Daisy, ich will nur, dass du weißt -«

»Nein! Ich möchte jetzt nicht so mit dir reden. Bitte. Ich melde mich bei dir, wenn ich bereit bin, aber nicht jetzt.« Sie beendete das Gespräch und ließ den Kopf sinken. Erst als sie wieder aufsah, bemerkte sie den Schatten.

»Alles in Ordnung?«, fragte Amanda.

»Ja. Tut mir leid.«

»Ging es um diesen Notfall in der Familie?«

Daisy war sich nicht sicher, ob Amandas Stimme einen seltsamen Unterton hatte. Aber es war Montag – und an Montagen hatten die meisten Menschen wenig Geduld, oder?

»Ja, leider«, antwortete sie.

»Nun, ich hoffe, dass sich das schnell klärt.«

Als es endlich siebzehn Uhr wurde, seufzte Daisy innerlich auf. Sie wollte einfach nur nach Hause fahren und wieder in einem richtigen Bett schlafen.

Während der Busfahrt schweiften ihre Gedanken zu ihrem Abend mit Theo. Wann hatte sie sich das letzte Mal so gut mit jemandem unterhalten? Er strahlte diese natürliche Leichtigkeit aus, doch der Gedanke an ihn ließ sie dennoch seufzen. Nach dem Stress des Tages hatte sie ganz vergessen, dass sie sich verabredet hatten.

Mist. Eine weitere lange Nacht war das Letzte, was sie wollte. Unter normalen Umständen hätte sie angerufen und abgesagt, aber sie hatte Theos Nummer nicht. Und einfach nicht zu erscheinen kam nicht infrage, schließlich hatte er zugestimmt, ihr mit der *September Rose* zu helfen.

Daisy fühlte sich um zehn Jahre gealtert, als sie endlich ihre Wohnung erreichte und eine prall gefüllte Tüte am Türgriff hängen sah. Diesmal war sie deutlich größer als sonst. Die Bäckerei musste einen ruhigen Tag gehabt haben, dachte sie, während sie die Tüte herunternahm. Solche Tage waren schlecht fürs Geschäft, aber gut für sie – und heute, dachte sie lächelnd, auch gut für Theo.

KAPITEL 36

Auch heute war *Wildflower Lock* voller Paddleboarder und Hundebesitzer.

»Schon wieder hier?«, fragte ein Paddler, als sie vorbeiging und grüßte.

»Sieht so aus«, antwortete sie, unsicher, ob sie diese Person schon einmal getroffen hatte.

Als sie die *Narrow Escape* erreichte, saß Theo mit einem Buch in der Hand auf dem Deck. Wenn man so entspannt aussehen konnte, wenn man als Schleusenwart arbeitete, sollte sie vielleicht über einen Karrierewechsel nachdenken, dachte sie. Dann fiel ihr ein, dass sie keine Karriere hatte – nur einen Job.

Als sie näher kam, setzte sich Theo auf und klappte das Buch zu.

»Ganz ehrlich? Ich dachte, du würdest mich versetzen«, sagte er.

»Ganz ehrlich? Ich dachte auch, dass ich dich versetzen würde.«

Ohne auf eine Einladung zu warten, betrat sie das Boot.

»Hier, bitte«, sagte sie und reichte ihm die Tüte.

»Was ist das?«

»Keine Ahnung. Du musst selbst nachsehen. Könnten Croissants sein, könnte eine Torte sein. Ich wohne über einer Bäckerei, und die Besitzer überlassen mir alles, was sie nicht verkaufen können.«

»Nette Vereinbarung.«

»Ja, es ist ein tolles Extra. Aber ich weiß nicht, wie lange ich noch dort wohnen kann. Mein Vermieter hat gerade die Miete erhöht.«

Theo stieß einen leisen Pfiff aus. »Sieht aus, als müsstest du das Boot so schnell wie möglich auf Vordermann bringen. Wenn du auf dem Wasser lebst, hast du keinen Vermieter mehr, um den du dir Gedanken machen musst. Nur die Liegeplatzgebühren. Vorausgesetzt, du willst nicht ständig umziehen.«

»Ich habe nicht vor, auf einem Boot zu leben«, erwiderte Daisy. »Ich bin mir ziemlich sicher, dass ich dir das gesagt habe.«

Theo lehnte sich ein Stück vor, ein leichtes Lächeln umspielte seine Lippen. »Stimmt, ich erinnere mich. Du hast gesagt, es sei dein Boot, und du könntest damit machen, was du willst. Du warst ziemlich nachdrücklich.«

»Nun, du hast dich nicht gerade von deiner besten Seite gezeigt.«

»Stimmt, ich war ein ziemlicher Idiot, als wir uns das erste Mal getroffen haben. Aber ich habe über gestern Abend nachgedacht. Vielleicht gibt es einen Grund, warum du ein Leben auf dem Wasser nie in Betracht gezogen hast: Du hast es noch nie ausprobiert.«

»Was meinst du? Ich habe zwei Nächte auf der *Rose* geschlafen«, sagte sie empört.

»Ja, hier verankert. Du warst nicht draußen. Du hast nie

gesehen, wie die Landschaft hier zu bieten hat. Deshalb werde ich dir heute Abend die Höhepunkte von *Wildflower Lock* und Umgebung zeigen.«

Daisy war wie erstarrt. Sie war sich nicht ganz sicher, was Theo meinte. Sie wartete und hoffte, dass er es erklären würde, aber da er das nicht tat, blieb ihr nichts anderes übrig, als nachzufragen.

»Du meinst …«

»Ich meine, dass ich dich auf eine Fahrt mitnehmen werde, Daisy May.«

Daisy wusste nicht, warum sie so nervös war, auf einem Boot mitzufahren.

»Du musst das wirklich nicht tun«, sagte sie mehrmals. »Ich verstehe es. Auf dem Wasser zu leben ist schön. Ich schätze, es ist ruhig und friedlich. Ich kann es mir vorstellen.«

»Wie wäre es, wenn wir einfach loslegen würden?«, sagte er und brachte sie damit zum Schweigen. »*Wildflower Lock* liegt hinter uns und *Papermill* etwa zwölf Kilometer den Kanal entlang. Ich schätze, du warst noch nie in einer Schleuse, wenn sie in Betrieb ist, oder?«

»Du schätzt richtig. Ich habe noch nie eine Schleuse in Betrieb gesehen.«

Theo machte große Augen.

»Na ja, technisch gesehen stimmt das wahrscheinlich nicht«, sagte sie, als müsste sie sich verteidigen. »Wahrscheinlich war ich schon in Hunderten von Schleusen. Ich erinnere mich nur nicht daran. Ich habe früher auf einem Boot gelebt, weißt du noch?«

Theo schürzte die Lippen, ehe er fortfuhr. »Okay, das

bedeutet, dass dies dein erstes Ablegen ist. Geh zum Bug und mach das Tau los.«

»Bug?«

»Der vordere Teil des Bootes. Dort unten.« Er zeigte auf eine Stelle, an der ein weißes Tau um einen Metallpfosten gewickelt war. »Wenn du es gelöst hast, komm hierher zurück, und ich werde dir die weiteren Aufgaben erklären.«

Daisy hätte sich darüber ärgern können, nach Feierabend weitere Arbeit verrichten zu müssen, aber stattdessen verspürte sie eine kribbelnde Aufregung. Sie löste den Knoten und warf das Seil aufs Boot. Dann ging sie zurück und sprang neben Theo auf das hintere Deck.

»Du hast das vordere Seil gelöst ... also ist das Boot vorne frei. Jetzt müssen wir von dieser Anlegestelle weg. Ich möchte, dass du kräftig an diesem Seil ziehst.«

Das Seil, auf das er zeigte, war locker um einen Metallpfosten geschlungen und mit dem hinteren Ende des Bootes verbunden. Daran zu ziehen, schien nicht gerade sinnvoll, wenn sie aufs Wasser hinauswollten.

»Am Seil ziehen?«

»Vertrau mir einfach. Zieh daran.«

Da Theo sich natürlich viel besser auskannte als sie, umfasste Daisy das Seil mit beiden Händen und zog daran.

»So ist es gut. Ein bisschen mehr, ein bisschen mehr«, ermutigte Theo sie, obwohl Daisy nichts sehen konnte. »Schau mal nach vorn, zum Bug«, sagte er einen Moment später.

Endlich sah sie, was ihre Anstrengungen bewirkt hatten. Die Spitze des Bootes lag nicht mehr parallel zum Ufer, sondern zeigte in Richtung Kanalmitte.

»Ich war schon seit ein paar Tagen nicht mehr draußen, also habe ich den Motor vorhin schon aufgewärmt. Das wirst du ebenfalls tun müssen, wenn du *September Rose* rausbringst.«

Daisy lachte. »Oh, ich glaube nicht, dass ich das je tun werde. Mein Ziel ist es, sie in einen verkaufsfähigen Zustand zu bringen. Das ist alles.«

»Und wenn du einen ordentlichen Preis erzielen möchtest, musst du sicherstellen, dass sie in gutem Zustand ist. Niemand will ein Boot, das nicht fährt. Okay, ich bringe uns hier raus, aber wenn das Flussufer etwas freier wird und wir von den anderen Booten weg sind, wirst du die Pinne übernehmen.«

»Die was?«

Theo verdrehte die Augen, was ihn jedoch nicht davon abhielt, zu lächeln.

»Das Ruder, Daisy. Du wirst für die Steuerung verantwortlich sein.«

Angesichts der langsamen Fahrt war Daisy überrascht, dass die Boote entlang des Kanals schnell seltener wurden und dann ganz verschwanden.

»Das ist wunderschön«, sagte Daisy, während sie den beeindruckenden Anblick genoss.

Die Landschaft änderte sich ständig. Einmal glitten sie an dichten, grünen Bäumen vorbei, deren Äste ins Wasser hingen. Dann kamen Abschnitte mit Schilf, in denen Teichhühner, junge Schwäne, Enten und viele andere Wasservögel zu sehen waren. Zu beiden Seiten lagen offene Felder, Häuser und Fußwege, auf denen Leute joggten. Jedes Mal, wenn sie den Kopf drehte, sah sie wieder etwas Neues.

Viel früher als erwartet wandte sich Theo an sie. »Okay, jetzt kannst du übernehmen.«

Sie blickte auf die lange Metallstange in seiner Hand, die direkt mit dem Ruder verbunden war, und schüttelte den Kopf. »Ich glaube nicht, dass ich bereit dafür bin«, sagte sie. »Das hier ist in Ordnung. Wirklich. Das ist toll.«

»Es gibt nichts, worüber du dir Sorgen machen musst«,

erwiderte Theo sanft. »Keine Angst, ich werde nicht zulassen, dass dir etwas passiert.«

Daisy wollte erneut ablehnen, aber in diesem Augenblick klingelte ihr Handy.

»Ich weiß nicht, ob es gut oder schlecht ist, dass du hier Empfang hast«, sagte Theo und hob eine Augenbraue.

Daisy wühlte kurz in ihrer Handtasche und sah, dass es schon wieder ihre Mutter war. Entschlossen schaltete sie das Handy aus und wandte sich wieder Theo zu.

»Weißt du was? Ich glaube, ich werde diesem Ruderding doch eine Chance geben.«

KAPITEL 37

Als sie zurück in Richtung *Wildflower Lock* unterwegs waren, setzte bereits die Dämmerung ein. Noch nie in ihrem Leben hatte Daisy so viel Zeit damit verbracht, einfach nur nach oben zu schauen. Sie genoss es, die pinselstrichartigen Wolken zu sehen, die über den blassrosa-goldenen Himmel zogen.

»Ich liebe diese Tageszeit«, sagte Theo, der neben ihr stand und genauso fasziniert in den Himmel blickte.

»Ich finde es faszinierend zu wissen, dass man nie denselben Himmel zweimal sieht«, antwortete Daisy und wünschte, sie könnte das, was sie fühlte, in Worte fassen. »Weißt du, was ich meine?«

»Ja. So geht es mir mit dem Wasser. Mit dem Leben am Kanal. *Wildflower Lock* ist nicht groß, verändert sich aber jeden Tag. Das Wasser, die Wolken, die Vögel und die Pflanzen. Kein Tag ist wie der andere.«

»Ich glaube, das kann süchtig machen«, sagte Daisy mehr zu sich selbst als zu Theo. Doch als sie ihren Blick von den Wolken löste, bemerkte sie, dass er sie direkt ansah. Ihr

Gesicht wurde warm. Sie verlagerte ihr Gewicht ein wenig und legte ihre Hand wieder auf die Pinne. »Wohin jetzt?«

Sie hatten Brücken unterquert und waren an belebten Straßen und offenen Feldern vorbeigefahren, aber der beste Teil ihres abendlichen Abenteuers war ihre erste Erfahrung mit einer Schleuse gewesen. Nicht, dass sie viel getan hätte – Theo hatte die ganze Arbeit übernommen. Doch sie hatte zugesehen, wie das Wasser durch die Schleusentore strömte und ihr Boot anhob, bis es auf derselben Höhe wie der restliche Kanal war.

»Hast du nie Angst, dass etwas schiefgeht?«, fragte sie, während sie langsam durch die offene Schleuse und zurück zu ihrer Anlegestelle fuhren. »Dass das Wasser vielleicht zu schnell hineinläuft und du untergehst?«

»Man muss es einfach langsam angehen lassen. Auf dem Fluss kannst du es nicht eilig haben«, antwortete er. »Solange du nicht hetzt, wirst du keinerlei Probleme haben.«

Als die *September Rose* in Sichtweite kam, verspürte Daisy einen Hauch von Traurigkeit. Natürlich konnte sie Theo nicht die ganze Nacht draußen auf dem Wasser festhalten, schon gar nicht, nachdem sie ihm gestern den ganzen Abend auf der Pelle gesessen hatte. Dazu kam, dass es bald dunkel wurde, aber sie hätte noch Stunden auf dem Boot verbringen können.

»Also, habe ich dich überzeugt?«, fragte Theo, als sie angelegt hatten.

»Ich glaube, es wird mehr als eine Fahrt brauchen, um mich zu überzeugen. Aber ich gebe zu, ich habe es genossen. Sehr sogar.«

Daisy folgte Theos Anweisungen, wickelte die Seile um die Anlegepfosten und trat dann zurück, damit er ihre Arbeit überprüfen konnte. Als die *Narrow Escape* gesichert war, konnte sich Daisy nicht davon abhalten, der *September Rose* einen resignierten Blick zuzuwerfen. Es würde sie viel Zeit und Geld kosten, um sie in Schuss zu bringen, und es war schwer zu sagen, ob es das wert sein würde. Schließlich war sie momentan wirklich knapp bei Kasse.

»Ich weiß nicht, wie ich das je schaffen soll. Vielleicht sollte ich einfach aufgeben, das Boot als Schrott verkaufen und nehmen, was ich dafür bekommen kann.«

»Das kannst du doch wohl nicht ernst meinen. Das Schwierigste hast du schon erledigt: diesen ganzen Krempel ausräumen. Das war der langweilige Teil. Alles, was jetzt kommt, wird so richtig spannend.«

»Ich glaube, wir haben unterschiedliche Vorstellungen von Spaß. Das Komplizierteste, was ich je zusammengebaut habe, war ein Regal. Ich habe keine Chance, das alles alleine zu schaffen.«

»Wie ich gestern Abend schon sagte: Ich werde dir dabei helfen.« Seine Hand verweilte einen winzigen Moment auf ihrer, dann zog er sie schnell zurück, als wäre ihm plötzlich klar geworden, was er gerade getan hatte.

»Ich … ich … ich sollte los«, stammelte Daisy, verwundert darüber, dass ihr Puls plötzlich in die Höhe geschnellt war. »Ich muss morgen arbeiten.«

»Natürlich, das verstehe ich völlig. Aber bevor du gehst: Dürfte ich wohl deine Telefonnummer bekommen?«

Daisy schluckte, und ein Schwall von Ärger packte sie. Er hatte eine Freundin, über die er ihr eine Menge erzählt hatte, und jetzt hatte er die Dreistigkeit, sich an Daisy ranzumachen?

»Du bist mit jemandem zusammen«, sagte sie.

Ein Hauch von Rosa färbte Theos Wangen. »Oh … nein … So habe ich das nicht gemeint! Gar nicht, ich … Gott, ich bin … Nein. Ich meinte nur wegen des Bootes. Falls ich etwas finde, was dir helfen könnte. Es wäre auch hilfreich, wenn wir die Nummer des anderen haben, falls du mir Bescheid geben willst, dass du herkommst – dann kann ich den Motor prüfen und solche Sachen. Jemand von der Schleuse sollte dich kontaktieren können, wenn etwas ist.«

Diesmal waren es Daisys Wangen, die sich färbten, und zwar nicht rosa, sondern tiefrot. Ihr Gesicht glühte regelrecht.

»Ach so. Natürlich. Ja, tut mir leid. Mein Fehler.«

»Ich sollte wirklich keine Frauen zu mir nach Hause einladen, um Focaccia zu essen.« Theo lachte, als er ihr sein Handy reichte. Als sie ihre Nummer darin gespeichert hatte und es ihm zurückgab, zögerte er. »Ich will nicht zu anmaßend wirken oder so. Aber würdest du mir einen Schlüssel zu deinem Boot überlassen?«

»Einen Schlüssel?« Bezüglich der Handynummer hatte sie sich eindeutig blamiert, aber das ging ihr einen Schritt zu weit.

»Natürlich nur, wenn du willst. Es ist nur … ich könnte ein bisschen an der *September Rose* arbeiten, bevor ich zur Arbeit gehe. Da es immer früher hell wird, bin ich meistens schon um fünf Uhr wach und werkle ohnehin an diversen Sachen herum. Nur, wenn es dir nichts ausmacht.«

Würde es Daisy etwas ausmachen, wenn jemand kostenlose Renovierungsarbeiten an ihrem Boot erledigte? Die Antwort war: Nein, natürlich nicht. Jedenfalls unter normalen Umständen. Aber irgendetwas fühlte sich nicht ganz richtig an. Ob Alkohol im Spiel gewesen war oder nicht, sie hatte sich Theo gegenüber geöffnet, wie sie es noch nie getan hatte, wodurch er jetzt mehr über sie wusste, als ihr lieb war. Außerdem hatte seine kurze Berührung gereicht, ihr Herzrasen zu bereiten, und in ihrem Kopf herrschte das reinste Chaos. Doch sie musste objektiv bleiben. Er war nicht ihr Typ, und es war ja nicht so, dass sie ihn wirklich mochte. Nach dem aufwühlenden Erlebnis mit ihrer Mutter war sie emotional gewesen, das war alles. Er war da gewesen, als sie jemanden zum Reden gebraucht hatte – es wäre dumm, sein Angebot abzulehnen.

»Das wäre großartig«, sagte sie und reichte ihm den kleinen Schlüsselring mit allen Schlüsseln zum Boot. »Das ist mein einziges Set, also verlier es nicht.«

»Super. Nun, ich kann dir nicht versprechen, viel zu schaffen, aber ich werde schauen, womit ich diese Woche anfangen kann. Es sei denn, du hast vor, schon vor dem Wochenende zurückzukommen?«

Daisy schüttelte den Kopf. Nach dem Wochenende, das sie hinter sich hatte, brauchte sie erst einmal ein wenig Ruhe.

»Nein, ich komme erst am Wochenende wieder.«

»Dann sehen wir uns am Wochenende, Daisy May.«

KAPITEL 38

Obwohl Daisy Theo ihre Nummer und die Schlüssel zur *September Rose* gegeben hatte, hatte sie nicht wirklich erwartet, von ihm zu hören. Deshalb war sie mehr als überrascht, als am Mittwochmorgen um halb acht eine Nachricht auf ihrem Handy einging. Der Inhalt der Nachricht überraschte sie noch mehr.

Wie sehr hängst du an der Seitenverkleidung?

Daisy starrte auf die Frage. War das eine Art Fangfrage? Es klang wie eine Fangfrage, aber nach ein paar Augenblicken kam sie zum Schluss, dass er die Frage ernst meinen musste. Theo wirkte nicht wie der Typ, der nur zum Spaß Nachrichten verschickte.

Daisy überlegte, welche Seitenverkleidungen er wohl meinte. Das gesamte Innere des Bootes war mit Verkleidungen in verschiedenen Farben ausgestattet, sowohl in der Kabine, in der Küche als auch im Wohnbereich. Und keine davon war wirklich ansprechend.

Gar nicht, antwortete sie.

Gut. Denn ich habe sie schon herausgerissen.

Unbehagen machte sich in ihr breit. Vielleicht war es nicht die klügste Idee gewesen, einem Fremden die Schlüssel zu ihrem wertvollsten Besitz zu geben. Mehrere Stunden später, als sie eine weitere Nachricht erhielt, fragte sie sich erneut, ob es die richtige Entscheidung gewesen war.

»Oh wow«, sagte sie, als sie das Foto öffnete und das Bild der roten Holzwände betrachtete.

Okay, das sieht definitiv anders aus.

Keine Sorge, ich habe einen Plan, schrieb Theo, fast so, als hätte er ihre Gedanken gelesen. *Und es wird dich keinerlei Geld kosten.*

»Pläne dieser Art gefallen mir ganz besonders«, sagte Daisy laut zu sich selbst.

»Mehr Bootssachen?« Amandas Stimme ließ Daisy zusammenzucken. Ihre Vorgesetzte stand im Türrahmen und blockierte den Eingang. Wie lange sie schon dort gestanden hatte, wusste Daisy nicht. Die Frau schien auf einmal eine Meisterin darin zu sein, plötzlich aufzutauchen.

»Ja, tatsächlich.« Sie reichte Amanda das Handy, damit sie das Foto sehen konnte. »Mein Nachbar hilft mir, daran zu arbeiten. Er ist kein Handwerker, sondern ein Schleusenwart, aber er scheint wirklich alles zu können. Backen, Heimwerken. Sich bei Nachbarn einschmeicheln. Obwohl es so aussieht, als würde er Teile meines Bootes abreißen.«

»Ein handwerklich begabter Boots-Nachbar. Du scheinst Glück zu haben«, entgegnete Amanda, gab ihr das Handy zurück und fügte hinzu: »Ich wollte nur wissen, ob du die Pläne für den Arc-Account erstellt hast? Ich hatte gehofft, sie heute Morgen zu bekommen.«

»Das steht als Nächstes auf meiner Liste«, antwortete Daisy. »Ich wollte nur sicherstellen, dass die Termine für nächste Woche organisiert sind, bevor ich damit anfange.«

Amandas Lächeln wirkte etwas zu breit und steif, was Daisy unruhig machte.

»Gut, dann könntest du damit anfangen«, sagte sie, drehte sich um und ging.

Mit einem tiefen Seufzen machte sich Daisy einen Tee und kehrte an ihren Schreibtisch zurück, um mit der Aufgabe zu beginnen. Es war keine große Aufgabe, aber Zahlen in Tabellen einzugeben war nicht gerade ihre Lieblingsbeschäftigung, und in letzter Zeit fühlte es sich an, als wäre es ihre einzige Beschäftigung.

Sofort bemerkte sie, was sie da dachte. So lief das immer, erinnerte sie sich. Sie begann, gedanklich ihre Vorgesetzten und ihr Arbeitsumfeld zu kritisieren und erschuf Stück für Stück ein Bild, das so unerträglich wurde, dass sie kündigte. Es war eine Angewohnheit, die sie sich in den letzten drei Jahren angeeignet hatte, aber das konnte sie sich jetzt nicht leisten. Ihre Miete stieg, und den Fotos von Theo nach zu urteilen, war das Boot jetzt noch weniger verkaufsfähig als zu Beginn. Sie brauchte diesen Job. Eigentlich mochte sie ihn sogar. Wahrscheinlich war sie einfach nur müde.

Es war nicht nur ihre Mutter, die Daisy diese Woche ignorierte. Auch Claire und Bex hatten sie angerufen und ihr Nachrichten geschickt, um zu fragen, wie es ihr ging, und sich dafür zu entschuldigen, dass sie am Sonntagmorgen so früh verschwunden waren. Aber Daisy hatte auf keine ihrer Nachrichten geantwortet. Sie wollte nicht lügen und behaupten, dass alles in Ordnung sei, aber sie hatte auch keine Lust, über ihre Eltern zu sprechen. Irgendwann würde sie mit den beiden reden müssen, aber sie wusste noch nicht, wann das sein würde.

Als sie nach einem langen, anstrengenden Arbeitstag nach Hause ging und sich der Bäckerei näherte, erblickte sie eine in

Pink gekleidete Gestalt. Das konnte nur Bex sein, die vor ihrer Haustür stand.

»Du lebst also noch«, sagte Bex. »Ich hatte schon angefangen, mir Sorgen zu machen.«

»Es ist Mittwoch«, erwiderte Daisy. »Wir haben uns am Samstag gesehen. Genau genommen am Sonntagmorgen. Wir hatten schon längere Pausen.«

»Ja, Pausen, in denen wir uns nicht gesehen haben – aber komplette Funkstille? Es kam nur einmal vor, dass ich länger als drei Tage nichts von dir gehört habe, und das war in der zehnten Klasse, als du beschlossen hattest, dass Hazel Fonda deine neue beste Freundin ist.«

»Das stimmt doch gar nicht. Ich habe nur Zeit mit Hazel verbracht, weil du dich mit Katie Joynes angefreundet hattest und mich nicht dabeihaben wolltest.«

Bex schüttelte den Kopf und lachte. »Wie auch immer. Du hast auf keine meiner Nachrichten geantwortet. Ich habe mir Sorgen gemacht. Ich dachte, du möchtest darüber sprechen.«

Daisy schaute zu ihrer Tür und war enttäuscht, dass kein Gebäck auf sie wartete. Sie würde sich mit Bier zufriedengeben müssen.

»Wie viel Zeit hast du?«

Nachdem Daisy Bex in einer Pizzeria die Ereignisse der letzten drei Tage geschildert hatte und sie zu ihr nach Hause gegangen waren, fühlte sie sich tatsächlich etwas besser. Die Wahrheit war, dass sie verstand, dass ihre Mutter bestimmte Entscheidungen getroffen hatte, um sie zu schützen. Jedes Mal, wenn sie die Geschichte über ihre Eltern und Pippas Rolle darin erzählte, wurde ihr diese Tatsache klarer.

»Aber du hast immer noch nicht mit ihr gesprochen? Überhaupt nicht?«

»Ich weiß nicht, wo ich anfangen soll.«

»Aber du wirst es bald tun, oder? Sie muss außer sich sein vor Sorge.«

Daisy nippte an ihrem Getränk, und Schuldgefühle stiegen in ihr auf. Sie versuchte, sie zu unterdrücken, denn warum sollte sie sich schuldig fühlen? Dieses Chaos hatte sich ihre Mutter selbst zuzuschreiben. Doch der Gedanke verblasste, noch während er sich formte.

»Ich besuche sie am Wochenende«, sagte sie schließlich, dann fügte sie schnell hinzu: »Ihre ständigen Anrufe machen mich halb wahnsinnig.«

»Du könntest einfach ans Telefon gehen?«

Daisy schüttelte den Kopf und griff nach ihrem Glas, das leider leer war. »Über so etwas will ich nicht am Telefon sprechen.«

»Verstehe«, erwiderte Bex. »Wenn ich dir irgendwie helfen kann, brauchst du es nur zu sagen, ja?«

»Danke.«

Für einen Moment saßen die zwei Freundinnen schweigend da. Es war die Art von Stille, in der nichts gesagt werden musste. Die Art von Stille, die man nur mit jemandem teilen konnte, der einen in- und auswendig kannte. Obwohl sie nicht so lange währte, wie Daisy erwartet hatte.

»Also, Theo?«, sagte Bex und konnte sich ein Grinsen nicht verkneifen. »Zwei Dates hintereinander.«

Daisy nahm ein Kissen vom Sofa und warf es auf Bex. »Deshalb wollte ich dir nichts davon erzählen. Ich wusste, dass du da etwas hineininterpretieren würdest. Dass du etwas siehst, das gar nicht da ist.«

»Er hat dich auf seinem Boot mitgenommen.«

»Um mir den Kanal zu zeigen. Er ist mein Nachbar, vielleicht ein Freund, aber mehr nicht. Er hat eine Freundin, erinnerst du dich?«, fügte sie ein wenig niedergeschlagen hinzu.

»Also, selbst wenn ich interessiert wäre, würde ich meine Finger von ihm lassen.«

Bex' Mund klappte auf. »Selbst wenn du interessiert wärst?«, wiederholte sie. »Du sagst sonst nie, dass du an einem Mann interessiert bist.« Ihre Augen leuchteten vor Aufregung.

»Ich habe nicht gesagt, dass ich interessiert bin! Ich sagte, selbst wenn ich es wäre – er hat eine Freundin.«

»Und weiß diese Freundin das? Weiß sie, dass er dich bei Mondschein auf Kanalfahrten mitnimmt?«

»Es war nicht bei Mondschein. Ich bin mir nicht einmal sicher, ob man im Dunkeln auf den Kanälen fahren darf. Das sollte ich wohl mal herausfinden. Aber das spielt jetzt keine Rolle. So ist es dort einfach. Jeder hilft jedem. Es ist eine Gemeinschaft. Er ist einfach nur ein guter Nachbar.«

»Ach ja? Also ist es einfach nur nachbarschaftliche Hilfe, dass er dein Boot repariert? Für mich klingt das eher nach etwas, was ein fester Freund tun würde.«

»Oder vielleicht hat er es einfach nur satt, jeden Morgen mein hässliches Boot sehen zu müssen. Das wäre viel wahrscheinlicher, oder?«

Bex schwieg, aber die Stille war anders als zuvor. Es war die Art von Stille, die verriet, dass sie noch mehr zu sagen hatte.

»Er ist sowieso nicht mein Typ«, fügte Daisy hinzu, um ihr Argument zu untermauern.

»Du bist nicht auf genug Dates gewesen, um überhaupt einen Typ zu haben«, konterte Bex schlagfertig. »Aber ich könnte mir dich mit jemandem wie ihm vorstellen. Jemandem mit geschickten Händen, wenn du verstehst, was ich meine.«

Daisy schüttelte den Kopf und starrte auf ihr leeres Glas. Sie hatte nicht vor, noch ein Bier zu trinken. Nachdem sie am Montagmorgen zu spät zur Arbeit gekommen war, musste sie sich von ihrer besten Seite zeigen. Sicher würde es nicht lange dauern, bis sie Amandas Gunst zurückgewonnen hatte. Einmal zu spät zu kommen war kaum ein Grund, jemandem böse zu sein, oder? Sie war sich noch nicht einmal sicher, ob es jemand bemerkt hatte.

Gerade als sie vorschlagen wollte, für heute Schluss zu machen, klingelte es an der Tür.

Daisy schaute auf die Uhr und stellte überrascht fest, dass es schon einundzwanzig Uhr war.

»Erwartest du jemanden?«, fragte Bex.

Daisy schüttelte den Kopf. »Du bist die Einzige, die unangemeldet vorbeikommt.«

Wieder klingelte es, diesmal noch länger. Wer auch immer es war, hatte nicht vor, aufzugeben.

»Daisy?«, rief ihre Mutter von der Straße aus. »Daisy? Hier ist Mum. Ich weiß, dass du da bist. Ich will nur mit dir reden. Bitte lass mich rein, ich will nur reden.«

KAPITEL 39

»Mist«, sagte Daisy. Die Ruhe, die sie nach ihrem Gespräch mit Bex empfunden hatte, verpuffte augenblicklich.

»Warum sitzt du noch hier?«, fragte Bex. »Du hast gesagt, dass du mit ihr reden musst. Du solltest sie reinlassen.«

»Ich habe gesagt, dass ich mit ihr reden möchte, wenn ich bereit dafür bin. Ich wollte an diesem Wochenende mit ihr sprechen. Erst die ständigen Anrufe, und jetzt das unangemeldete Auftauchen hier – es ist einfach zu viel! Warum kann sie nicht verstehen, dass ich etwas Zeit brauche?«

»Ich denke, du überreagierst.«

»Ich überreagiere? Sie hat mir verschwiegen, dass sie meinen Vater mit mir allein gelassen hat, um nach Paris zu ziehen! Dann hat sie jeden Kontakt zwischen uns unterbunden und es so aussehen lassen, als wolle er nichts mit mir zu tun haben. Hast du das nicht mitbekommen?«

»Okay, überreagieren ist vielleicht das falsche Wort«, korrigierte sich Bex. »Aber wäre es wirklich so schlimm, ein paar Tage früher mit ihr zu sprechen? Sie ist offensichtlich genauso am Boden zerstört wie du.«

Daisy zog diese Möglichkeit erst gar nicht in Betracht. Schon nur darüber nachzudenken, mit ihrer Mutter zu sprechen, hatte sie all ihre Kraft gekostet. Sie wollte sich nicht zu einem Gespräch zwingen lassen, bevor sie bereit dazu war.

»Kannst du bitte einfach leise sein?«, sagte sie stattdessen. »Ich bin sicher, sie gibt bald auf.«

Erst zwanzig Minuten später ließ Daisy Bex durch die Vorhänge schauen. Sie war erleichtert, dass Pippa gegangen war.

»Du musst mit ihr reden. Bald«, sagte Bex, bevor sie Daisy zum Abschied umarmte. »Die Situation wird nicht besser, solange du das nicht tust.«

»Das werde ich. Versprochen.«

»Okay, ich will nur nicht, dass es noch schlimmer wird.«

»Es wird nicht schlimmer«, versprach Daisy. Und sie glaubte tatsächlich, dass es so war.

ENTSCHLOSSEN, SICH BEI DER ARBEIT INS ZEUG ZU LEGEN, nahm Daisy den Rest der Woche den früheren Zug und nutzte die extra Zeit, um Tee zuzubereiten, E-Mails zu sortieren und die Küche mit Donuts zu versorgen. Zudem schaltete sie ihr Handy während der Arbeitszeit aus und arbeitete konzentriert, sodass sie am Freitagnachmittag alles erledigt hatte. Um halb fünf kam Amanda vorbei, um Daisy zu einem Drink einzuladen.

»Ein paar aus dem Team gehen ins *Queen's Head*«, sagte Amanda. »Möchtest du mitkommen?«

Eine solche Einladung hatte sie im ersten Monat mehrmals bekommen, aber nachdem sie immer abgelehnt hatte, hatten die Kollegen aufgehört, sie zu fragen. Diesmal hütete sie sich jedoch, die Einladung abzulehnen.

»Das wäre toll«, sagte sie.

»Fantastisch, dann sehen wir uns dort.«

Kaum war Amanda gegangen, bereute Daisy ihre Entscheidung. Sie war noch nie im *Queen's Head* gewesen, aber es war in der Nähe, was hier im Zentrum von London hohe Preise bedeutete. Zwei Pints kosteten wahrscheinlich so viel, wie ihre Miete bald steigen würde, und das musste sie auch noch irgendwie stemmen. Vielleicht erwarteten sie sogar, dass jeder eine Runde ausgab, und das konnte sie sich beim besten Willen nicht leisten.

Sie versuchte, sich eine glaubwürdige Ausrede einfallen zu lassen. Sie könnte sagen, Theo hätte ihr geschrieben und sie müsste nach dem Boot sehen – oder sie könnte einfach nicht hingehen. Wahrscheinlich wäre das Lokal so voll, dass es niemandem auffallen würde.

Selbst als sie ihre Sachen zusammenpackte und das Gebäude verließ, war Daisy unschlüssig, was sie tun sollte. Sie war so in ihre Gedanken vertieft, dass sie beinahe mit einer Frau zusammengestoßen wäre. Einer Frau, die sie kannte.

»Mum?«, sagte Daisy, fast genauso erschrocken über den Anblick ihrer Mutter wie über den Beinahe-Zusammenstoß. »Was machst du denn hier?«

»Was meinst du, was ich hier mache? Du gehst nicht ans Telefon, du antwortest nicht auf meine Nachrichten.«

Noch nie hatte Daisy ihre Mutter in einem solch aufgewühlten Zustand gesehen. Ihr Gesicht war fahl und eingefallen, und sie zitterte so sehr, als hätte sie seit ihrem letzten Gespräch mit Daisy nichts mehr gegessen.

»Das ist mein Arbeitsplatz«, sagte Daisy, gleichermaßen fassungslos über Pippas Zustand wie darüber, dass ihre Mutter einfach so hier auftauchte. Sie hatte nicht einmal gewusst, dass ihre Mutter diese Adresse kannte. Als sie über ihre Schulter blickte, sah sie, wie sich die Aufzugtüren öffneten und mehrere Manager heraustraten. »Du solltest nicht hier sein.«

»Du hast dein Handy ausgeschaltet. Du machst mir nicht die Tür auf. Was hätte ich sonst tun sollen?«

»Mum, nicht hier! Nicht jetzt. Bitte. Du musst gehen.«

Daisy stand immer noch fassungslos da, als Amanda neben ihr auftauchte.

»Alles in Ordnung, Daisy?«

»Es wird schon gehen. Ich brauche nur einen Moment«, sagte Daisy, während sie bemerkte, dass diverse Passanten langsamer wurden, um das Geschehen zu beobachten. »Mum, nicht hier auf der Straße. Ich kann jetzt nicht reden. Bitte geh.« Noch leiser fügte sie hinzu: »Ich komme am Sonntag bei dir vorbei. Dann können wir uns unterhalten, das verspreche ich. Aber du musst jetzt gehen.«

Daisy atmete zitternd aus und betete, dass ihre Mutter auf sie hören und gehen würde. Sie hatte keine Ahnung, was sie tun sollte. Die Person, die vor ihr stand, war ihr fremd geworden. Tränen liefen Daisy über das Gesicht, als sich Pippa umdrehte und wortlos in der Menge verschwand.

Als sie weg war, stieß Daisy ein tiefes Seufzen aus. Die Schaulustigen waren enttäuscht darüber, dass es nicht mehr Drama gegeben hatte, und gingen weiter. Alle bis auf Amanda.

»Streit in der Familie?«, fragte sie, noch bevor Daisy etwas sagen konnte.

»Es tut mir leid, Amanda. Ich weiß nicht, was in sie gefahren ist. Es wird nicht wieder vorkommen. Versprochen.« Daisy wartete darauf, zurechtgewiesen zu werden. Vielleicht würde ihr Amanda eine Verwarnung geben und mit Kündigung drohen – aber sie lächelte nur.

»Du bist nicht mehr im Büro. Es war nicht während der

Arbeitszeit, also geht mich das nichts an. Ehrlich gesagt bin ich ein wenig erleichtert. Du hast keine Ahnung, wie oft Mitarbeiter den Begriff *Notfall in der Familie* als Entschuldigung benutzen, weil ihr Wecker nicht geklingelt hat.«

»Es war wirklich …«, begann Daisy, aber Amanda hob die Hand.

»Ich verstehe. Jeder hat seine Probleme, das habe ich längst gelernt. Bring sie einfach nicht mit zur Arbeit, okay?«

Daisy nickte. »Natürlich. Es wird nicht wieder vorkommen. Es tut mir wirklich leid.«

Amanda neigte leicht den Kopf, ein Zeichen, dass das Gespräch beendet war, doch als Daisy sich zum Gehen wandte, sprach Amanda erneut.

»Ich weiß nicht, was passiert ist, aber jeder Mensch führt tausend unsichtbare Kämpfe. Vergiss das nicht. Absichten sind wichtig. Wie auch immer das Resultat aussieht – es sind die Absichten, die zählen.«

Daisy beschloss, nicht in den Pub zu gehen. Auf dem Weg nach Hause dachte sie über ihre Pläne für den Freitagabend nach. Vor ein paar Wochen hätten sie Bex in eine Cocktailbar eingeladen, um bis in die frühen Morgenstunden zu tanzen, aber darauf hatte sie keine Lust. Der Gedanke, zehn Minuten auf einen Drink zu warten, war alles andere als verlockend. Außerdem hatte Bex ihr geschrieben, dass sie beschäftigt sei, was fast immer ein Date bedeutete. Aber das machte nichts. Daisy musste sich um zu viele andere Dinge kümmern.

Sie hatte Theo bereits geschrieben, dass sie am Abend nach *Wildflower Lock* fahren würde, doch als sie in Jeans und Turnschuhen ihre Wohnung verließ, wusste sie, dass es einen Ort gab, an dem sie mehr gebraucht wurde.

KAPITEL 40

Diesmal benutzte Daisy nicht ihren Schlüssel, sondern klopfte an die Tür. Ihr Herz schlug schneller, je länger sie wartete. Vor diesem Haus zu stehen, hatte sich noch nie so unangenehm angefühlt. Dies war einst ein sicherer Ort gewesen, ein Ort, an dem sie ganz sie selbst sein konnte – aber jetzt war alles anders.

Pippa öffnete die Tür und trat zurück, als sie Daisy sah. Tränen stiegen ihr in die Augen, als sie sagte: »Es tut mir so leid, Liebling. Ich habe nicht nachgedacht. Ich hatte solche Angst. Ich war so besorgt wegen allem, was ich getan habe.«

»Es ist okay, Mum«, sagte Daisy, trat auf sie zu und umarmte sie. »Es ist okay.«

Sie machten sich nicht einmal die Mühe, die Haustür zu schließen, sondern blieben einfach so stehen. Pippas Kopf lag an Daisys Brust, und ihr Schluchzen wurde von Daisys Oberteil gedämpft. Es war das erste Mal, dass Daisy ihre Mutter so erlebte, und als sie sich schließlich voneinander lösten, bemerkte Daisy den Zustand des Flurs.

»Mum? Was ist passiert?«, fragte Daisy, als sie das Chaos

im Haus ihrer Mutter sah. Überall lagen Post und Schuhe auf dem Boden verstreut, und schon ein kurzer Blick zeigte, dass sich das Durcheinander nicht nur auf den Flur beschränkte. Normalerweise legte ihre Mutter großen Wert auf ein sauberes, ordentliches Zuhause. Daisy hatte das Haus noch nie in einem solchen Zustand gesehen.

»Ich dachte, ich hätte dich verloren, Liebling«, sagte Pippa mit stockendem Atem. »Ich dachte, du würdest mir niemals verzeihen. Ich dachte, du würdest nie wieder mit mir reden.«

Daisy biss sich auf die Lippe und überlegte, was sie sagen sollte. Sie wollte ihre Mutter nicht noch mehr verletzen, konnte aber auch nicht so tun, als wäre alles in Ordnung, wenn das nicht der Fall war.

»Es wird eine Weile dauern, bis ich dir verzeihen kann«, sagte sie ehrlich. »Ich muss das alles erst einmal verdauen. Aber ich glaube, ich verstehe, warum du getan hast, was du getan hast. Auch wenn ich denke, dass es die falsche Entscheidung war – ich verstehe, wovor du Angst hattest. Ich werde versuchen, das im Hinterkopf zu behalten, während ich daran arbeite, dir zu vergeben.«

Pippa schniefte und wischte sich mit dem Handrücken die Tränen ab.

»Möchtest du zum Abendessen bleiben? Ich weiß, ich muss aufräumen, und ich habe diese Woche nicht eingekauft, aber wir könnten etwas bestellen. Vielleicht von dem Laden, den du magst – du weißt schon, der mit dem Falafel?«

»Ich habe leider schon Pläne.«

Pippa nickte, aber Daisy sah, wie ihrer Mutter erneut Tränen in die Augen stiegen. Sie fürchtete, dass ihre Mutter in ein tiefes Loch fallen könnte, sobald sie gegangen war, also fügte sie hinzu: »Aber wie wäre es nächste Woche? Ich habe jeden Tag Zeit. Such dir einen aus.«

»Montag? Würde dir das passen? Ich könnte das Lamm-Tagine machen, das du so gern hast.«

»Das klingt gut.« Als sie sich umdrehte, um zur Tür zu gehen, trat Pippa noch einmal auf sie zu und umarmte sie. Diesmal versteifte sich Daisy in den Armen ihrer Mutter. Sie hatte es ernst gemeint, als sie sagte, dass sie die Gründe ihrer Mutter nachvollziehen konnte, aber es stimmte auch, dass sie Zeit brauchte, um ihr zu verzeihen. Das würde nicht über Nacht geschehen. Ein Lamm-Tagine konnte nicht Jahre voller Lügen nicht ungeschehen machen.

So sanft wie möglich löste sie sich aus der Umarmung und öffnete die Haustür. »Pass auf dich auf, Mum«, sagte sie. »Bis bald.«

Obwohl sie es nicht mochte, ihre Mutter zu belügen, erst recht nicht jetzt, hatte sie sich nicht wirklich mit Theo verabredet. Sie hatte ihm nur eine Nachricht geschickt und geschrieben, dass sie zum Boot käme, und er hatte mit einem knappen, aber selbsterklärenden Smiley-Emoji geantwortet. Es war also nicht wirklich eine Lüge gewesen.

Sie parkte ihr Auto, und als sie den Kanal entlang zur *September Rose* ging, verspürte sie ein unerwartetes Gefühl von Erleichterung. Fast ebenso unerwartet war der Anblick, der sich ihr bot. Ihr Boot. Oder zumindest das, was sie dafür hielt. Das gesamte Dach war unter Holzplanken verborgen, und weitere Planken waren an die Seite gelehnt und blockierten die Fenster.

»Theo?«, rief sie, als sie zwischen der *Narrow Escape* und der *September Rose* stand, da sie nicht wusste, in welchem der beiden Boote er sich aufhielt.

»Hey«, sagte er, als er eine Minute später auf dem Deck ihres Bootes erschien.

»Wie es aussieht, hat jemand das Dach meines Bootes in einen Schrottplatz verwandelt. Weißt du etwas darüber?«

Mit einem verlegenen Grinsen wischte er sich den Staub von den Knien. Diese schmutzige, zerrissene Hose stand ihm wirklich gut.

»Sorry, ich hatte vergessen, dass du kommst. Ich dachte, ich könnte alles erledigen, bevor du eintriffst.«

»Was ist das?«

»Die Wandverkleidung. Unter Anderem. Einer der Jungs weiter unten am Fluss renoviert; alles, was auf dem Dach liegt, hat er einfach so verschenkt.«

»Ich kann nachvollziehen, warum«, entgegnete Daisy.

»Oh, du und deine fehlende Vorstellungskraft. Da sind ein paar tolle Sachen dabei.«

Theo schien wirklich stolz auf seinen Fund zu sein, also ging Daisy einen Schritt zurück, um einen besseren Blick auf seine gesammelten Schätze zu bekommen.

»Ganz ehrlich? Für mich sieht das nach einem Haufen kaputter Holzplanken aus.«

Theo legte in gespielter Verärgerung den Kopf schief. »Also, wenn du nur hergekommen bist, um deine kostenlose Arbeitskraft zu beleidigen, sollte ich vielleicht lieber gehen.«

»Tut mir leid«, sagte Daisy, und sie meinte es ernst. »Kann ich reinkommen und sehen, was du gemacht hast?«

»Natürlich.«

Es fühlte sich seltsam an, Theo in ihr eigenes Boot zu folgen, aber angesichts der vielen Werkzeuge und Schrauben, die auf dem Boden verstreut lagen, war es besser so. Wie erwartet waren die Seitenverkleidungen entfernt worden, aber es gab auch ein Loch, wo sich einmal ein Fenster befunden hatte, und eine der Bodenplatten war entfernt worden.

Eins war sicher: So konnte sie es nicht verkaufen.

»Also, das ist alles nur vorübergehend so, nicht wahr?«, sagte sie optimistisch.

Theo hob ein paar der Werkzeuge vom Boden auf und legte sie auf die Arbeitsplatte. »Wie gesagt, ich hatte nicht mit dir gerechnet. Möchtest du zuerst die gute oder die schlechte Nachricht hören?«

»Wenn die gute Nachricht ist, dass es keine schlechten Nachrichten gibt, kann ich damit leben.«

Sein Lachen ließ sein Gesicht erstrahlen, und irgendwie gab es ihr das Gefühl, dass alles gut werden würde.

»Das kann ich leider nicht, aber es gibt mehr gute Nachrichten als schlechte.«

»Na gut, dann zuerst die guten Nachrichten. Und eine Erklärung, warum das Fenster fehlt.«

»Um das Fenster brauchst du dir keine Sorgen zu machen. Ich ersetze das Glas, bevor du wieder gehst. Ein Teil des Holzrahmens war verzogen, und wir wollen nicht, dass Wasser ins Boot kommt. Was die guten Nachrichten betrifft: Das Boot ist in einem viel besseren Zustand, als ich dachte. Ich habe mir den Maschinenraum angesehen, und er sieht okay aus. Der Motor wird schön warm, obwohl wir erst wissen, wie gut er läuft, wenn wir rausfahren. Aber grundsätzlich, soweit ich das sehen kann, sind die meisten Reparaturen kosmetischer Natur.« Trotz seiner zuversichtlichen Worte wusste Daisy, dass da noch mehr kam.

»Und das bringt uns zu den schlechten Nachrichten?«, fragte Daisy.

»Ja«, seufzte er. »Ich habe mit Yvonne gesprochen. Sie meint, dass es fünf Jahre her ist, seit das Boot einen Rumpfanstrich bekommen hat.«

»Und das ist schlecht?«

»Normalerweise sollte das alle anderthalb bis zwei Jahre geschehen. Manche warten länger, aber fünf Jahre sind wirklich die absolute Grenze.«

»Okay«, sagte Daisy und wünschte, sie hätte etwas dabei, um sich Notizen zu machen. »Ist das alles? Das ist die schlechte Nachricht?«

»Das und dein Wassertank.«

Daisys Magen verkrampfte sich, obwohl es keine große Überraschung war. Sie hatte die Wasserhähne bewusst nicht ausprobiert, aus Angst, dass Schmutz herausquellen könnte. Selbst als sie mit ihren Freundinnen hier übernachtet hatte, hatte sie Wasser in Flaschen mitgebracht. Sie waren draußen im Gebüsch pinkeln gegangen, anstatt die Toilette auf der *September Rose* zu benutzen, aber jetzt würde sie sich der Realität stellen müssen.

»Es ist wahrscheinlich einfacher, wenn ich es dir zeige«, sagte er.

Daisy folgte Theo zum hinteren Teil des Bootes, dem Arbeitsdeck, wie er es nannte. Als sie dort ankamen, sah Daisy, dass das Holz entfernt worden war und an der Wand lehnte, sodass man sehen konnte, was darunter lag.

»Nach dir«, sagte Theo mit einer Handbewegung auf die Lücke. Daisy hielt den Atem an und schaute hinunter.

»Du wirst das hier brauchen«, sagte Theo und reichte ihr eine Taschenlampe.

Als sie den Lichtstrahl in den Tank richtete, brauchte Daisy einen Moment, um zu verstehen, was sie dort sah. Die Wände des Wassertanks waren mit braun-rotem Schlamm bedeckt, der an einigen Stellen trocken und klumpig geworden war. Was Daisy jedoch wirklich irritierte, war das, was ganz unten lag.

»Sind das Windeln?«

»Ja. Die eignen sich gut, um das restliche Wasser aufzusaugen, das man nicht herausschöpfen kann. Der Tank muss jetzt etwa eine Woche trocknen, dann kannst du mit den Reparaturen beginnen.«

Daisy konnte sich nicht vorstellen, wie man einen Wassertank in diesem Zustand überhaupt noch reparieren könnte, aber das sagte sie nicht laut. Theo hatte die Bodenbretter entfernt und sogar den Tank geleert, was definitiv über die Grenzen einer normalen Freundschaft hinausging – und dabei betrachtete sie ihn noch nicht einmal als einen richtigen Freund.

»Ich habe ein bisschen recherchiert, und strukturell ist er völlig in Ordnung und sanierbar. Er wurde nur nicht gepflegt. Du steigst rein und verpasst ihm eine gründliche Reinigung mit einem Meißel und einer Drahtbürste. Danach kannst du ihn neu streichen, und er ist einsatzbereit.«

»Ich soll mit einem Meißel da rein?«, fragte Daisy und hoffte, ihn nur falsch verstanden zu haben. Der Meißel selbst war kein Problem, aber der enge Raum. »Du willst, dass ich in den Wassertank steige? In diesen Wassertank?«

»Wenn du willst, dass er wieder einsatzfähig wird, ja.«

Sie biss die Zähne zusammen und wünschte sich, es gäbe eine andere Lösung.

»In solchen Momenten wünschte ich, ich könnte jemanden dafür bezahlen«, murmelte sie vor sich hin.

»Weißt du was?«, sagte Theo plötzlich mit einem Hauch von Heiterkeit in der Stimme. »Darüber habe ich auch nachgedacht. Darüber, wie du etwas Geld verdienen könntest.«

»Ach wirklich?«

»Deine Gemälde.«

»Was ist mit ihnen?«

»Du solltest sie verkaufen.«

Das Lachen, das über Daisys Lippen kam, klang trauriger und bitterer, als sie erwartet hatte.

»Ich glaube nicht, dass jemand eines meiner Bilder kaufen würde. Und ich hätte auch keine Ahnung, was ich malen sollte.«

»Wie meinst du das? Du kannst Bilder von Booten malen, wie das, das du für Yvonne gemacht hast.«

Einen Moment lang fragte sie sich, ob er sie auf den Arm nahm. Wenn das der Fall war, wäre das ein todsicherer Weg, ihre gerade erst entstehende Freundschaft zu beenden.

»Meinst du das ernst?«

»Absolut. Ich habe das Gemälde heute noch mal gesehen. Vertrau mir, ich habe schon Schlimmeres an den Wänden von Leuten hängen sehen.«

»Das ist wohl das verkappteste Kompliment, das ich je gehört habe.«

Er errötete. »So war das nicht gemeint. Es sollte einfach nur ein Kompliment sein. Was hast du zu verlieren? Du hast doch die ganze Ausrüstung hier, oder? Warum versuchst du es nicht einfach?«

Eine Pause entstand, als klar wurde, dass Theos Frage ernst gemeint war. Doch Daisy hatte keine Antwort darauf.

»Ich werde darüber nachdenken«, sagte sie und ging vom Arbeitsdeck in den Hauptteil des Bootes zurück. »Also, wenn ich den Wassertank erst ausbessern kann, wenn er trocken ist, solltest du mir wohl besser sagen, woran ich jetzt arbeiten kann.«

KAPITEL 41

»Er ist jetzt im Grunde dein Freund«, sagte Bex. »Und das kommt genau zur richtigen Zeit. Wir können auf Doppel-Dates gehen. Du und Theo; ich und Newton.«

»Newton?«

»Ich habe ihn letzte Woche online getroffen. Ich bin sicher, ich habe dir von ihm erzählt. Ich glaube, er könnte der Richtige sein.«

Daisy presste die Lippen zusammen, um sich einen Kommentar zu verkneifen. Wenn sie jedes Mal ein Pfund bekommen würde, wenn Bex dachte, den Richtigen getroffen zu haben, könnte sie leicht für die Renovierung des Bootes bezahlen. Aber das wollte sie jetzt nicht ansprechen.

»Theo ist nicht *im Grunde mein Freund*. Er ist mein Nachbar, und wie ich dir schon mehrmals gesagt habe -«

»Wenn du noch einmal sagst, dass er eine Freundin hat, werde ich dich ignorieren. Wo war sie dieses Wochenende? Du warst von morgens bis abends mit ihm zusammen, und ihr habt an deinem Boot gearbeitet – genau wie ein Paar, möchte ich anmerken. Du hast sie noch nie zu Gesicht bekommen.«

»Das hast du schon mehrfach gesagt.«

»Ja, weil es stimmt und ich es noch einmal betonen möchte. Es kann keine wirklich ernste Beziehung sein, wenn sie sich nicht einmal am Wochenende sehen.«

»Oder ihre Beziehung ist einfach so gefestigt, dass sie nicht ständig aufeinanderhocken müssen. Sie war beruflich unterwegs, falls es dich interessiert. Theo hat mehrmals mit ihr telefoniert, als ich da war.«

Was Daisy verschwieg, war, wie unwohl sie sich jedes Mal gefühlt hatte, wenn Heather anrief. Der laute Klingelton unterbrach ihre Gespräche, und Theo entschuldigte sich höflich, um den Anruf draußen am Ufer anzunehmen – und zumindest so zu tun, als hätte er dort mehr Privatsphäre. Da er jedoch direkt vor der *September Rose* stand und die Fenster offen waren, damit die Farbe trocknen konnte, konnte Daisy jedes Wort hören. Sie hatte sich wirklich bemüht, nicht zuzuhören. Doch jedes Mal, wenn er das Gespräch mit einem »Ich liebe dich« beendete, verspürte sie einen leisen Stich, einen Hauch von Eifersucht. Aber das würde sie Bex gegenüber natürlich niemals zugeben.

»Sie klangen sehr verliebt«, sagte sie stattdessen und hoffte, dass das Bex' Neugier stillen würde. »Ich habe ihn mehrmals sagen hören, wie sehr er sie vermisst und sich darauf freut, dass sie zurückkommt.«

»Natürlich hat er das gesagt. Er wird ja wohl kaum zugeben, dass er bereits einen Blick auf das Mädchen vom Boot nebenan geworfen hat, oder?«

Daisy atmete tief durch, als ihr klar wurde, dass Bex nicht locker lassen würde. Ihre Freundin brauchte etwas, das noch spannender war. Für einen Moment überlegte Daisy, nach Newton zu fragen, aber dann würden sie immer noch über eine Beziehung sprechen, und Bex würde mit Sicherheit einen Weg finden, das Gespräch wieder auf sie zu lenken. Zum Glück gab es noch etwas anderes, worüber sie dringend sprechen wollte.

»Ich habe mit Mum vereinbart, dass wir uns morgen treffen.«

»Das ist gut. Wirklich. Es fühlt sich falsch an, dass ihr beiden nicht miteinander sprecht. Du weißt, dass sie nur aus Liebe gehandelt hat. Sie dachte, es wäre das Beste für dich.«

»Ich weiß. Das weiß ich. Ich wünschte nur … ich wünschte, sie hätte mir die Wahrheit gesagt. Dad hat mich für eine Weile alleine erzogen, nur kurz, aber er hat es getan. Es gibt Fotos davon, und wir sahen glücklich aus. Er hat nie aufgehört, an mich zu denken. Es ist schwer, das loszulassen. Es ist schwer, sie anzusehen und nicht daran zu denken, dass ich nie eine Beziehung zu meinem Vater hatte, weil sie mich belogen hat.«

»Ich verstehe«, sagte Bex. Der neckende Ton in ihrer Stimme war verschwunden. »Ich kann mitkommen, wenn du willst. Moralischen Beistand leisten. Oder als Schiedsrichterin eingreifen, falls nötig.«

Das war ein nettes Angebot, aber Daisy wusste, dass sie die Beziehung zu ihrer Mutter alleine wieder aufbauen musste, Schritt für Schritt.

»Danke, aber ich glaube, es ist besser, wenn ich alleine gehe.«

»In Ordnung. Wo trefft ihr euch? Kocht sie ihr Lamm-Tagine? Du könntest mir ein bisschen was mitbringen, wenn sie das tut, oder?«

Daisy lachte und war dankbar für Bex' Unterstützung – und ihre Fähigkeit, jede schwierige Situation aufzulockern.

»Sie hat es angeboten, aber ich dachte, wir sollten uns lieber auf neutralem Boden treffen. Wir essen in einem

Restaurant. Ich dachte, das würde es einfacher machen, miteinander zu reden.«

»Gute Idee. Trotzdem hätte ich jetzt echt Lust auf Lamm-Tagine«, sagte Bex und lachte.

Daisy stupste sie gegen die Schulter, konnte sich ein Grinsen aber nicht verkneifen.

»Willst du darüber reden?«, fragte Bex schließlich, als sie wieder ernst geworden war. »Üben, was du ihr sagen willst oder so?«

»Nein, danke«, antwortete Daisy. »In meinem Kopf habe ich das Gespräch schon tausendmal durchgespielt. Eigentlich würde ich lieber aufhören, darüber nachzudenken.«

»Verstehe. Wenn wir also weder über Theo noch über deine Mutter sprechen sollen, können wir dann wenigstens darüber reden, dass du die ganze Malerausrüstung vom Boot mitgebracht hast?«

Sie deutete auf die Ecke des Zimmers, wo Daisy ein paar Kartons gestapelt hatte. Die Entscheidung, alles in ihre Wohnung zu bringen – Farben, Pinsel und alles, was sie zum Malen brauchte – war spontan gewesen, aber es fühlte sich seltsam beruhigend an, die Künstlersachen hier zu haben.

Aber das wollte sie Bex vorerst nicht erzählen. Stattdessen sagte sie: »Warum erzählst du mir nicht von Newton?«

KAPITEL 42

Im Gegensatz zu normalen Montagen, die ihr oft endlos vorkamen, verging dieser wie im Flug; jede Stunde schien schneller zu vergehen als die letzte. Als Daisy schließlich auf dem Weg zum Restaurant war, um sich mit ihrer Mutter zu treffen, wünschte sie, sie hätte mehr Zeit gehabt, um sich darauf vorzubereiten.

Sie blieb vor der Tür stehen und zögerte. Sie könnte ihrer Mutter eine Nachricht schicken und ihr sagen, dass sie mehr Zeit brauchte. Obwohl sie ein schlechtes Gewissen hätte, konnte niemand sie zwingen, hineinzugehen. Doch das wäre nicht fair gewesen. Also betrat sie den weiß gestrichenen Raum mit den dunkelblauen Tischen und sah sich suchend um.

Ihre Mutter saß in einer Ecke. Eine geöffnete Flasche Wein und zwei Gläser standen auf dem Tisch.

»Ich war mir nicht sicher, ob du kommen würdest«, sagte Pippa und stand auf.

»Natürlich bin ich gekommen«, antwortete Daisy und vermied es ganz bewusst, ihr Zögern zu erwähnen.

Pippa hatte sich schick gemacht und trug auffällig viel Schmuck. Es sah aus, als hätte sie jedes einzelne Geschenk angelegt, das Daisy ihr je gemacht hatte: von dem silbernen Armreif, den sie zu ihrem vierzigsten Geburtstag hatte gravieren lassen, bis zu den goldenen Ohrringen, die Daisy ihr gekauft hatte, als sie noch zu Hause wohnte. Es kam Daisy vor, als wollte Pippa sie an all die schönen Momente erinnern, die sie geteilt hatten. An die Zeit, in der Daisy ihre Mutter so sehr geliebt hatte, dass sie ihr Geschenke machte.

Pippa war nur einen Meter fünfzig groß, und Daisy erinnerte sich daran, wie sie bemerkt hatte, dass sie nun größer als ihre Mutter war – das war in der achten Klasse gewesen – und wie sehr sie es genossen hatte, sie richtig umarmen zu können. Doch jetzt gab es keine Umarmungen. Daisy küsste ihre Mutter etwas formell auf beide Wangen und setzte sich.

»Das Restaurant wird von jemandem geleitet, den ich aus einem meiner Kurse kenne«, sagte Pippa. »Ich bin gespannt, wie es ist. Ehrlich gesagt, fand ich ihn immer ein wenig überheblich, aber das muss ja nichts über das Essen sagen.«

Daisy hörte nur mit einem halben Ohr zu und ließ ihren Blick stattdessen über die Preise auf der Speisekarte schweifen.

»Ist alles in Ordnung, Liebling?«, fragte Pippa mit einem Hauch von Sorge. »Wenn dir nichts zusagt, können wir woanders hingehen.«

»Oh nein. Das Essen sieht lecker aus.« Sie zwang sich zu einem Lächeln. »Es ist nur teurer, als ich erwartet hatte.«

»Ich lade dich ein. Steckst du in finanziellen Schwierigkeiten? Normalerweise machst du dir keine Sorgen über den Preis eines Abendessens. Hast du deinen Job verloren? Was ist passiert? Ich dachte, die Arbeit gefällt dir.«

Normalerweise hätte Daisy ihre Mutter ganz automatisch beruhigt und ihr gesagt, dass alles in Ordnung sei. Doch jetzt zögerte sie und beschloss dann, ihr die Wahrheit zu sagen.

»Der Job ist in Ordnung, es ist nur gerade viel los. Mein Vermieter hat die Miete stark erhöht, außerdem muss ich eine Menge Arbeit in die *September Rose* stecken. Deshalb bin ich gerade etwas knapp bei Kasse.«

Pippa kaute auf ihrem Daumennagel und ließ ihren Blick über den Tisch wandern. »Also wirst du es verkaufen? Du willst das Boot verkaufen?«

»Das wäre wohl das Vernünftigste«, sagte Daisy. »Selbst wenn ich ein Boot wollte, wäre dieses viel zu groß für mich allein. An der Schleuse gibt es Leute, die mit ihrer ganzen Familie auf einem Boot dieser Größe wohnen.«

»Also hast du andere getroffen«, sagte Pippa, sichtlich bemüht, ihre Stimme ruhig zu halten. »Die Leute, die an der Schleuse wohnen. Hast du sie kennengelernt?«

»Nicht wirklich«, antwortete Daisy ehrlich. »Theo besitzt das Boot neben mir. Er hilft mir, die *September Rose* zu renovieren. Eigentlich hat er bisher den Großteil der Arbeit allein gemacht. Und ich habe Yvonne getroffen – das habe ich dir ja schon erzählt. Aber das war's dann auch.«

Es entstand eine Pause, und es war nicht zu übersehen, dass ihre Mutter Fragen hatte, wahrscheinlich über Yvonne und wie viel sie Daisy über ihren Vater erzählt hatte. Aber Pippa schlug einen anderen Weg ein.

»Und dieser Theo, ist er alt?«

Daisy musste schmunzeln. Manchmal war ihre Mutter so subtil wie ein Elefant im Porzellanladen.

»Ein paar Jahre älter als ich, glaube ich. Er lebt auf dem Fluss. Er hat mich auf der *Narrow Escape* mitgenommen – das ist sein Boot.«

»Ich wette, es war wunderschön zu dieser Jahreszeit«, sagte Pippa fast sehnsüchtig. »Die kleinen Enten, die blühenden Bäume. Der Frühling war immer meine Lieblingsjahreszeit. Besonders, wenn man draußen auf dem Land ist, mit all den süßen Lämmern und Kälbern, die umherspringen.«

Daisy hatte nicht vorgehabt, über das Boot oder den Kanal zu sprechen, hauptsächlich, weil sie geglaubt hatte, ihre Mutter würde nichts davon hören wollen. Aber jetzt, da Pippa das Thema angeschnitten hatte, kam es ihr wie die perfekte Gelegenheit vor, ihr die Fragen zu stellen, die sie seit dem Treffen mit Yvonne quälten. Unglücklicherweise kam genau in diesem Moment die Kellnerin an ihren Tisch.

»Sind Sie bereit zu bestellen?«

Daisy war noch nicht bereit. Gar nicht.

»Ich glaube, wir brauchen noch ein paar Minuten«, sagte sie und hoffte, die Kellnerin würde verschwinden, bevor es sich ihre Mutter anders überlegte und nicht mehr über das Boot sprechen wollte. Glücklicherweise verstand die Kellnerin den Hinweis, lächelte verständnisvoll und zog sich zurück.

»Also hast du damals dauerhaft auf dem Fluss gelebt?«, fragte Daisy. Sie nippte an ihrem Wein und versuchte, sich ihre Mutter an einem anderen Ort als in ihrem Reihenhaus vorzustellen. »Hat es dir gefallen?«

»All meine Freunde hielten mich für verrückt, als ich dorthin zog«, begann Pippa, mit demselben sehnsüchtigen Ausdruck. »Ich habe mir nichts dabei gedacht. Nicht wirklich. Es war Mai, als ich eingezogen bin. So hatte ich ein paar Monate Zeit, um mich einzugewöhnen, bevor der Sommer kam. Im Sommer ist ein Boot ein guter Ort, wenn man jung ist. Wahrscheinlich hat sich inzwischen vieles verändert, aber damals konnte man an jedem Anlegeplatz einfach ins Wasser springen und schwimmen gehen. Wir hatten einen kleinen Grill auf dem Deck, auf dem wir den Fisch zubereiteten, den dein Vater gefangen hatte. Dafür war natürlich ich zuständig.«

Es war das erste Mal, dass Daisy ihre Mutter ohne Bitterkeit in der Stimme über ihren Vater sprechen hörte, und sie wollte ihr weitere Fragen stellen. Gleichzeitig hatte sie Angst, dass das den Zauber brechen und ihre Mutter zum Schweigen bringen würde. Doch Pippa schwelgte weiter in Erinnerungen, und so nippte Daisy an ihrem Wein und genoss den Moment.

»Der Herbst hat auch seinen Reiz, wenn man auf dem Wasser lebt«, fuhr Pippa fort. »Es ist etwas ganz Besonderes, die Welt vom Boot aus zu betrachten und zu sehen, wie die Blätter erst gelb, dann orange und dann braun werden, bevor sie von den Bäumen fallen. Ich erinnere mich an die langen Sonnenuntergänge, bei denen der Himmel so leuchtend ist, dass es aussieht, als würde er brennen. Aber der Winter …« Pippa schaute Daisy mit einem kaum erkennbaren Funkeln in den Augen an. »Oh, im ersten Winter dachte ich, es wäre aus zwischen deinem Vater und mir. Der Winter war hart. Drinnen war es gemütlich und warm – wahrscheinlich zu gemütlich, denn jedes Mal, wenn man das Boot verlassen musste …« Sie hielt inne und schauderte, als könnte sie die Kälte der Winter, die sie durchgestanden hatte, immer noch in den Knochen spüren. »Wenn man das Boot verlassen musste, gab es nichts, was einen vor dem heulenden Wind schützte. Gott, es war eiskalt: den Wassertank auffüllen, die Bilgenpumpe überprüfen, den Fäkalientank leeren. Scheiße – manchmal dachte ich, ich würde mir in dieser verdammten Kälte die Finger abfrieren.«

Daisy wusste nicht, was sie mehr überraschte: die Tatsache, dass ihre Mutter gerade geflucht hatte oder dass sie so offen über das Leben auf dem Kanal sprach. Sie wollte ihre Mutter nicht unterbrechen und hoffte, dass sie weiterreden würde, aber als das nicht geschah, wurde Daisy klar, dass sie das Gespräch am Laufen halten musste.

»Mein Nachbar Theo arbeitet als Schleusenwart«, sagte sie. »Als er den Job bekam, wurde ihm gesagt, dass er, wenn er den Winter übersteht, süchtig sein wird.«

»Lass mich raten: Als der Winter vorbei war und der Frühling kam, hat er sich ein Boot gekauft.«

»Ich glaube, so ungefähr ist es passiert.«

Ihre Mutter lächelte. »Nun, es ist eine Lebensweise.«

Wieder breitete sich Stille zwischen ihnen aus, doch diesmal war sie nicht unangenehm, sondern fast besinnlich. Sie hatten noch nicht einmal bestellt, aber Pippa hatte Daisy bereits einen Einblick in ihre Vergangenheit gewährt. Es schien nur fair, dass Daisy ihr auch etwas erzählte.

»Ich weiß, dass Dad gemalt hat.«

Pippas Blick wanderte zu ihrem Glas. Als sie wieder aufblickte, war Daisy überrascht, ein Lächeln auf ihrem Gesicht zu sehen.

»Ja, er konnte malen. Nicht annähernd so gut wie du, wohlgemerkt. Aber er liebte es. Die Malerei, das Wasser und du: Das waren seine drei Leidenschaften. Das sagten alle.«

Diese Worte ließen so vieles ungesagt. Da war so viel Schmerz in der Vergangenheit ihrer Mutter, Schmerz, den Daisy lindern wollte.

»Ich dachte, du möchtest vielleicht wissen, dass ich nachgedacht habe. Ich möchte vielleicht wieder malen.«

Einen Moment lang war Daisy unsicher, ob es die richtige Entscheidung gewesen war, ihrer Mutter davon zu erzählen, besonders nach dem, worüber sie gerade gesprochen hatten.

Doch anstatt zu antworten, griff Pippa über den Tisch und nahm ihre Hände. Tränen glitzerten in ihren Augen, als sie Daisy ansah.

»Ich finde, das ist eine wundervolle Idee, Liebling. Eine wundervolle Idee.«

KAPITEL 43

Daisy Mays Herz klopfte ihr bis zum Hals, als sie neben Theo auf dem Heck der *September Rose* stand.

»Das ist ein großer Tag heute. Bist du bereit?«, fragte er.

»Nein, überhaupt nicht.«

»Vertrau mir, es wird dir gefallen.«

Daisy wünschte, sie könnte ihm zustimmen. Sie hatte die ganze Nacht Bauchschmerzen gehabt und nur zwei oder drei Stunden geschlafen. Jedes Mal, wenn sie die Augen geschlossen hatte, spielten sich schreckliche Bilder in ihrem Kopf ab. Die meisten Szenarien drehten sich darum, dass die *September Rose* unwiderruflich auf den Grund eines sehr tiefen Kanals sank.

»Ich denke, wir sollten lieber noch warten. Vielleicht waren die Albträume ein böses Omen.«

»Hör auf, so pessimistisch zu sein. Ich habe den Motor überprüft. Es wird nichts passieren, außerdem fahren wir nur ein kurzes Stück. Wir müssen sehen, ob wir es bis zur Marina schaffen, damit der Rumpf behandelt werden kann. Dann kannst du auch endlich den Wassertank reinigen, nachdem du das so lange aufgeschoben hast.«

Daisy ließ die Luft aus ihren aufgeblähten Wangen entweichen. Sie hatte die Reinigung des Wassertanks tatsächlich aufgeschoben, teils in der Hoffnung, dass Theo nachgeben und es selbst übernehmen würde – obwohl sie wusste, dass das sie zu einer schrecklichen Person machte. Aber es wäre ihr deutlich lieber, in einem Trockendock in das kleine Loch hinabzusteigen, als am Kanal, wo sie nur wenige Zentimeter vom Wasser entfernt wäre.

Natürlich hatte Theo recht. Die Zeit drängte, wenn sie das Boot verkaufen wollte, bevor die Liegeplatzgebühren fällig wurden. Also sollten sie es besser schnell hinter sich bringen.

»Okay, aber ich mache die Augen zu.«

»Du bist lächerlich. Aber na gut.«

Der Motor brummte bereits unter ihnen. Sie waren noch nicht ganz bereit, loszufahren, aber anscheinend waren Bootsmotoren nicht wie Automotoren. Sie mussten erst warm werden, besonders wenn das Boot länger nicht auf dem Wasser gewesen war – und die *September Rose* war schon sehr lange nicht mehr auf dem Wasser gewesen.

»Es geht los.«

Obwohl sie gerade gesagt hatte, dass sie nicht hinsehen könnte, schaute Daisy gespannt zu, wie Theo den Gashebel des Bootes nach vorne schob. Hinter ihnen ertönte ein lautes, röhrendes Geräusch.

»Das hört sich nicht gut an.«

»Das ist völlig in Ordnung. Wir müssen nur langsam starten.«

Wie war es möglich, dass Daisys Herz so schnell raste, obwohl sie nur auf dem Boot stand und das Geländer umklammerte? Ihre Knöchel traten weiß hervor, und ihr Griff wurde noch fester, als Theo den Motor ein wenig mehr aufdrehte und die Pinne von sich wegschwenkte.

»Wie fühlt es sich an?«, fragte sie. Jeder Muskel in ihrem Körper war angespannt, während sie darauf wartete, dass es gleich knallen oder krachen würde. Aber stattdessen setzten sie sich in Bewegung. Langsam fuhren sie den Kanal entlang in Richtung Schleuse.

»Es fühlt sich gut an«, antwortete Theo mit einem Hauch von Überraschung in der Stimme. »Möchtest du es versuchen?«

»Nein«, antwortete Daisy prompt.

»Du hast doch bereits die *Narrow Escape* gesteuert …«

»Aber nicht bei der Schleuse. Da könnten andere Boote sein.«

»Es wird schon nichts passieren. Ich bin hier. Ich werde nicht zulassen, dass du mit etwas zusammenstößt. Sie ist dein Boot – du solltest sie selbst steuern.«

Daisy zögerte immer noch, und Theo redete ihr weiter gut zu.

»In diesem Tempo könntest du mit einem anderen Boot zusammenstoßen, und es würde kaum eine Schramme geben. Na los, ich weiß, dass du es willst.«

Das Seltsame war, dass er recht hatte: Daisy wollte es tatsächlich versuchen. Fast ohne es zu merken, hatte sie irgendwann das Geländer losgelassen. Jetzt kribbelte es ihr in den Fingern, das Ruder zu übernehmen.

»Na gut, ich mache es«, sagte sie. Mit klopfendem Herzen legte sie die Hand auf den langen Metallhebel des Ruders. Das Wasser leistete weniger Widerstand, als sie erwartet hatte. Sie hatte auch plötzlich keine Angst mehr. Vielleicht, weil Theo so nah bei ihr stand. Es dauerte nicht lange, bis sich ihr Herzschlag normalisiert hatte – zumindest so weit, wie man in dieser Situation erwarten konnte.

Als sie an Yvonnes Boot vorbeiglitten, spürte sie ein seltsames, warmes Gefühl in ihrem Herzen. Ihr Vater hatte das auch gemacht. Er hatte genau dieses Ruder auf genau diesem Boot gehalten und hatte es zur Schleuse von *Wildflower Lock* gesteuert. Ob er sich dabei auch so wohlgefühlt hatte? Sie schmunzelte bei diesem Gedanken. Natürlich hatte er das. Deshalb war er auf dem Boot geblieben. Deshalb hatte er es nicht aufgegeben, als Pippa ihn darum gebeten hatte. Er hatte hierher gehört, und sie konnte das Gefühl nicht abschütteln, dass ein Teil von ihr ebenfalls hierher gehörte.

Keiner von ihnen sprach, während Daisy das Boot weiter steuerte, auch wenn es nicht viel zu steuern gab. Wenn sie eine leichte Kurve erreichten, legte sich Theos Hand hinter ihre, um das Ruder festzuhalten, ließ es aber wieder los, wenn sie wieder auf einen geraden Abschnitt kamen. Es erinnerte Daisy an das behagliche Schweigen zwischen ihr, Bex und Claire. Oder zwischen ihr und ihrer Mutter. Worte waren überflüssig. Es fühlte sich richtig an, schön sogar.

Die friedliche Ruhe hielt noch eine Weile an, bis Theo sie mit einem Räuspern unterbrach.

»Okay, ich weiß, dass es dein Boot ist, und du bist offensichtlich ein Naturtalent, aber ich glaube nicht, dass du jetzt schon unter einer Brücke durchfahren möchtest, oder?«

Eine gewölbte, gusseiserne Fußgängerbrücke tauchte vor ihnen auf.

»Ich bin ein Naturtalent?«

»Nun, du bist jedenfalls nicht schlecht. Aber ich glaube trotzdem nicht, dass du dich an einer Brücke versuchen solltest – erst recht nicht an dieser hier. In der Nähe des Ufers kann es recht flach werden, und es kommen oft andere Boote entgegen.«

An verankerten Booten vorbeizufahren, war eine Sache,

aber Daisy traute sich noch nicht, an fahrenden vorbeizumanövrieren.

»Sie gehört dir«, sagte sie und setzte sich auf eine der Bänke. Diese hatte sie bereits mühsam abgeschliffen, um sie neu zu streichen, aber zuerst würde sie entscheiden müssen, welche Farbe das Boot bekommen sollte. Ein Teil von ihr wollte die Farben beibehalten, die ihr Vater gewählt hatte – grün und cremefarben –, aber wozu, wenn sie es sowieso nicht behalten wollte? Wahrscheinlich wäre es das Vernünftigste, eine der üblichen Farben zu wählen, aber seltsamerweise missfiel ihr dieser Gedanke.

Nachdem sie die Brücke passiert hatten, fuhren sie noch ein Stück weiter, bis sie einen etwas breiteren Abschnitt des Flusses erreichten. Hier drehte Theo das Boot um, und sie begannen die Rückfahrt. Daisy ergriff nicht noch einmal das Ruder. Theo hätte sicher nichts dagegen gehabt, aber sie war zu sehr in Gedanken versunken. Zu beschäftigt mit der Vorstellung, wie es wäre, das Boot zu behalten – auch wenn es nur für die Ferien wäre. Doch was wäre der Sinn dahinter? Sie könnte es sich nur leisten, wenn sie aufs Boot ziehen würde, und das konnte sie sich einfach nicht vorstellen. Oder doch?

Zurück an Land bot Theo ihr ein kräftiges High Five an.

»Ich würde sagen, das war ein Erfolg, oder?«

»Ich würde sagen, es war ein größerer Erfolg, als ich erwartet hatte«, gab sie zu.

»Also keine Albträume mehr?«

»Oh, von diesem Boot werde ich noch jahrelang Albträume haben.« Sie lachte.

»Jetzt, da du weißt, dass es schwimmt, sollten wir die Trockendock-Buchung machen. Ich werde ein paar Tage freinehmen, um dir zu helfen.«

»Das musst du wirklich nicht.«

»Ich weiß, dass ich nicht muss, aber ich möchte. Und

solange das Boot aus dem Wasser ist, kannst du mir vielleicht ein paar der Gemälde zeigen, an denen du gearbeitet hast?«

Er hob die Augenbrauen. Es war nur eine kleine Bewegung, aber sie reichte aus, damit Theo in Daisys Augen von unbestreitbar gut aussehend zu unwiderstehlich wurde. Die Erkenntnis, was sie da gerade dachte, ließ sie fast einen Meter zurückspringen.

»Alles in Ordnung?«, fragte Theo besorgt.

»Ja, ja, alles gut. Mir ist nur gerade eingefallen, dass ich heute Abend mit Claire verabredet bin. Aber … danke. Vielen Dank für alles.« Sie schüttelte ihm die Hand, als wäre dies ein formelles Treffen gewesen. »Ich muss los.«

Sie drehte sich so schnell wie möglich um und hoffte, dass er nicht bemerkte, dass ihr Gesicht knallrot geworden war. Erst als sie das andere Ende der *Narrow Escape* erreicht hatte, hielt sie noch einmal kurz inne.

»Ich schreibe dir!«, rief sie, bevor sie sich umdrehte und noch schneller ging.

Als sie im Auto saß, ließ sie den Kopf auf das Lenkrad sinken. »Oh, Daisy«, murmelte sie vor sich hin. »Worauf hast du dich da nur eingelassen?«

KAPITEL 44

Daisy Mays Tage hatten einfach nicht genug Stunden. Noch vor drei Monaten hatte ihr Leben nur aus der Arbeit, ihren zwei besten Freundinnen und ihrer Mutter bestanden. Ihre Freizeit hatte sie mit Horrorfilmen und gelegentlichen Shoppingtouren verbracht, und am Wochenende war sie mit Bex ausgegangen. Jetzt drehten sich ihre Einkäufe hauptsächlich um wasserfeste Farbe und Dämmmaterialien, und Freizeit zu haben war endgültig Geschichte. Wie sie vor der *September Rose* geglaubt haben konnte, sie hätte viel zu tun, war ihr ein Rätsel.

Dazu kam, dass sie versuchte, das Malen in ihren Tagesablauf zu integrieren. So sehr sie sich auch wünschte, diesen Impuls in die hintersten Winkel ihres Geistes drängen zu können – es ging nicht. Malen war ein Teil von ihr. Sie würde vielleicht nicht die Welt verändern oder die Kunstszene mit ihrem einzigartigen Stil auf den Kopf stellen, aber das bedeutete noch lange nicht, dass sie aufhören sollte. Vielleicht könnte sie sogar ein bisschen zusätzliches Geld verdienen, um für ihre steigenden Mietkosten aufzukommen. Stück für

Stück wuchs ihr Selbstvertrauen, und sie war überrascht, wie schnell sie wieder in einen Rhythmus fand.

»Ich hatte ganz vergessen, wie gut du bist«, sagte Bex, während sie durch die Auswahl an Bildern blätterte, die Daisy auf dem Esstisch ausgebreitet hatte. »Die sollten in einem Laden hängen. Nein, streich das. Die gehören in eine Kunstgalerie. In eine verdammt große.«

»Danke«, erwiderte Daisy und nahm ihr das Bild aus der Hand, um es gegen ein Bier zu tauschen. »Das hat Mum auch gesagt, als sie letzte Woche hier war. Aber ihr seid beide voreingenommen.«

»Deine Mum war hier? Das ist gut. Wie läuft es zwischen euch beiden?«

Diese Frage war nicht leicht zu beantworten. Sie machten Fortschritte, aber Daisy wusste aus Erfahrung, dass Fortschritt selten linear war. An manchen Tagen fühlte es sich an, als hätte sich nichts verändert. Sie und Pippa telefonierten und sprachen über die Arbeit, Claire oder einen der Nachbarn, und plötzlich wurde ihre Mutter zu einer ganz anderen Person – meistens, wenn es um das Boot ging. Seit ihrem ersten gemeinsamen Abendessen hatte Pippa nicht mehr so offen über ihre Zeit auf dem Kanal gesprochen. Je mehr Daisy sie fragte, desto mehr zog sich Pippa zurück.

»Wir schaffen es schon«, sagte Daisy schließlich. »Stück für Stück. Im Moment habe ich keine Zeit, darüber nachzudenken. Ich werde mich intensiver damit beschäftigen, wenn wir mit der *September Rose* fertig sind.«

»Aber du bist doch fast fertig, oder? Du hast gesagt, es läuft gut.«

»Ja, ich meine, diese Woche ist die entscheidende Woche.«

Bex hatte kaum einen Schluck von ihrem Bier genommen und blätterte schon wieder durch die Bilder. »Unglaublich, dass du eine Woche Urlaub opferst, um ein Boot zu renovieren.«

»Ich auch nicht. Aber am Ende wird es sich lohnen. Hoffentlich. Vielleicht ruiniert es mich auch finanziell, aber Theo glaubt nicht, dass es so weit kommen wird. Er ist sich sicher, dass der Rumpf in Ordnung ist. Zumindest hat er nach unserem Ausflug keine Lecks entdeckt. Mit Sicherheit wissen wir es aber erst, wenn wir sie aus dem Wasser holen.«

»Ah, Theo. Mit der mysteriösen Freundin.«

Daisy griff nach ihrem Bier und bereitete sich auf das vor, was als Nächstes kommen würde.

»Sie ist nicht mysteriös. Ihr Name ist Heather, und sie ist viel beruflich unterwegs. Mehr gibt es nicht zu sagen. Theo hat das letzte Wochenende bei ihr verbracht, deshalb bin ich nicht zum Boot gefahren.« Daisy bemerkte sofort, dass sie sich verplappert hatte. »Weil ich seine Hilfe brauche, nicht weil ich ihn sehen wollte. Ich fahre nicht nur zum Boot, wenn er da ist. So habe ich das nicht gemeint.«

»Nein, natürlich nicht.« Bex grinste. Ihr Schweigen war schlimmer als ihre Sticheleien. »Warum fährt Theo dein Boot zur Werft? Abgesehen davon, dass ihr beide offensichtlich aufeinander steht, meine ich. Du bist doch am Wochenende schon damit gefahren, oder? Du hast gesagt, du wärst letzte Woche damit auf dem Wasser gewesen?«

»Ich bin nur etwa zwei Kilometer weit gefahren. Das wird eine dreistündige Fahrt. Ich muss mit dem Auto hinfahren, damit wir am Nachmittag zurückfahren können. Wenn wir beide das Boot nehmen würden, würden wir dort festsitzen.«

»Das ist echt blöd.«

»Ich weiß.«

»Ich meine nicht nur die Tatsache, dass du nicht auf deinem eigenen Boot mitfahren kannst, du verpasst auch drei Stunden allein mit Theo. Das muss hart sein.«

Irgendwie schaffte Daisy es, nicht darauf zu reagieren. Sie war zwar enttäuscht, nicht auf der ersten großen Fahrt der *September Rose* dabei zu sein, aber sie und Theo hatten lange darüber gesprochen – dies war die einzige Möglichkeit. In einem Punkt hatte Bex recht: Daisy genoss Theos Gesellschaft mehr als die der meisten anderen Menschen. Aber er war ein Freund, nichts weiter, und so sollte es auch bleiben. Es spielte keine Rolle, dass sie ihn attraktiv fand.

Daisy wusste, dass sich das Gespräch wieder einmal nur um sie drehte, also stellte sie die eine Frage, die Bex garantiert ablenken würde. »Also, Newton?«

KAPITEL 45

Sie hatten das perfekte Wetter für die Fahrt. Der Himmel war strahlend blau, es gab ein paar weiße, fluffige Wölkchen, und die Luft war so still, dass die Landschaft um den Kanal herum wie ein idyllisches Gemälde wirkte. Trotzdem war Daisy nervös. Ihre Albträume waren zurückgekehrt, nur dass sie diesmal davon handelten, dass sie aufs Meer hinausgespült wurden.

Obwohl es schneller gewesen wäre, den direkten Weg zur Marina zu nehmen, war Daisy früh aufgestanden, um vorher nach *Wildflower Lock* zu fahren und Theo viel Glück zu wünschen.

»Schreibst du mir, wie es läuft?«, fragte sie, als sie am Ufer stand und einen letzten, nervösen Blick auf die *September Rose* warf. »Vielleicht, wenn du eine Schleuse passierst? Oder falls es eine Verzögerung gibt.«

Sie wusste, dass sie genau wie ihre Mutter klang. Pippa machte sich immer Sorgen, wenn Daisy ausging, und genauso fühlte sich Daisy jetzt in Bezug auf das Boot.

»Ich werde in Kontakt bleiben. Das Boot wird die Reise

gut überstehen, das verspreche ich dir. Es ist gar nicht so weit.«

»Es sind zwanzig Kilometer.«

Im Auto wirkten zwanzig Kilometer wie eine kurze Strecke. Manche Menschen liefen sogar so weit, aber für die *September Rose,* die gerade einmal sechs Kilometer pro Stunde erreichte, war es eine längere Reise. Doch so weit war die nächste Marina mit einem Trockendock entfernt, und das Boot aus dem Wasser zu heben, war ein entscheidender Teil des Renovierungsprozesses.

»Vertrau mir, es wird keine Probleme geben. Und es gibt nichts Spannenderes, als sie zum ersten Mal aus dem Wasser kommen zu sehen. Dann wird es wirklich aufregend.«

»Und mit aufregend meinst du, dass ich in einen winzigen Metallbehälter klettern darf, um die Dreckschicht aus dem Wassertank zu entfernen?«

Theo grinste. Davor konnte sich Daisy nicht drücken. Sie hatte sich freigenommen, um diese Aufgaben zu erledigen. Bis Ende der Woche musste der Wassertank gereinigt, der Rumpf lackiert und die Außenhülle gestrichen sein.

Theo hatte Wort gehalten und Materialien von anderen Booten besorgt, um das Innere des Bootes zu renovieren, und Daisy liebte den eklektischen Look, der dadurch entstand. Sie hatte so viel gemacht, wie sie konnte, Schränke abgeschliffen und repariert, Dielen gestrichen und sogar einen neuen Elektroherd eingebaut, den jemand online verschenkt hatte. In einem Monat würde die *September Rose* zum Verkauf bereit sein, aber Daisy verdrängte diesen Gedanken.

»Ich habe immer noch ein schlechtes Gewissen, weil du dir einen Tag freigenommen hast, um mir zu helfen«, sagte Daisy. »Sag mir, wie ich mich dafür erkenntlich zeigen kann.«

»Es gibt wirklich keinen Grund, ein schlechtes Gewissen zu haben. Außerdem nehme ich mir nicht wirklich frei. Die

Marina gehört zu meinem Zuständigkeitsbereich als Techniker, also muss ich immer mal wieder dort vorbeischauen. Ich habe meinen Zeitplan etwas geändert, das ist alles.«

»Wirklich?«

»Habe ich schon erwähnt, dass ich meinen Job liebe?« Er lächelte.

Daisy verspürte einen Hauch von Traurigkeit. Theo sprach über seine Arbeit als Schleusenwart wie Pippa über das Kochen – beide schienen ihre wahre Berufung gefunden zu haben und konnten sich nicht vorstellen, etwas anderes zu tun. Sie hatte gehofft, sich genau so zu fühlen, wenn sie Illustrationen für Kinderbücher machte, aber dies war zu einem unerreichbaren Traum geworden.

»Ich sollte dich loslegen lassen«, sagte sie. Sie bückte sich, um das Seil zu lösen, als sie einen lauten Ruf hörte.

»Warte!«

Es war eine Stimme, die Daisy nicht mit *Wildflower Lock* verband, aber sofort erkannte. Verwirrt richtete sie sich auf.

»Claire?« Als sie genauer hinsah, erkannte sie eine weitere Gestalt, die neben ihrer Freundin herlief. »Bex? Was macht ihr zwei hier?«

Die beiden waren völlig außer Atem, als sie sie erreichten.

»Gott sei Dank, ich dachte, wir kommen zu spät.«

»Was macht ihr hier?«, wiederholte Daisy. Sie hätte ihre Freundinnen gern umarmt, aber die Kaffeebecher in ihren Händen ließen das nicht zu.

»Zum einen finde ich es lächerlich, dass es an dieser Schleuse kein Café gibt, und zum anderen bin ich mir ziemlich sicher, dass du diesen Stress nicht ohne eine Dosis Koffein überstehst.«

Sie reichte Daisy einen der Becher. Mit all dem Adrenalin in ihrem Körper war es wahrscheinlich keine gute Idee, ihren

Puls noch weiter in die Höhe zu jagen. Trotzdem nahm sie einen großen Schluck.

»Guten Morgen, die Damen.« Theo stieg vom Boot, um sie zu begrüßen. »Nur damit ihr es wisst, ich habe eine ziemlich gute Kaffeemaschine an Bord, und Daisy weiß, dass sie sie jederzeit benutzen darf.«

»Tatsächlich?«, sagte Bex, trat vor und küsste ihn auf beide Wangen, als wären sie alte Freunde, obwohl sie sich erst einmal kurz getroffen hatten. »Schön, dich wiederzusehen, Theo. Angezogen.«

»Bex, nicht wahr?«, antwortete Theo. »Und du musst Claire sein«, sagte er, als er sich zu ihr umdrehte.

»Ich bin froh, dass Daisy von uns geredet hat«, sagte Claire.

»Vielleicht genauso viel, wie sie über dich und das Boot redet«, grinste Bex.

Daisy warf ihr einen bösen Blick zu.

»Ihr habt uns immer noch nicht gesagt, was ihr hier macht«, fragte Daisy. »Wir holen sie nicht hier aus dem Wasser. Theo muss sie dazu erst zur Marina bringen.«

»Ich weiß. Ich habe dir genau zugehört«, sagte Bex empört. »Deshalb hätte ich jetzt gerne deine Autoschlüssel.«

»Meine Autoschlüssel?« Obwohl Daisy nun schon zweimal gefragt hatte, verstand sie immer noch nicht, warum ihre Freundinnen hier waren oder weshalb sie ihr Auto brauchten.

»Ich bin immer noch versichert, oder? Von unserem Roadtrip nach Edinburgh?«, fragte Bex.

»Ähm, ja, ich glaube schon.«

»Fantastisch. Dann fahren Claire und ich zur Marina. Ich habe mit dem Mann im Büro gesprochen, und er wird deine Schlüssel für dich aufbewahren. So könnt ihr zurückfahren, wann immer ihr wollt.«

Daisy konnte kaum fassen, dass die beiden wirklich hier

waren, und versuchte zu begreifen, was Bex ihr gerade erklärte.

»Aber du musst arbeiten.«

»Nein, ich habe mir den Morgen freigenommen. Und weil es ein so schöner Tag ist, nehme ich vielleicht auch gleich den Nachmittag frei. Das schulden sie mir sowieso nach all den Überstunden, die wir wegen der Kontenprüfung geschoben haben. Bist du jetzt bereit, loszufahren, oder muss ich dich auf dein Boot zerren?«

Ein Kloß bildete sich in Daisys Kehle, und ihr Herz fühlte sich an, als würde es gleich platzen. Mit Tränen in den Augen umarmte sie ihre zwei besten Freundinnen.

»Hey, pass auf den Kaffee auf!«

KAPITEL 46

Daisy wollte alles malen, was sie sah. Jede Minute kam ihr eine neue Idee für einen Charakter: die Wasserspitzmaus, die Angst davor hatte, nass zu werden; der Reiher, der keine Fische essen wollte. Die Inspiration floss so frei wie das Wasser unter ihr. Von all den Geschenken, die ihre Freundinnen ihr im Laufe der Jahre gemacht hatten, war dieses hier – auf der *September Rose* bis zur Marina fahren zu können – eines der besten.

»Gefällt es dir?«, fragte Theo.

Er stand am Steuer und hielt das Ruder in der Hand, obwohl Daisy auch immer wieder an die Reihe kam. Inzwischen musste sie nicht mehr fragen, was zu tun war, wenn sie eine Schleuse erreichten. Sie sprang einfach an Land, um die Tore hinter ihnen zu schließen, sobald sie hindurchgefahren waren.

»Ich liebe es«, antwortete sie ehrlich. »Ich wünschte, ich müsste nicht in die Realität zurückkehren.«

»Das könnte deine Realität sein, wenn du es willst. Du

besitzt ja bereits ein Boot. Der schwierigste Teil ist, den ersten Schritt zu wagen.«

»Ich denke, das größte Problem wäre der lange Weg zur Arbeit.«

»Dann such dir einen anderen Job. Oder einen Liegeplatz, der näher bei deiner Arbeitsstelle liegt. Wenn das dein Leben sein soll, kannst du es möglich machen.«

Aus Theos Mund klang das so einfach. Den Job wechseln. Den Liegeplatz wechseln. Aber sie mochte ihren Job – zumindest mehr als die anderen, die sie bisher gehabt hatte. Und könnte sie sich wirklich vorstellen, die *September Rose* irgendwo anders als in *Wildflower Lock* liegen zu haben? Vielleicht war es gar nicht das Leben auf einem Boot, das sie liebte, sondern die Person, mit der sie gerade zusammen war.

»Wir müssen bald da sein«, sagte Daisy, um ihren letzten Gedanken loszuwerden. »Fahren wir direkt ins Trockendock?«

Theo schüttelte den Kopf. »Das hängt vom Gezeitenstand ab.«

»Vom Gezeitenstand?« Daisy wusste zwar, was das bedeutete, aber warum das einen Einfluss auf die Kanäle haben sollte, verstand sie nicht – schließlich gab es überall Schleusen.

»Wir fahren bei Flut ins Dock«, erklärte Theo. »Bei Ebbe läuft das Wasser ab, und wir schließen die Schleuse, damit es nicht mehr zurückfließt. Eigentlich ein ganz einfacher Vorgang.«

Als sie die Marina erreichten, stellte Daisy fest, dass dieser Prozess zwar einfach, aber alles andere als schnell war. Während Theo die *September Rose* gekonnt ins Dock manövrierte, wurde ihr klar, dass sie keine Ahnung hatte, wie lange es dauerte, bis die Ebbe einsetzte.

»Etwa sechseinhalb Stunden«, sagte Theo zu ihr.

»Wie bitte?«, fragte Daisy ungläubig. »Wir müssen sechs Stunden warten, bevor wir mit der Arbeit beginnen können?«

Er lachte. »Nein, wir müssen nur auf die Ebbe warten. Drinnen im Boot können wir jederzeit anfangen. Aber eigentlich dachte ich, dass wir uns vorher eine kleine Pause gönnen. Es gibt einen schönen Pub, etwa 45 Minuten zu Fuß entfernt. Ich dachte, wir könnten erst dorthin gehen.«

Früher hätte Daisy nie in Betracht gezogen, so weit zu laufen, nur um einen Pub zu erreichen – schon gar nicht, wenn sie ihr Auto zur Verfügung hatte. Doch in diesem Moment konnte sie sich nichts Besseres vorstellen.

Nachdem sie ihre Schlüssel im Büro der Marina abgeholt hatten, gingen sie Seite an Seite am Ufer entlang.

»Ich liebe die Tage, an denen das Wasser wie ein Spiegel aussieht«, sagte Theo. »Es erinnert mich an meine Heimat.«

»Wo bist du aufgewachsen?«, fragte Daisy. Obwohl sie inzwischen viel Zeit miteinander verbracht hatten, wusste sie nur sehr wenig über Theos Leben.

»In Deutschland, in der Nähe der österreichischen Grenze.«

»Wow, das hätte ich nicht gedacht. Du hast keinen Akzent.«

»Nein, ich weiß. Meine Eltern haben dort gearbeitet. Wir sind kurz vor meinem achten Geburtstag nach England zurückgezogen, also weiß ich nicht mehr viel, aber ich erinnere mich an die Seen, die wir am Wochenende besucht haben. An manchen Tagen war das Wasser so still, dass es wie ein perfekter Spiegel wirkte.«

Daisy war schon einige Male im Ausland gewesen, meist mit ihren Freundinnen oder Pippa. Auch mit Paul war sie einmal verreist. Aber all diese Urlaube waren Last-Minute-

Pauschalreisen in einer belebten Stadt oder am Strand gewesen. Keine echte Abwechslung. Früher hätte sie nie in Betracht gezogen, zu einem Bergsee zu fahren, aber jetzt, da sie darüber nachdachte, klang die Vorstellung äußerst verlockend.

»Also, wenn du in Deutschland gelebt hast, heißt das wohl, dass du Deutsch sprichst?«

»Vielleicht.« Er verzog spielerisch die Lippen, und Daisy hüpfte begeistert auf der Stelle.

»Ich bin so neidisch! Ich wünschte, ich könnte eine andere Sprache sprechen. Du musst etwas sagen. Was kannst du sagen? Kannst du sagen: Ich heiße Theo und habe in Deutschland gelebt?«

»Ich spreche nicht Deutsch für dich.«

»Bitte.«

»Nein, und jetzt beeil dich. Wenn du weiter so langsam gehst, haben wir Flut, bevor wir zu Mittag gegessen haben.«

»Ich gehe nicht langsam. Ich gehe genauso schnell wie du.«

»Ich passe mich dir an. Wenn ich in meinem normalen Tempo gehen würde …«

Den Rest des Weges verbrachten sie lachend und scherzend. Daisy versuchte weiter, Theo dazu zu überreden, etwas auf Deutsch zu sagen, aber er weigerte sich standhaft. Es war seltsam, nicht über das Boot zu reden, da dies oft ihr einziges Gesprächsthema war. Gelegentlich blieb Daisy stehen, um ein Foto von einem vorbeifahrenden Boot oder einem Vogelschwarm zu machen, und in ihrem Kopf entstanden Geschichten und Ideen für Farben und Materialien, mit denen sie die Szenen festhalten würde.

Als sie den Pub erreichten, bestellten sie an der Theke und setzten sich draußen hin.

»Ich habe über deine Gemälde nachgedacht«, sagte Theo,

während sie an ihrem Cider nippten. »Eigentlich habe ich mit Heather darüber gesprochen.«

»Tatsächlich?« Das überraschte Daisy mehr, als sie erwartet hatte. Sie wusste nicht genau, warum sie davon ausgegangen war, dass Theo nicht mit seiner Freundin über sie sprach, obwohl sie so viel Zeit zusammen verbrachten. Oder vielleicht war das genau der Grund für ihre Annahme. Sie ignorierte das leichte Stechen in ihrer Brust und zwang sich zu einem Lächeln. »Was hast du zu ihr gesagt?«

»Nun, ich habe ihr gesagt, dass sie großartig sind und in einer Galerie ausgestellt werden sollten. Vielleicht irgendwo in Camden – weißt du, mit all den Booten und der Schleuse und so.«

Das ergab Sinn, auch wenn sie diesmal nicht allzu sehr an Theos Meinung interessiert war.

»Und was hat Heather gesagt?«, fragte sie so beiläufig wie möglich.

»Sie meinte, du solltest es an einem Touristenort außerhalb Londons versuchen. Sie hat Leigh-on-Sea vorgeschlagen. Kennst du das?«

Daisy schüttelte den Kopf. Der Name des Ortes klang vertraut, aber sie wusste nicht genau, wo er lag.

»Es ist nicht weit von hier. Liegt an einer Flussmündung, also gibt es dort viele Boote, wenn auch keine Hausboote. Heather war als Kind oft dort und meinte, es gäbe einige Galerien. Vielleicht solltest du dir das mal ansehen.«

»Danke, das werde ich machen.«

Zum ersten Mal an diesem Tag entstand eine unangenehme Stille zwischen ihnen. Daisy war sich nicht sicher, ob es durch die Erwähnung ihrer Bilder oder Heather ausgelöst wurde, aber es gefiel ihr nicht. Zum Glück wusste sie genau, wie sie Theo zum Reden bringen konnte – ganz ähnlich wie bei Bex.

»Okay«, sagte sie, räusperte sich und bereitete sich auf die vielen Ratschläge vor, die sie gleich bekommen würde. »Gehen wir meine Checkliste mit den Dingen durch, die ich erledigen muss, wenn wir wieder beim Boot sind.«

Sofort begann Theo wieder zu reden.

KAPITEL 47

Da dies der einzige Nachmittag war, an dem Theo Zeit hatte, ihr in der Marina zu helfen, war Daisy entschlossen, ihn so gut wie möglich auszunutzen. Glücklicherweise schien Theo denselben Vorsatz zu haben.

»Ich werde versuchen, so viel von der alten Farbe wie möglich vom Dach zu bekommen«, erklärte er und hielt dabei ein Gerät hoch, das eher dafür geeignet schien, Löcher in Asphalt zu graben, als auf dem Dach ihres Boots eingesetzt zu werden. »Morgen, wenn du mit dem Tank fertig bist, musst du alles abschleifen. Das sollte bis zum Ende des Tages erledigt sein, denn am Mittwoch musst du die Grundierung auf das Dach auftragen, damit du am Donnerstag mit dem Voranstrich weitermachen kannst. Die letzte Deckschicht können wir dann am Kanal aufbringen.«

Schon ihm nur zuzuhören, war anstrengend, aber Daisy wollte den Zeitplan genau einhalten. Das Trockendock berechnete eine Tagesgebühr, und auch wenn diese nicht übermäßig hoch war, hatte das Streichen des Unterwasserschiffs nicht nur ihre Ersparnisse aufgebraucht, sondern auch ein Darlehen von Pippa nötig gemacht – was Daisy große Schuldgefühle bereitete. Sie musste sich immer wieder vor Augen halten, dass sich die Mühe am Ende auszahlen würde.

»Hast du deine Kopflampe bereit?«, fragte Theo und reichte ihr einen Meißel. »Das wird ein langer Nachmittag.«

Ein *langer Nachmittag* war eine Untertreibung. Während Theo mit einer Maschine auf dem Dach arbeitete, die lauter zu sein schien als ein durchschnittlicher Düsenjet, saß Daisy im Wassertank und arbeitete im Schein ihrer Kopflampe. Dabei versuchte sie, Krämpfe in den Beinen zu vermeiden und die zunehmenden Rückenschmerzen zu ignorieren, die ihr das Gefühl gaben, zehn Jahre gealtert zu sein. Schließlich fand sie heraus, dass sie am effektivsten war, wenn sie einen Timer stellte. Sie arbeitete eine Viertelstunde und meißelte so viel von dem rostfarbenen, getrockneten Schlamm ab, wie sie konnte, bevor sie sich eine Viertelstunde frische Luft gönnte. So konnte sie auch sehen, wie Theo mit dem Dach vorankam und was die Arbeiter mit dem Rumpf machten.

»Das ist ein schönes Boot, das ihr beiden da habt«, sagte einer der Arbeiter während einer ihrer Pausen. »Da ist sogar noch Platz für Kinder, falls Sie welche möchten.«

»Oh, das ist nicht … Theo und ich … Das ist mein Boot«, stotterte Daisy, die von dem Kommentar völlig überrumpelt worden war. »Wir sind nicht zusammen.«

»Ah, die alte ›nur gute Freunde‹-Nummer, was? War bei meiner Frau und mir auch für eine Weile so.«

»Wir sind wirklich nur Freunde«, fügte Theo hinzu.

»Nicht mal besonders gute«, scherzte Daisy mit einem kurzen Blick in seine Richtung.

»Eher flüchtige Bekannte.«

»Billige Arbeitskraft.«

»Ach ja?«, meinte der Arbeiter und schien es bereits zu

bereuen, gefragt zu haben. »Na ja, dann mache ich mal weiter. Muss heute noch den ersten Anstrich schaffen.«

Genau wie an der Schleuse gab es auch hier im Hafen Lärmschutzregeln, und Daisy hatte nicht vor, diese zu brechen. Sie wusste, dass sie ihre Arbeit bis zwanzig Uhr beendet haben musste, deshalb nutzte sie die letzten dreißig Minuten voll aus.

Nach einer Weile erschien Theo über ihr auf dem Deck. »Wow, das sieht fantastisch aus.«

In gebückter Haltung versuchte Daisy, sich umzudrehen, stellte aber schnell fest, dass das in diesem engen Raum unmöglich war. Sie richtete sich auf, sodass ihr Kopf oben herausschaute, dann wandte sie sich Theo zu.

»Ich glaube, ich habe das meiste geschafft«, sagte sie und streckte sich. Ihre Schultern und ihr Nacken knackten mehrmals, was jedoch weder gegen die Krämpfe in ihren Beinen noch gegen das Pochen in ihren Knien half. Wenn sie nach Hause kam, würde sie Claire anrufen und fragen, ob Amelia Knieschützer hatte, die sie sich für den Rest der Woche leihen konnte – für den Fall, dass das Dach genauso anstrengend wurde.

»Du hast alles geschafft. Ich schlage vor, dass du morgen einen der Jungs hier bittest, es sich anzuschauen, bevor du mit dem Streichen beginnst. Aber ich bin sicher, dass er sagen wird, dass es in Ordnung ist.«

Daisy versuchte, ihre Schultern auszuschütteln, um die Anspannung in ihren Muskeln zu lösen, aber stattdessen begann sie zu gähnen. Instinktiv wollte sie sich die Hand vor den Mund halten, doch ihre Finger waren rostrot und voller Staub.

»Komm schon, es wird Zeit, dass du nach Hause kommst. Du musst noch fahren«, sagte Theo und streckte ihr eine Hand entgegen, um ihr aus dem Tank zu helfen.

Bisher war Daisy immer alleine aus dem Wassertank geklettert. Es hatte etwas Übung gebraucht, weil sie hochspringen und sich auf den Bauch fallen lassen musste, fast wie ein Walross, das aufs Eis sprang – aber es hatte funktioniert. Doch jetzt, da Theo ihr seine Hilfe anbot, konnte und wollte sie nicht ablehnen. Also nahm sie seine Hand und ließ sich nach oben ziehen.

Als er sie aus der kleinen Öffnung zog, rutschte ihr Griff plötzlich ab. Der Staub auf ihren Handflächen verringerte die Reibung, aber als sie fester zupackte, schaffte er es, sie weiter hochzuziehen. Kurz bevor sie ihr Knie auf das Deck legen konnte, rutschte ihre Hand erneut ab, und sie spürte, dass sie gleich in den Tank fallen würde. Er war nur etwa einen Meter tief, aber es würde trotzdem eine unsanfte Landung werden, und ein verstauchter Knöchel könnte ihre Pläne völlig durcheinanderbringen. Das konnte sie sich nicht leisten.

Mit aller Kraft stieß Daisy die Füße gegen die gegenüberliegende Wand des Tanks und katapultierte sich schräg nach oben. Es war der höchste Sprung, den sie heute geschafft hatte, und wäre sie allein gewesen, wäre sie perfekt gelandet. Aber es war nicht nur das flache Holzdeck, das vor ihr lag – da war auch Theo.

Kaum hatte sie sich abgestoßen, wusste sie, was passieren würde. Sie konnte nichts dagegen tun. Sie prallte gegen Theo, drückte ihn rückwärts gegen die Seitenwand des Bootes und nagelte ihn dort mit ihrem Körper fest. Ihre Blicke trafen sich.

Ihre Lippen waren nur wenige Zentimeter von seinen entfernt. Daisys Puls raste, und obwohl sie es nicht wissen konnte, meinte sie, Theos Herz unter seinem Shirt schlagen zu spüren. Sie war ihm so nah. Sie hätte sich nur ein winziges Stück vorbeugen müssen – das war alles, was es gebraucht hätte. Sie schloss die Augen und stellte sich vor, wie es wäre, seine Lippen auf ihren zu spüren – doch kaum hatte sie das getan, riss sie die Augen wieder auf, sprang zurück und verfehlte nur knapp den Wassertank.

»Tut mir leid«, sagte sie, entsetzt über ihre eigenen Gedanken. Er hatte eine Freundin. Was dachte sie da nur? Theo hingegen stand stocksteif da und starrte sie an. Wenn sie es nicht besser wüsste, hätte sie schwören können, einen Hauch von Enttäuschung in seinen Augen zu sehen. Daisy ignorierte das Pochen in ihrer Brust, klopfte den Staub von ihrer Kleidung und versuchte, Haltung zu bewahren.

»Wir sollten los«, sagte sie. »Ich muss morgen früh raus.«

KAPITEL 48

»Nun, ich muss sagen, dein Vater wäre sehr stolz. Wirklich sehr stolz«, sagte Yvonne am Freitagabend, als sie und Daisy zusahen, wie Theo die September Rose zurück an ihren Liegeplatz manövrierte. »Ihr zwei habt großartige Arbeit geleistet.«

»Mir gebührt kein Lob«, sagte Theo, während er den Motor abstellte. »Ich bin nur der Fahrer.«

»Das stimmt nicht«, entgegnete Daisy. »Du hast den ganzen Lack abgekratzt, weißt du noch? Das war eine riesige Aufgabe. Ohne dich wäre ich nie fertig geworden.«

In ihrer Stimme lag ein Hauch von Verlegenheit. Sie hatten nie über ihren Beinahe-Kuss – der wahrscheinlich nur in Daisys Fantasie ein Beinahe-Kuss gewesen war – gesprochen. Zum Glück hatte sie in den darauffolgenden Tagen genug zu tun gehabt, um nicht ständig daran zu denken. Selbst als sie das Boot wieder zu Wasser gelassen hatten, war sie so beschäftigt gewesen, dass sie diesen Moment fast vergessen hatte. Fast fühlte es sich an, als hätte sie es sich nur eingebildet.

»Gerade rechtzeitig für den Sommer«, fuhr Yvonne fort. »Weißt du schon, wohin du sie bringen möchtest? Dein Großvater schwärmte immer für den Westen. Dort gibt es schöne Routen. Bath, Slimbridge. Wunderschöne Orte.«

Daisy trat unruhig von einem Fuß auf den anderen, während sie überlegte, wie sie antworten sollte. Sie war davon ausgegangen, dass die alte Dame wusste, dass sie das Boot verkaufen wollte – aber offensichtlich war das nicht der Fall, und es fiel ihr überraschend schwer, es ihr zu sagen. Sie hätte gern die Augen vor der Realität verschlossen und noch etwas weitergeträumt, aber sie erwartete eine hohe Kreditkartenrechnung für die Rumpfarbeiten.

Sie lächelte höflich.

»Ich hab noch einiges vor mir«, sagte sie. »Morgen trage ich die erste Lackschicht auf dem Dach auf. Am Wochenende soll es fertig sein. Danach will ich den Rest des Bootes streichen.«

»Nächste Woche?«, fragte Theo. »Was ist mit Sonntag? Du willst doch nicht schon wieder frei nehmen, oder? Man würde meinen, du hättest eine harte Woche hinter dir.« Er grinste, doch seine Frage verursachte ein flaues Gefühl in ihrem Magen.

»Eigentlich habe ich am Sonntag schon etwas anderes vor«, sagte sie.

DAISY MAY WAR NERVÖS. SEHR NERVÖS. SO HATTE SIE SICH SEIT Beginn der Kunsthochschule nicht mehr gefühlt. Nicht einmal Vorstellungsgespräche waren so nervenaufreibend gewesen – wahrscheinlich, weil ihr bisher kein Job so wichtig gewesen war wie das hier.

Ihr Magen flatterte aufgeregt, als sie aus dem Auto stieg

und ihre Mappe mit Gemälden vom Rücksitz holte. Nach gründlichem Überlegen hatte sie Theos – oder besser gesagt Heathers – Rat befolgt und war nach Leigh-on-Sea gefahren. Genau wie Theo gesagt hatte, gab es dort mehrere Kunstgalerien, und da sie hier normalerweise nie vorbeikam, würde ihr das die Peinlichkeit ersparen, ihre ausgestellten Arbeiten zu sehen.

Sie war früh losgefahren, um anzukommen, solange es noch ruhig war, doch das sonnige Wetter hatte zahlreiche Besucher angezogen, die mit ihren Hunden spazieren gingen oder auf Bänken am Wasser saßen und ihr Frühstück genossen. Statt einer Reihe leerer Geschäfte erwartete sie eine belebte Einkaufsstraße.

»Du schaffst das«, sagte sie zu sich selbst. »Fünf Sekunden Mut. Mehr brauchst du nicht.«

Da sie mehrere Galerien zur Auswahl hatte, überlegte sie, wo sie anfangen sollte. Zufällig befand sich eine der Galerien auf einem umgebauten Kahn am Wasser. Vielleicht war das ein Zeichen, dachte sie, verwarf den Gedanken jedoch gleich wieder. Die Tatsache, dass die Galerie auf einem Boot war, könnte dazu führen, dass man ihr gemaltes Boot kritischer betrachtete.

Am Ende ließ sie die Logik entscheiden: Nur eine Galerie war gerade ohne stöbernde Besucher, also entschied sie sich für diese.

Ein kleines Glöckchen erklang über ihr, als sie die Tür öffnete und eintrat. Ein Hauch von Angst überkam sie. Früher hatte sie solche Orte geliebt – die ruhige Stille der weißen Wände, die die Welt ausblendeten und ihr erlaubten, sich ganz auf die Kunstwerke zu konzentrieren. Doch statt Ruhe verspürte sie jetzt eine unangenehme Kälte, die sehr abweisend wirkte. Sie schüttelte das Gefühl ab, straffte die Schultern und ging weiter.

»Kann ich Ihnen helfen?« Ein Mann trat hinter einem ebenfalls weißen Schreibtisch hervor, auf dem ein blitzblanker, weißer Computer stand. Er trug ein makelloses, weißes Hemd, kombiniert mit gestreiften Hosenträgern, einer dunklen Hose und klassischen Brogues. Allerdings hatte er den oberen Knopf seines Hemdes offen gelassen, was eine gezwungene Lässigkeit ausstrahlte. »Suchen Sie etwas Bestimmtes?«

Daisy trat näher und fragte sich, ob er das Hämmern ihres Herzens hören konnte.

»Eigentlich bin ich nicht hier, um etwas zu kaufen. Ich bin Künstlerin.« Das Wort blieb ihr fast im Hals stecken; sie fühlte sich wie eine Hochstaplerin. Aber sie konnte schlecht sagen, sie sei eine gescheiterte Kunststudentin, die sich für untalentiert hielt, es aber trotzdem versuchen wollte. Also straffte sie die Schultern und versuchte, ein selbstbewusstes Lächeln aufzusetzen. »Ich hatte gehofft, Sie würden in Erwägung ziehen, einige meiner Arbeiten auszustellen.«

Daisy war sich nicht sicher, ob das Lächeln des Mannes schon vorher so gezwungen gewirkt hatte, aber nach ihrer Erklärung wurde es definitiv steifer.

»Haben Sie Ihre Arbeiten schon einmal anderswo ausgestellt?«, fragte er.

»Oh ja, mehrere Male.« Sie hoffte, er würde nicht weiter nachfragen – eine Schulkunstausstellung und das Wohnzimmer ihrer Mutter waren schließlich keine besonders beeindruckenden Referenzen.

»Und trotzdem kommen Sie hierher, anstatt zu einer dieser Galerien zurückzukehren?«

Daisys Herz begann schneller zu schlagen, aber das hier war im Grunde ein Vorstellungsgespräch. Und darin war sie gut – auch wenn sie nicht besonders gut darin war, die Jobs danach zu behalten.

»Ich habe kürzlich eine neue Richtung eingeschlagen«, sagte sie und schenkte ihm ein aufrichtiges Lächeln. »Meine neuen Arbeiten sind kommerzieller. Ich denke, sie würden zu Ihrer Galerie und Ihrer Kundschaft passen.«

Sie klang überzeugend – das leichte Heben seiner Augenbraue bestätigte das.

»Normalerweise spreche ich nicht mit unangemeldeten Besuchern, aber da es ein ruhiger Morgen ist, mache ich eine Ausnahme. Warum bringen Sie Ihre Arbeiten nicht hier rüber, damit ich einen Blick darauf werfen kann?«

Er wies mit der Hand auf einen Tisch in der Ecke des Raumes. Daisy hatte ihn vorher nicht bemerkt, wahrscheinlich, weil er vollkommen weiß war und mit der Umgebung verschmolz.

Bemüht, ihre zitternden Hände zu beruhigen, legte sie die große, schwarze Mappe auf den Tisch und öffnete sie.

Sie begann mit einem Gemälde, das sie vor zwei Tagen fertiggestellt hatte, an dem sie jedoch gut zwei Wochen gearbeitet hatte: die Schleuse von *Wildflower Lock* in ihrer ganzen Pracht. Lila Blumen leuchteten vor dem hellblauen Himmel und dem dunklen Wasser. Sie hatte darauf geachtet, feine Details auszuarbeiten, wie die Struktur des Lacks und den Hund, der sich das Wasser aus dem Fell schüttelte, während er zurück ans Ufer kletterte. Ein Gefühl von Stolz schwoll in ihr an, während sie das Bild betrachtete. Dann schaute sie den Kurator an.

»Hmm.« Mit einer Handbewegung signalisierte er ihr, dass sie weitere ihrer Arbeiten herausnehmen sollte. Hastig kramte sie in der Mappe und zog mehrere Gemälde heraus. Eines zeigte ein Haus am Fluss, diesmal ohne Menschen oder Hunde. Sie hatte einen Sonnenuntergang gemalt, dessen lebhafte Pink- und Orangetöne sich vom schwarzen Umriss der Bäume im Vordergrund abhoben. Sie zog auch einige ihrer anderen Werke heraus, die keine Bilder vom Kanal waren, sondern Illustrationen. Ein Bild zeigte einen Igel, zusammengerollt in einer kleinen Schüssel. Seine rosa Nase und die strahlenden Augen waren zwischen den vielen Stacheln kaum erkennbar. Ein anderes Bild zeigte eine Haselmaus, die an einer Kornähre hinaufkletterte. Es war die Art von Bild, wie man sie oft in Geschäften wie diesem fand und die vermutlich in Kinderzimmern aufgehängt wurden: klar, einfach, hübsch.

Die Bewegungen des Kurators waren minimal. Ein halber Schritt nach rechts. Ein leichtes Neigen seines Kopfes. Mit Worten war er genauso zurückhaltend. Abgesehen von dem anfänglichen Brummen, mit dem er Daisy aufgefordert hatte, ihm mehr zu zeigen, sagte er kein einziges Wort, bis er schließlich zurücktrat und die Arme verschränkte.

»Ich sehe, Sie haben viel Arbeit in diese Werke gesteckt«, sagte er.

Die Angst, die Daisy den ganzen Morgen verspürt hatte, verebbte ein wenig.

»Ja, das habe ich. Es ist eine Weile her, seit ich meine Bilder ausgestellt habe.«

Er nickte. »Darf ich ehrlich mit Ihnen sein?«

»Ja, selbstverständlich.«

»Ihre Arbeiten sind nicht schlecht. In mancher Hinsicht würde ich sogar sagen, dass sie über dem Durchschnitt liegen.«

Über dem Durchschnitt? Das Gefühl von Enge in ihrer Brust war zurück.

»Aber die Wahrheit ist, dass ich sie langweilig finde.«

»Langweilig?«

»Es ist Massenware. Wo ist die Seele? Wo ist das Leben? Sie können eine Haselmaus malen – na und? Oh, schauen Sie, ein hübscher Kanal! Das fordert nun wirklich keine künstlerischen Grenzen heraus, oder?«

»Ich wollte keine künstlerischen Grenzen herausfordern«, sagte Daisy, während sich ihre Kehle zusammenzog.

»Das ist offensichtlich. Haben Sie sich überhaupt angesehen, was ich verkaufe, bevor Sie hier hereingekommen sind und erwartet haben, dass ich meine Wände mit diesen banalen Kritzeleien verunstalte? Haben Sie die Qualität der Arbeiten hier drin überhaupt gesehen?«

Daisy schluckte und sah sich um. Natürlich hatte sie sich beim Hereinkommen umgeschaut, wenn auch nur flüchtig. Die Werke im Schaufenster erinnerten durchaus an das, was sie malte – vielleicht waren sie ein wenig abstrakter, aber sicher nicht so ausgefallen, wie er es darstellte.

»Die Wahrheit ist, jede Woche tauchen mindestens zehn von Ihrer Sorte hier auf. Sie glauben, nur weil sie eine Geburtstagskarte für ihre Oma gemalt haben, könnten sie erfolgreiche Künstler werden. Junge Hitzköpfe, die denken, Kunst wäre der Weg, um schnell reich zu werden. Dass ich ihr Bild aufhänge und sie plötzlich so erfolgreich wie Banksy oder Jenny Saville sind. Aber so einfach ist das nicht. Man muss auffallen, man muss dieses gewisse Etwas haben, und so leid es mir auch tut, Ihnen das sagen zu müssen … Wie war Ihr Name noch mal?«

»Daisy«, antwortete sie leise, obwohl sie wünschte, sie hätte es nicht getan.

»Nun, Sie, Daisy«, sagte der Kurator mit einem mitleidigen Seufzen, »scheinen dieses gewisse Etwas leider nicht zu haben.«

KAPITEL 49

Daisy konnte sich kaum daran erinnern, ihre Bilder eingepackt und zu ihrem Auto zurückgekehrt zu sein, aber keine fünf Minuten später saß sie hinter dem Lenkrad und weinte. Für wen hielt dieser Mann sich eigentlich? Am liebsten wäre sie zurückgegangen, um ihn anzuschreien. Wer gab ihm das Recht, so mit jemandem zu sprechen? Sich ein Urteil über sie als Person und Künstlerin zu erlauben, nur weil er ein paar Bilder gesehen hatte? Er wusste rein gar nichts über sie. Und dennoch spürte sie, dass er einen wunden Punkt getroffen hatte. Sie war durchschnittlich. Durchschnittlich als Künstlerin, durchschnittlich in ihrem Job, durchschnittlich im Leben.

Sie saß im Auto, ließ ihrer Wut und ihren Selbstzweifeln freien Lauf, bis sich diese irgendwann nach außen richteten. Sie hatte es gewusst – das hier war der falsche Weg. Sie hatte Theo gesagt, dass sie noch nicht bereit war, dass sie nicht gut genug war. Doch er hatte sie gedrängt. Er hatte sie dazu überredet, hierher zu kommen. Er war schuld daran, dass sie sich so fühlte, und er sollte das verdammt noch mal wissen.

Wütend fuhr sie los. All das war seine Schuld. Er war derjenige, der sie dazu gebracht hatte, wieder zu malen. Er hatte sie gedrängt. Sie hasste ihn dafür, aber gleichzeitig war er auch derjenige, bei dem sie jetzt sein wollte – nicht nur, um ihn anzuschreien. Irgendwie wusste sie, dass er die richtigen Worte finden würde. Daran zweifelte sie keinen Moment.

Ihre Laune wurde noch schlechter, als sie auf dem Parkplatz ankam und keinen freien Platz fand. Was trieben all diese Leute hier? Sicher gab es an einem Sonntagvormittag etwas Besseres zu tun, als am Kanal entlangzuspazieren. Sie verließ den Parkplatz und fuhr noch einen Kilometer die Straße hinauf, wo sie schließlich einen freien Platz fand. Ohne zu zögern, marschierte sie in Richtung *Wildflower Lock*. Sie streichelte keine Hunde und ignorierte die Paddleboarder, die sie jede Woche sah. Erst als die *Narrow Escape* in Sicht kam, wurden ihre Schritte langsamer.

Das Erste, was ihr auffiel, war die Musik. Sie und Theo hörten oft Radio, während sie an der *September Rose* arbeiteten, aber das war immer ihr Vorschlag gewesen. Sie hatte noch nie erlebt, dass er allein Musik hörte, und wenn, dann hätte er kaum Popmusik aus den Achtzigern gespielt. Doch sie war zu wütend, um über seinen Musikgeschmack nachzudenken, also ging sie entschlossen weiter und sprang auf das Deck der *Narrow Escape*.

Gerade als sie nach der Tür griff, hörte sie ein helles, ungezwungenes Frauenlachen aus dem Inneren des Bootes. Ihr Herz setzte einen Schlag aus. Die Vorhänge der Tür waren zugezogen, also hüpfte sie zurück ans Ufer und spähte durch ein Seitenfenster.

Theo saß auf seinem Sofa. Neben ihm lag eine Frau mit kastanienbraunem Haar, die ihre Beine auf seinem Schoß ausgestreckt hatte – die Quelle des unbeschwerten Lachens.

Daisy starrte sie an. Sie hatte sich ein Bild von Heather

gemacht, doch aus irgendeinem Grund hatte sie sie sich plump vorgestellt. Klein und stämmig, mit schiefen Vorderzähnen oder einem leichten Schielen. Natürlich gab es keinen Grund, warum sie so aussehen sollte. Theo war ein attraktiver Mann, und Heather … Heather war schön. Mehr als das. Sie war perfekt.

Auf einmal schmerzten Daisys Misserfolge noch mehr.

Sie könnte ihre Mutter anrufen, überlegte sie, aber wozu? Um ihr zu erzählen, was für eine Versagerin sie war? Nein, das wollte sie nicht. Claire war bei ihrer Familie, und sie wusste, dass Bex den Tag mit Newton verbrachte, da sich die beiden tatsächlich gut verstanden.

Für einen kurzen Moment dachte Daisy darüber nach, Amanda, ihre Chefin, anzurufen. Sie brauchte nur eine kurze Pause, um ihre Gedanken zu ordnen. Einen Moment, um diesen unerträglichen Schmerz auszublenden und der Realität des Lebens zu entfliehen. In diesem Augenblick wusste sie, was sie tun würde.

KAPITEL 50

Daisy hatte genug Vlogs und YouTube-Tutorials gesehen, um zu wissen, dass fünf Minuten ausreichten, um den Motor aufzuwärmen – Zeit, die sie nutzen konnte, um das Boot abfahrbereit zu machen. Während der Motor lief, löste sie das mittlere Festmacherseil, das in der Mitte des Bootes befestigt war, und ging zum Bug, um auch dort den Knoten zu lösen. Schließlich kehrte sie zum Heck zurück, wo sie das hintere Seil bis auf eine Halbschleife löste, so wie Theo es ihr gezeigt hatte.

Inzwischen war der Motor einsatzbereit. Langsam begann Daisy, am Heckseil zu ziehen, sodass sich der Bug des Bootes Stück für Stück vom Ufer löste – erst ein wenig, dann immer weiter. Eine Minute später zeigte der Bug zur Mitte des Kanals. Ihre Aufregung stieg, als sie den Gashebel von Neutral auf Vorwärts stellte.

Und schon war sie unterwegs. Es fühlte sich an wie eine Achterbahnfahrt, obwohl sie kaum zwei Kilometer pro Stunde fuhr, aber es war genau das, was sie jetzt brauchte. Sie lenkte die Pinne kräftig nach links und wartete, bis sie vollständig im Kanal war, bevor sie das Boot wieder geradeaus lenkte.

Sie hielt den Atem an, als sie zwischen den Booten hindurchtuckerte. Mehrere Kajakfahrer kamen ihr entgegen, und ein Hauch von Angst überkam sie. Zum Glück hielten sie sich nah am Ufer und hielten Abstand. Daisy fuhr auf der rechten Seite, glitt durch die Ruhe der Landschaft und entfernte sich von *Wildflower Lock*.

Es war erstaunlich, wie selbstverständlich es sich auf einmal anfühlte, nach links steuern zu müssen, um nach rechts zu kommen, und umgekehrt. Das viele Üben mit Theo hatte sich definitiv ausgezahlt. Vielleicht lag es ihr im Blut. Vielleicht, dachte sie, hätte sie die Fahrt zur Marina doch alleine bewältigen können.

Nachdem sie die letzten festgemachten Boote hinter sich gelassen hatte, säumten hohe Schilfrohre und wilde Natur die Ufer. Hier draußen schien das Leben noch langsamer zu fließen. Vögel flogen zu ihren Schlafplätzen, und die wenigen Spaziergänger, die auf den Uferwegen unterwegs waren, kehrten zum Parkplatz und nach Hause zurück. Ein paar Minuten lang fuhr sie weiter, bis sich ihr Puls normalisiert hatte und ihr das gemächliche Tempo lächerlich vorkam. Den schwierigsten Teil hatte sie gemeistert, und der Kanal war frei – was sprach dagegen, etwas schneller zu fahren?

Mit einem neuen Adrenalinstoß drückte sie den Gashebel nach vorn. Der Motor ließ das Wasser hinter dem Boot aufschäumen.

»Ich wünschte, das könnte mein Leben sein«, sagte sie laut und gestand sich damit eine Wahrheit ein, die sie in den letzten Monaten verzweifelt zu ignorieren versucht hatte. Natürlich hatte ihr Vater auf dem Fluss leben wollen – nicht eingepfercht in einer Wohnung, in der nie ein Lüftchen wehte. Wer würde die Stadt mit all dem Lärm und den Abgasen diesem Paradies vorziehen? Es fühlte sich an, als wäre das hier der Ort, an den sie wirklich gehörte.

Während sie weiterfuhr, erlaubte sich Daisy, von der Vergangenheit zu träumen. Sie stellte sich vor, wie sie und ihr Vater vor Jahrzehnten genau hier gestanden hatten. Er hatte wahrscheinlich alle Vogelarten und die Namen der Wolken gekannt, die über den Himmel zogen. Sie hätte so viel von ihm lernen können – nicht nur über Boote, sondern auch über das Leben und über sich selbst. Sie schwelgte immer noch in Gedanken, als sie eine Brücke vor sich auftauchen sah.

»Alles in Ordnung«, sagte sie zu sich selbst. »Langsam und vorsichtig. Du schaffst das.«

Sie griff nach dem Gashebel, bereit, die Geschwindigkeit zu drosseln, als sie ein Boot bemerkte, das von der anderen Seite der Brücke kam. Sie hatte gedacht, die *September Rose* sei breit – zumindest hatte man ihr gesagt, dass sie einen breiten Rumpf hatte. Doch das Gefährt, das ihr entgegenkam, war ein regelrechtes Ungetüm – eher ein Lastkahn als ein Kanalboot. Es war mindestens einen Meter breiter und blockierte fast den gesamten Kanal. Wie sollte sie daran vorbeikommen? In ihrer Panik schien sie vergessen zu haben, wie das Ruder funktionierte. Sie zog die Pinne in die falsche Richtung und lenkte die *September Rose* direkt in den Weg des Lastkahns.

»Nein!«, schrie sie und zog das Ruder wieder zurück, aber es war bereits zu spät. Das Ruder stand quer zum Boot, ohne dass es etwas bewirkte. Daisy bemerkte, dass sie nicht einmal langsamer geworden war. Jeden Moment würde sie mit dem Kahn zusammenstoßen.

In blinder Panik zog sie den Gashebel komplett zurück. Der Motor stotterte und rumpelte, aber das Boot verlangsamte nur minimal, während sie das Ruder umklammerte und sich auf den bevorstehenden Aufprall vorbereitete.

KAPITEL 51

Daisy richtete sich auf. Die Wucht des Aufpralls hatte sie nach vorne geworfen, und ihre Rippen pochten an der Stelle, an der sie gegen das Boot geprallt war. Ein stechender Schmerz breitete sich in ihrer Seite aus, doch ihre größte Sorge galt der *September Rose*, deren Bug nun im Schilf steckte.

»Alles in Ordnung, Miss? Was ist passiert?«

Die Besatzung des großen Schiffs stand draußen auf dem Deck und schaute sie erschrocken und besorgt an.

»Ich … ich …« Die Worte blieben ihr im Hals stecken. Was sollte sie sagen? Dass sie eine Idiotin war, die dieses Boot zum ersten Mal alleine aufs Wasser gebracht und die Kontrolle verloren hatte? Warum zum Teufel hatte sie überhaupt gedacht, sie könnte dieses Ding steuern? Warum hatte sie geglaubt, sie könnte ihre Arbeiten in einer echten Galerie ausstellen? Warum hatte sie sich eingeredet, dass es in Ordnung war, dass Theo und sie nur Freunde waren? Nichts davon war in Ordnung!

»Keine Sorge, Miss.« Der Mann vom Lastkahn sprach

immer noch mit ihr. »Es war ein weicher Aufprall am Ufer, und Ihnen ist nichts passiert. Schaffen Sie es, sich selbst herauszumanövrieren?«

»Nein«, sagte sie leise. »Nein, das schaffe ich nicht.«

»Na gut, geben Sie uns eine Minute. Wir müssen Sie so schnell wie möglich wegschieben. Solange Sie quer liegen, kommt niemand mehr vorbei.«

Daisys Magen zog sich zusammen, als sie sah, dass sie alles versperrte. Sie stand fast quer zum Ufer, und es war ein sonniger Tag im Juni, sodass bald eine ganze Reihe Boote hinter ihr warten und Zeuge ihrer Dummheit werden würden. Doch am meisten fürchtete sie sich davor, ein ganz bestimmtes Boot zu sehen – und genau dieses Boot war jetzt auf dem Weg zu ihr.

»Daisy? Daisy, was ist passiert?«

Die *Narrow Escape* war nur noch einen halben Meter von der *September Rose* entfernt, als Theo auf ihr Boot hinübersprang. Ohne zu zögern, lief er über das Deck und ließ sich neben ihr nieder.

»Was zum Teufel hast du gemacht?«

»Ich dachte, ich könnte es alleine schaffen.« Ihre Stimme klang wie die eines Kindes. Eines schuldbewussten, verletzten Kindes.

Von all den Dingen, die Theo nicht tun sollte, tat er genau das, was sie am meisten fürchtete: Er legte die Arme um sie, zog ihren Kopf an seine Brust und hielt sie fest. Sie spürte, wie ihre Tränen sein Shirt durchnässten. Seine Wärme durchströmte sie, und am liebsten hätte sie ihn nie wieder losgelassen.

»Schatz, ich fahre die *Escape* zurück den Kanal hinauf.« Die Stimme brachte Theo und Daisy dazu, sich hastig voneinander zu lösen. Heathers Kopf war auf dem Boot aufgetaucht. »Ich sage allen, die ich unterwegs treffe, dass sie zehn

Minuten warten sollen, damit ihr das hier in Ruhe klären könnt.«

»Danke, Liebling. Das wäre großartig.«

Daisy schaute zu, wie Heather die *Narrow Escape* mühelos zwischen der *September Rose* und dem Flussufer hindurchmanövrierte, bevor sie das Boot neu ausrichtete und davonfuhr.

»Sie kann ein Boot steuern«, sagte sie mehr zu sich selbst als zu Theo.

»Sie hat viel Zeit in der Nähe von Booten verbracht«, antwortete er. »Das kommt wie von selbst. Vorausgesetzt, man lässt es langsam angehen und glaubt nicht, dass man nach wenigen Tagen alles alleine bewältigen kann. Warum hast du mir nicht gesagt, dass du rausfahren willst? Heather und ich hätten dich begleitet.«

Na toll, dachte Daisy. *Eine Bootsfahrt mit der schönen Heather.* Genau das, was sie nicht wollte.

»Ich hatte einen schlechten Tag, das ist alles. Ich wollte einfach nur weg.«

»Du weißt doch, dass ich dich mitgenommen hätte.«

»Ich weiß, aber ehrlich gesagt habe ich die Nase voll von deinen Ratschlägen!«

So scharf hatte sie ihn eigentlich nicht anfahren wollen, und es war auch nicht fair, dass sie es tat. Theo begriff jedoch sofort, woher ihre Feindseligkeit rührte.

»Deine Gemälde? Was ist passiert?«

»Oh, nichts«, sagte sie sarkastisch. »Es sei denn, du meinst, dass mir gesagt wurde, meine Arbeiten seien langweilige Massenware, der das gewisse Etwas fehlt. Und dass ich naiv sei und mich völlig überschätzen würde.«

»Was?« Theo sah sie ungläubig an. »Wer hat das zu dir gesagt?«

»Ein Kurator in einer Galerie. Er sagte, ich sei völlig blind für das Talent, das es auf der Welt gibt, und ich solle lieber

Geburtstagskarten für meine Oma malen. Nicht, dass ich eine hätte.«

»Daisy, das tut mir so leid.« Er streckte die Hand nach ihr aus, aber sie wich zurück.

»Lass es. Lass es einfach.« Sie holte tief Luft. »Kannst du mir bitte einfach helfen, das Boot zu verschieben? Das ist alles, worum ich mich im Moment kümmern kann. Je schneller ich das Boot hier wegkriege, desto schneller kann ich die Arbeiten daran abschließen und es loswerden.«

Der Zusammenstoß schien das Boot nicht beschädigt zu haben. Es war einfach auf dem schlammigen Grund in der Nähe des Ufers aufgelaufen. Natürlich bedeutete das, dass sich jemand die Hände schmutzig machen musste. Sehr schmutzig.

»Lass das Ruder genau so, wie es ist«, sagte Theo, während er vom Boot kletterte. Daisy hatte nicht realisiert, wie flach das Wasser am Rand des Kanals war. Es reichte ihm gerade mal bis zu den Oberschenkeln. »Hast du gehört, was ich gesagt habe?«

»Ich rühre das Ruder nicht an.«

»Okay, jetzt schieb den Gashebel langsam nach vorne.«

Sie hatte gedacht, der Tag könnte nicht mehr schlimmer werden, aber die Tatsache, dass ihr Theo jetzt auch noch aus der Patsche helfen musste, war das Tüpfelchen auf dem i. Zumindest dachte sie das, bis sie angelegt hatte.

KAPITEL 52

Daisy hatte die *September Rose* gerade erst festgemacht, als Heather das Flussufer entlang auf sie zukam. Aber anstatt zu ihrem Freund zu gehen, wie Daisy erwartet hatte, trat Heather auf sie zu und umarmte sie.

»Bist du in Ordnung? Brauchst du etwas? Eis vielleicht? Ich kann etwas aus dem Gefrierfach holen, falls du verletzt bist.« Sie ließ Daisy los und schaute sie besorgt an. »Diese verdammten Boote. Sie sind schwerer zu handhaben, als man denkt, oder? Ich muss sagen, es war sehr mutig von dir, sie so schnell alleine rauszufahren. Ich bin immer noch nervös, wenn ich die *Escape* fahre, obwohl sie gute sechs Meter kürzer ist. Kann ich dir einen Kaffee machen? Nein, besser einen Kamillentee. Das beruhigt die Nerven.«

Daisy hatte keine Zeit, um zu antworten. Heather ergriff ihre Hand und zog sie auf den Fußweg am Ufer.

»Natürlich ist sie nett«, murmelte Daisy vor sich hin.

Als sie in der *Narrow Escape* angekommen waren, verhätschelte Heather sie weiter, als wären sie beste Freundinnen.

»Theo, geh und mach dich sauber«, sagte sie, während sie

automatisch einen Wischmopp zur Hand nahm, um den auf den Boden tropfenden Schlamm aufzuwischen. Dann brachte sie Daisy ihren Tee und setzte sich neben sie.

»Unglaublich, dass ich dich jetzt erst kennenlerne. Ehrlich, ich habe das Gefühl, so viel über dich zu wissen. Theo hat mir von den Ausbesserungen am Boot erzählt. Unglaublich, was du alles geschafft hast! So viel Arbeit. Und Theo liebt es, dir zu helfen.«

»Ich bin ihm wirklich dankbar«, sagte Daisy. »Ohne ihn wäre ich völlig verloren gewesen. Ehrlich, ich habe ein wirklich schlechtes Gewissen, weil er mir so viel geholfen hat.«

Heather winkte ab. »Ganz ehrlich? Ich verstehe nicht, warum er seinen Job als Schleusenwart nicht aufgibt und stattdessen alte Boote restauriert. Ich glaube, er könnte ein Vermögen damit machen.«

»Das habe ich ihm auch gesagt.«

»Nun, große Geister denken gleich.« Heather lächelte. Es war ein umwerfendes Lächeln, warm und ehrlich, aber Daisys Gefühle waren gemischt. Unter anderen Umständen hätte sie Heather wahrscheinlich wirklich gemocht. Eigentlich mochte sie sie auch, aber die Tatsache, dass Heather so entspannt damit umging, dass Daisy so viel Zeit allein mit ihrem Freund verbrachte, bestätigte nur, was der Kurator heute Morgen gesagt hatte. Sie war nichts Besonderes. Theo würde sie nie als etwas Besonderes sehen, genau wie Paul.

Ein paar Minuten später erschien Theo in einem Paar sauberer Jeans.

»Ich habe dir einen Espresso gemacht, Schatz«, sagte Heather. »Er steht beim Wasserkocher.«

»Danke«, erwiderte er. »Ich möchte nur kurz nach der *Rose* sehen. Sicherstellen, dass kein Schaden vorliegt, den ich übersehen habe.«

»Warum trinkst du nicht zuerst deinen Kaffee? Solange er

noch heiß ist. Ein paar Minuten machen jetzt keinen Unterschied mehr.«

»Es sei denn, sie hat ein Leck. Dann könnte das einen großen Unterschied machen.«

»Ich bin mir sicher, dass sie den Uferwall nicht hart genug getroffen hat, um ein Leck zu verursachen.«

»Das werde ich erst wissen, wenn ich es mir angesehen habe.«

Daisy war sich nicht sicher, ob sie sich das nur einbildete, aber sie hatte das Gefühl, dass sich eine gewisse Spannung aufbaute. Sie blies auf ihren Tee, um ihn abzukühlen, damit sie ihn schnell trinken konnte.

Heather stand auf. »Oje«, sagte sie und stellte ihre Tasse auf den Tisch neben sich. »Ich habe gar nicht bemerkt, wie spät es ist. Ich muss meine Sachen zusammenpacken.«

»Schon?«, fragte Theo. »Ich dachte, du bleibst zum Abendessen.«

»Nein, hast du das wirklich vergessen? Ich habe dir doch gesagt, dass ich heute Abend die neuen Berichte fertigstellen muss. Und am Dienstag fahre ich weg.«

»Aber das ist das erste Mal seit einer Woche, dass ich dich sehe.«

Daisy sank tiefer in ihren Sitz. Heather war wunderschön und wahnsinnig nett, und nun schien sich auch noch ein Streit zwischen ihr und Theo anzubahnen. Daisy konnte das Gefühl nicht abschütteln, dass sie irgendwie die Ursache dafür war.

»Ich mache mich lieber auf den Weg«, sagte sie und stand entschlossen auf.

»Nein, bleib!« Theo und Heather sprachen perfekt synchron.

Daisy ließ sich wie eine vom Lehrer ermahnte Schülerin wieder aufs Sofa sinken.

»Trink deinen Tee aus«, sagte Heather und schenkte ihr

ein weiteres warmes Lächeln. »Nach der ganzen Aufregung solltest du es langsam angehen lassen. Ich bin sicher, wir sehen uns bald wieder. Vielleicht, wenn ich etwas mehr Zeit habe.«

»Ich würde gern wissen, wann das sein wird«, murmelte Theo gerade laut genug, dass Daisy es hören konnte.

Die Spannung in der Luft wurde unangenehm, aber Daisy bemerkte erst, wie still es geworden war, als sie erneut den Dampf von ihrem Tee blies. Diesmal wirkte das Geräusch so laut, als hätte sie eine Trommel geschlagen.

»Würdest du mich nach draußen begleiten?«, fragte Heather und sah Theo an.

Theo nickte und wandte sich an Daisy. »Ich bin gleich zurück«, sagte er. »Dann können wir uns das Boot genauer ansehen.«

Daisy hatte das Gefühl, sich nicht bewegen zu können, selbst wenn sie es gewollt hätte. Sie nippte weiter an ihrem Tee und versuchte, nicht auf das Gespräch draußen zu achten. Die beiden standen jedoch so nah am Boot, dass es schwer war, nicht hinzuhören.

»Etwas muss sich ändern.« Es war Theos Stimme. »Ich sehe dich kaum noch.«

»Du wusstest, dass es so sein würde«, erwiderte Heather deutlich schärfer, als Daisy sie bisher hatte sprechen hören. »Das habe ich dir schon gesagt, bevor ich mich für den Job beworben habe. Aber du wolltest ja lieber hier auf dem Boot bleiben.«

»Weil es mein Zuhause ist. Das hat dich nicht gestört, bevor du diesen Job angenommen hast, der jede Sekunde deiner Zeit in Anspruch nimmt.«

»So ist das in meiner Branche. Wenn ich jetzt nicht alles gebe, werde ich es nie schaffen, meine Karriere voranzubringen und meine Ziele zu erreichen.«

»Wie wäre es, wenn du das einfach nicht tust? Wie wäre es, wenn du beginnen würdest, das Leben zu genießen? An manchen Tagen weiß ich nicht einmal mehr, wer du bist.«

Daisy wusste, dass es falsch war, sie zu belauschen, aber sie konnte nicht anders. Am liebsten hätte sie sich umgedreht, um sie zu beobachten, denn Körpersprache sagte viel über ein Paar aus. Hielten sie noch Händchen? Hatte er seine Hand an ihre Wange gelegt? Oder standen sie sich mit in die Hüften gestemmten Händen oder verschränkten Armen gegenüber? Aber selbst wenn sie den Mut gefunden hätte, einen Blick über ihre Schulter zu werfen, wäre es sinnlos gewesen, da Theo bereits wieder ins Boot zurückkam.

Wortlos ging er in die Küche, hob seinen Kaffee auf und goss ihn direkt in den Abfluss.

»Nach allem, was heute passiert ist, denke ich, dass wir beide etwas Stärkeres brauchen.«

KAPITEL 53

Da Daisy wusste, wie stark Theos Bier war, hatte sie nicht vor, mehr als eines zu trinken, nahm die Flasche, die er ihr reichte, jedoch wortlos entgegen. Er machte sich nicht die Mühe, ihr ein Glas anzubieten.

»Alles in Ordnung?«, fragte sie leise.

»Du meinst, abgesehen davon, dass du aus einem idiotischen Impuls heraus fast unsere ganze harte Arbeit zunichtegemacht hättest?«, schnauzte er, dann ließ er die Hand sinken und seufzte. »Tut mir leid, das war unnötig. Ging es bei dieser Spritztour um deine Kunst?«

»Unter anderem.«

»Möchtest du darüber reden? Ich meine, ich nehme an, dass du gehört hast, was dort draußen gesagt wurde. Meiner Freundin, mit der ich seit sechs Jahren zusammen bin, scheint ihr Job wichtiger zu sein als unsere Beziehung.«

»Ich bin sicher, sie hat es nicht so gemeint.« Daisy fragte sich, ob sie sich zum Abschied geküsst hatten. Sofort versuchte sie, diesen Gedanken zu verdrängen. Warum sollte es eine Rolle spielen, ob sie das getan hatten? Hier ging es um Theos Beziehung. Es hatte nichts mit ihr zu tun.

»Vertrau mir, genau das hat sie gemeint«, sagte Theo und nahm einen weiteren großen Schluck von seinem Bier. »Wir haben so viele gemeinsame Erinnerungen. Aber man kann eine Beziehung nicht nur auf der Vergangenheit aufbauen. Irgendwann muss man auch an die Zukunft denken, oder?«

Daisy konnte nicht einschätzen, ob Theos Frage rhetorisch war oder nicht.

»Wenn ihr füreinander bestimmt seid, werdet ihr schon eine Lösung finden«, sagte sie und versuchte, die neutralste Antwort zu geben, die ihr einfiel.

Nach einem weiteren Schluck ließ Theo sich neben ihr auf das Sofa sinken. Es dauerte einen Moment, bevor er weitersprach.

»Weißt du, das dachte ich auch. Ich dachte, wir würden schon irgendeine Lösung finden – schließlich gehören wir zusammen. Aber ehrlich gesagt, je länger das so geht, desto schwerer fällt es mir, daran zu glauben. Vielleicht wären wir beide glücklicher, wenn wir mit jemand anderem zusammen wären.«

Schmetterlinge flatterten in ihrem Bauch umher, als sie den Blick hob und feststellte, dass Theo sie unverwandt ansah. Er blinzelte nicht einmal.

»Das kann ich gut nachvollziehen«, erwiderte Daisy. »Obwohl es auch mir lange an Sicherheit gefehlt hat. Bei meinen Freundinnen fühle ich mich wohl, aber davon abgesehen hatte ich nie wirklich das Gefühl, ins Leben eines anderen zu passen.«

»Du passt in mein Leben.«

Ein Kribbeln lag in der Luft zwischen ihnen, und Daisys Herz hämmerte noch heftiger als bei ihrem Unfall mit der *September Rose*. Theo sah sie immer noch an, aber sein Blick hatte sich verändert. Er dachte nicht mehr an Heather, das wusste Daisy. Er dachte an sie.

Sein Kopf bewegte sich ein kleines Stück, genau im selben Moment wie Daisys. Obwohl sie sich nur minimal bewegten, waren sie sich auf einmal viel näher, so nah, dass Daisy die Seife riechen konnte, mit der er sich gewaschen hatte. Nur noch ein paar Zentimeter, und ihre Lippen würden sich berühren.

Seine Beziehung war praktisch vorbei … aber eben nicht ganz.

Sie sprang vom Sofa auf und verschüttete ihr Bier, doch sie hielt nicht einmal inne, um es aufzuwischen.

»Ich sollte gehen«, sagte sie panisch und stürmte zur Tür.

»Daisy, bitte, warte!« Theo war ebenfalls aufgestanden und eilte ihr hinterher.

Sie streckte die Hände aus, als wäre das genug, um ihn aufzuhalten. »Ich muss gehen. Danke für deine Hilfe mit dem Boot, aber ich sollte gehen. Ich sollte jetzt wirklich gehen.«

»NUN, ICH SAGE DAS NUR UNGERN, ABER ICH HABE ES DIR JA gesagt.«

Daisy hatte Bex eine SOS-Nachricht geschickt, kaum hatte sie ihr Auto erreicht. Dann war sie direkt von der Schleuse zu ihrer Freundin gefahren. Dort hatte sie ihr in weniger als zehn Minuten alles geschildert, was an diesem Tag passiert war, von den Gemälden über den Bootsunfall bis hin zu dem Moment in der *Narrow Escape*, die noch nie einen passenderen Namen gehabt zu haben schien.

»Ich weiß nicht, ob er mich wirklich küssen wollte«, sagte Daisy und dachte daran, wie sehr ihre Hände gezittert hatten.

»Er wollte dich küssen. Außerdem wolltest du ihn küssen. Das sind doch tolle Neuigkeiten.«

»Ich verstehe nicht, wie du das so sehen kannst. Hast du nicht gehört, was ich über seine perfekte Freundin gesagt habe?«

»Mit der er sich gestritten hat.«

»Die er über alles liebt. Falls Theo mich wirklich küssen wollte, dann nur, weil er mich als eine Art Lückenfüller sieht. Das ist nicht das, was ich will.«

»Ich weiß, aber in Bezug auf dich sind das tolle Neuigkeiten. Das ist das erste Mal, dass dir ein Mann so viel bedeutet. Abgesehen von … du weißt schon wem. Ich will den Tag nicht vor dem Abend loben, aber ich glaube, du bist endlich über Paul hinweg.«

Daisy dachte über Bex' Worte nach und nippte an ihrem Tee. Seit sie die Renovierung des Bootes angepackt hatte, hatte sie kein einziges Mal darüber nachgedacht, was Paul von dieser neuen Version von ihr halten würde. Der Version von ihr, die sich mit dem Einsatz von Bitumen auf Booten auskannte und wusste, warum eine Bilgenpumpe so wichtig war – und sich auch gerne mit jedem darüber unterhielt, der sie darauf ansprach.

»Ich war schon vor Jahren über Paul hinweg«, sagte sie schließlich.

»Wir beide wissen, dass das nicht stimmt«, entgegnete Bex. »Aber wenn du noch nicht bereit bist, darüber zu reden, wechseln wir das Thema. Wie war es, mit dem Boot zu fahren?«

Die Tatsache, dass Daisy nicht über ein Thema reden wollte, hielt Bex normalerweise nicht davon ab, das trotzdem zu tun. Aber es brauchte nicht viel, um Daisy dazu zu bewegen, über ihr Boot zu sprechen.

»Vor dem Unfall? Fantastisch. Einfach fantastisch. Ich

meine, ich weiß, dass ich einen Unfall gebaut habe, aber ich denke nicht, dass es lange dauern würde, bis ich den Dreh raus hätte.«

»Super, denn ich habe eine Idee. Ich dachte, du könntest vielleicht Touren anbieten – nur in den Sommermonaten natürlich. Im Winter kannst du es dann verkaufen. Es wäre wirklich schade, es vorher schon loszuwerden. Was ich eigentlich sagen will: Wir brauchen dringend noch einen Mädelsurlaub auf dem Boot.«

»Die Idee gefällt mir, aber es geht um die Liegeplatzgebühren, erinnerst du dich?«

»Kannst du nicht deine Mutter fragen, ob sie dir was leihen kann? Oder es auf eine Kreditkarte setzen?«

Daisy schätzte den Enthusiasmus ihrer Freundin, aber ähnliche Gedanken waren ihr selbst auch schon gekommen. Realistisch betrachtet war das einzig Vernünftige jedoch, das Boot zu verkaufen.

»Wenn ich das Dach fertig habe, bleibt nur noch der Außenanstrich. Dann ist es bereit zum Verkauf.«

»Und du klingst nicht gerade glücklich darüber.«

Daisy dachte über die Zeit nach, die sie auf der *September Rose* verbracht hatte. Sie hatte das Boot repariert und gestrichen und dabei gelernt, Planken zu verlegen und ein Boot zu steuern. Es war eine Zeit, die sie nie vergessen würde – und doch würde sie bald zu Ende gehen.

»Ich sollte gehen«, sagte sie und stand auf, um sich der Frage nicht stellen zu müssen.

»Bist du sicher, dass alles in Ordnung ist? Du kannst hier übernachten, wenn du möchtest.«

»Schon gut. Danke für alles.«

»Dafür bin ich doch da.«

Nach einer langen Umarmung machte sich Daisy auf den Heimweg.

Es dauerte nicht lange, bis sich eine bohrende Einsamkeit in ihr breit machte, die sie mit Gedanken an den Beinahe-Kuss mit Theo zu vertreiben versuchte. Sie musste sich irgendwie ablenken, um diese Situation zu vergessen – zumindest für eine Weile. Also griff sie nach ihrem Handy. Ihr Anruf wurde nach zweimal Klingeln beantwortet.

»Hey, Mum … Nein, es ist nichts passiert. Ich wollte nur plaudern, das ist alles.«

Sie sprachen eine volle Stunde miteinander. Es war nicht mehr so wie früher, und Daisy erwähnte weder Theo noch die Gemälde, aber sie erzählte ihrer Mutter von ihrem Versuch, die *September Rose* alleine zu steuern, und dass sie auf das Flussufer aufgefahren war. Als sie wieder auflegte, fühlte sie sich tatsächlich etwas besser.

Daisy setzte sich aufs Sofa und ließ den ereignisreichen Tag Revue passieren. Sie überlegte, welcher Teil der schlimmste gewesen war. Obwohl sie immerzu an Theo dachte, war nichts Schlimmes zwischen ihnen passiert, und bei dem Unfall mit dem Boot war nur ihr Stolz verletzt worden. Nein, der schlimmste Teil des Tages betraf eindeutig ihre Kunst. Sie breitete ihre Bilder auf dem Tisch vor sich aus, betrachtete eines nach dem anderen und griff dann nach ihrem Skizzenblock und einem Bleistift.

»Ich werde euch zeigen, wie Massenware aussieht«, sagte sie.

KAPITEL 54

Daisy war viel zu lange aufgeblieben. Als ihr Wecker klingelte, fühlte es sich an, als hätte sie überhaupt nicht geschlafen. Sie hatte wie besessen gemalt und sämtliche Regeln über Bord geworfen, sodass Pinsel, Farben und Papier über den ganzen Tisch verstreut lagen. Sie hatte Schatten und Licht vernachlässigt, mit Dimensionen und Perspektiven gespielt. Das Papier war mehr geworden als eine bemalbare Fläche – es erzählte eine Geschichte. Ihre Aufgabe war es gewesen, diese Geschichte zu entdecken.

Als sie schließlich fertig war, war es weit nach Mitternacht, und ihre Finger und Stirn waren mit Farbe und Kohle verschmiert. Wie sie sich heute bei der Arbeit wachhalten sollte, wusste sie nicht, aber es war ihr egal. Der Kurator hatte recht gehabt: Ihr letztes Bild hatte keine Seele. Aber dieses hier? Ihre Seele tropfte förmlich vom Papier. Selbst als sie sich am nächsten Morgen mit bleiernen Gliedern aus dem Bett quälte, belebte der Anblick dieses Bildes ihren Geist.

Während sie sich anzog, fühlte sie sich so beschwingt wie seit Jahren nicht mehr. Es war an der Zeit, die Vergangenheit hinter sich zu lassen und die Zukunft so zu gestalten, wie sie ihr gefiel. Auf dem Weg zur Arbeit war ihr Kopf voller Ideen. Warum brauchte sie überhaupt eine Galerie, um ihre Bilder zu zeigen? Heutzutage nutzten die Leute das Internet. Sie könnte ihren eigenen Online-Shop eröffnen und ihre Gemälde direkt verkaufen. So würde sie auch keine Provision bezahlen müssen. Sie war voller Energie.

Mit dem Gedanken an potenzielle zusätzliche Einnahmen tauchten weitere Träume auf. Auch Bex hatte recht gehabt: Sie könnte Bootstouren auf der *September Rose* anbieten oder das Boot vermieten. Sie könnte einen richtigen Geschäftsplan erstellen und zur Bank gehen. Vielleicht würde sie ein Darlehen bekommen, um die Liegeplatzgebühren zu zahlen. Mit den Mieteinnahmen sollte es möglich sein, dies innerhalb eines Jahres zurückzuzahlen. Und wenn ihre Bilder noch ein paar Hundert Pfund einbrächten, könnte sie weitermachen. Sie könnte es wirklich schaffen.

Ihre optimistische Stimmung vertrieb ihre Müdigkeit, aber als sie das Büro erreichte, hielt sie inne. Stirnrunzelnd schaute sie auf die Uhr. Sie war wie gewohnt fünfzehn Minuten früher gekommen, aber die Büros waren bereits voll. Sie blieb bei einer Gruppe von Leuten stehen, die sich im Empfangsbereich versammelt hatten.

»Was ist los? Warum sind alle so früh da?«, fragte sie eine Frau aus der Buchhaltung, die sie flüchtig kannte.

»Haben Sie die E-Mail nicht gelesen? Sie haben sie gestern Morgen rausgeschickt.«

»Was für eine E-Mail?«, fragte Daisy, der wiederholt gesagt worden war, sie müsse am Wochenende keine E-Mails checken – etwas, das sie sehr schätzte. Anscheinend hatte sich diese Regel geändert.

»Die Firma hat ein Übernahmeangebot erhalten. Das

heißt, sie werden die Firma verkleinern und viele von uns entlassen.«

Daisy schüttelte den Kopf. »Uns würden sie doch nicht entlassen, oder? So läuft das hier nicht.«

»So läuft das überall. Sie rufen jeden einzeln auf. Alphabetisch. Wie lautet Ihr Nachname?«

»May«, antwortete Daisy.

»Dann haben Sie mehr Glück als ich – ich heiße Wilson. Ich muss den ganzen Tag warten, um herauszufinden, ob ich noch einen Job habe oder nicht. Ich bin nicht sicher, ob meine Nerven das aushalten.«

Daisy hatte sich noch nie in einer solchen Situation befunden, obwohl sie die allgemeine Faustregel kannte: Diejenigen, die noch nicht lange dabei waren, wurden zuerst entlassen. Aber galt das auch bei kleinen Unternehmen? Schließlich musste immer jemand Anrufe entgegennehmen und E-Mails beantworten, egal, wer die Firma übernahm.

Die Vorstellung, vielleicht entlassen zu werden, schnürte ihr die Kehle zu. Keine Bank würde ihr ein Darlehen gewähren, wenn sie arbeitslos war, und ohne ein Darlehen würde sie die *September Rose* nicht behalten können.

»Wer überbringt die Nachricht?«

»Die Abteilungsleiter«, antwortete dieselbe Frau aus der Buchhaltung. »Die, die noch übrig sind, wurden gestern informiert. Ich meine, wenigstens mussten wir es nicht übers Wochenende erfahren, oder? Wer möchte so eine Nachricht schon am Wochenende bekommen?«

Daisy wollte nichts mehr davon hören. Sie ging zu ihrem Schreibtisch, aber es erging ihr nicht viel besser als ihren Kollegen, und der Gedanke ließ sie nicht mehr los. Es musste doch irgendwelche Arbeit geben, die sie erledigen konnte, schließlich war sie immer noch angestellt – aber es dauerte keine fünf Minuten, bis sie merkte, dass sie sich nicht konzentrieren konnte. Stattdessen nahm Daisy ihr Handy zur Hand. Eigentlich hatte sie vorgehabt, eine Online-Plattform zu finden, auf der sie ihre Kunst verkaufen konnte, aber eine Nachricht von Theo lenkte sie ab.

War gestern etwas chaotisch, tut mir leid. Kommst du später noch zum Boot? Ich würde gerne mit dir reden.

Daisy legte ihr Handy auf den Schreibtisch. Nach allem, was passiert war, musste sie immer noch am Boot arbeiten – besonders, wenn sie es im Sommer nutzen wollte. Aber sie war noch nicht bereit, zu antworten. Theo musste erst einmal herausfinden, was er eigentlich wollte. Sie hatten beide zu viel um die Ohren, um sich auch noch in eine komplizierte Geschichte zu verstricken.

Kurz nach elf kam Amanda aus ihrem Büro und sah Daisy an.

»Daisy, bist du bereit?«

Daisy setzte sich Amanda gegenüber. »Ich weiß nicht, ob du es schon gehört hast, aber bei dieser Entscheidung wurden mehrere Faktoren berücksichtigt. Es ging nicht nur darum, wer am längsten in der Firma ist.«

Daisy spürte einen Hauch von Erleichterung. Vielleicht würde das mit dem Darlehen doch noch klappen. Warum sonst würde Amanda versuchen, ihr Hoffnung zu machen? Sie wartete angespannt, aber mit deutlich mehr Zuversicht.

»Wir haben uns gefragt, wie gut die Mitarbeiter in die neue Unternehmensstruktur passen. Wie gut sie im Team arbeiten. Und dann sind da Faktoren wie Pünktlichkeit und Professionalität.« Amanda sprach langsam und ließ sich Zeit, und unweigerlich musste Daisy an den Vorfall denken, als ihre Mutter vor dem Gebäude aufgetaucht war. Das war alles andere als professionell gewesen. Andererseits war das schon Wochen her. Sie würden das doch nicht gegen sie verwenden, oder?

»Ich will das hier nicht unnötig hinauszögern. Wir haben während deiner Zeit hier eine positive Entwicklung gesehen, vor allem in den letzten Monaten. Es war keine leichte Entscheidung.«

»Aber ihr werdet mich gehen lassen«, beendete Daisy den Satz für sie.

»Wir stellen dir natürlich ein gutes Arbeitszeugnis aus. Aber ich muss dich darauf hinweisen, dass du aufgrund deiner Betriebszugehörigkeit von weniger als zwei Jahren keinen Anspruch auf eine Abfindung hast. Ich weiß, dass das ein harter Schlag sein muss.«

Daisy stand auf, obwohl Amanda weitersprach. Sie hörte ohnehin nicht mehr, was sie zu ihr sagte. Sie war wie betäubt.

Man hatte sie entlassen. Sie hatte keinen Job mehr. Ihr Brustkorb schnürte sich zusammen. Sie war schon einmal arbeitslos gewesen, erinnerte sie sich. Ihr war schon einmal gekündigt worden, ohne dass sie eine neue Stelle in Aussicht gehabt hatte, aber diesmal waren die Konsequenzen weitreichender. Ihr Traum, die *September Rose* zu behalten, war endgültig geplatzt.

KAPITEL 55

Als Daisy *Wildflower Lock* erreichte, empfand sie eine Mischung aus Enttäuschung und Erleichterung, als ihr klar wurde, dass Theo nirgends zu sehen war. Im Tumult der vielen Kündigungen hatte sie seine Nachricht völlig vergessen, und jetzt noch darauf zu antworten, erschien sinnlos. Entweder würde sie ihm begegnen oder nicht.

Mit schwerem Herzen betrat sie die *September Rose* und schloss die Tür auf.

Der Geruch von frischer Farbe hatte nachgelassen. Die Grundierung war trocken und bereit für die nächste Schicht. Aber so weit war sie noch nicht.

Sie ließ den Blick über das gleiten, was sie erschaffen hatte. Momentan stand kein einziges Möbelstück hier darin, und in der Küche gab es nur einen Ofen, aber in ihrem Kopf sah sie alles genau vor sich: Ein gemütliches Sofa mit sorgfältig drapierten Kissen, Bilder an der Wand, die die Farben des Holzes komplementierten, schlichte Vorhänge, die nicht von der Aussicht draußen ablenkten. Die Vorstellung brachte sie zum Lächeln, auch wenn sie niemals Realität werden würde. Zumindest nicht für sie.

In der Hauptkabine strich sie mit der Hand über die Matratze. Auch hier waren die Wände noch weiß, da sie sich auf keine Farbe hatte festlegen wollen – was nun auch nicht mehr nötig war. Das war eine Entscheidung, die sie den neuen Besitzern überlassen würde.

»Es tut mir leid, Dad«, sagte sie, als sie sich auf die Bettkante setzte. Hier hatte sie vor ein paar Monaten die Schachtel mit den Karten entdeckt. »Es tut mir leid, dass ich dich nie richtig kennenlernen konnte. Es tut mir leid, dass ich mich nicht an unsere gemeinsame Zeit erinnere. Und es tut mir leid, dass ich dein Boot nicht behalten kann.«

Tränen stiegen ihr in die Augen, aber sie machte keine Anstalten, sie wegzuwischen, als sie über ihre Wangen liefen. Sie weinte weiter, selbst als ihre Tränen dunkle Flecken auf dem Stoff ihrer Hose hinterließen. Wahrscheinlich wäre sie noch ewig dort sitzen geblieben, hätte sie nicht Schritte auf dem Deck gehört. Einen Moment später klopfte es an der Tür.

»Daisy? Bist du da? Bist du drinnen?«

Sie schniefte, wischte sich die Tränen weg und trat in den Wohnbereich.

»Du kannst …«, begann sie zu sagen, überlegte es sich dann aber anders. Das Boot fühlte sich jetzt schon klaustrophobisch an. Theo so nah bei sich zu haben, würde alles nur noch schlimmer machen. »Ich komme«, sagte sie stattdessen und warf einen letzten Blick zurück, bevor sie nach draußen ging.

Als Theo sie sah, verdunkelte sich sein Blick vor Sorge.

»Alles in Ordnung? Du bist normalerweise nicht um diese Zeit schon hier.«

»Nein«, sagte sie und atmete langsam aus. »Ich wurde gefeuert.«

»Gefeuert? Warum?«

»Na ja, eigentlich bin ich einfach nur überflüssig geworden, aber das macht letztlich keinen Unterschied, oder? Ich bin arbeitslos.« Ihre Augen füllten sich erneut mit Tränen, und sie schaffte es nicht, sie schnell genug wegzuwischen. »Mist. Tut mir leid.«

»Es gibt nichts, wofür du dich entschuldigen müsstest.«

Sie standen schweigend da. Inzwischen war Daisy die Stille zwischen ihnen gewohnt, besonders, wenn sie gemeinsam am Boot arbeiteten. Aber diese Stille fühlte sich anders an, als wäre sie voller unausgesprochener Dinge. Daisy suchte verzweifelt nach etwas, das sie sagen könnte, doch Theo kam ihr zuvor.

»Nun, es scheint, als wäre es ein Tag voller Veränderungen«, sagte er und sah sie direkt an.

»Warum?«

»Heather und ich, wir … wir …« Er beendete den Satz nicht, aber das war auch nicht nötig.

»Das tut mir leid.«

Theo winkte ab. »Das war schon lange überfällig«, sagte er. »Ich denke, wir haben uns jahrelang an die Vergangenheit geklammert. Wahrscheinlich brauchte ich einfach nur einen Grund, um endlich in die Zukunft zu blicken, um das zu erkennen.«

Er starrte Daisy mit demselben intensiven Blick an wie am Abend zuvor. Dem, der ein warmes Kribbeln in ihr auslöste. Aber im Moment gab es ein stärkeres Gefühl, das dieses Kribbeln überlagerte: Trauer.

»Jetzt muss ich das Boot verkaufen«, sagte sie. »Ich kann unmöglich die Miete und die Liegeplatzgebühren bezahlen, wenn ich noch nicht einmal weiß, wann ich einen neuen Job finden werde.«

»Du könntest als Erstes deine Wohnung aufgeben«, schlug

Theo vor, »und auf dem Boot leben. Ich weiß, es ist noch nicht ganz fertig, aber es ist durchaus bewohnbar.«

»Ich glaube nicht, dass Kühlschränke heutzutage als Luxus gelten.«

»Das können wir leicht beheben. Einen Kühlschrank zu finden, ist nicht schwer.«

»Wenn man das Geld dafür hat.«

»Ich besorge dir einen gebrauchten. Es gibt genug Leute, die Kühlschränke loswerden wollen. Gemeinsam schaffen wir das. Wenn du wirklich hier leben möchtest, kannst du das auch.«

Daisy richtete ihren Blick auf die *September Rose*. Das Boot hatte sich stark verändert, seit sie es zum ersten Mal gesehen hatte. Die Außenwände waren abgeschliffen, der Rumpf frisch lackiert. Jetzt konnte jeder erkennen, was für eine Schönheit sie war. Ihr Herz schmerzte bei dem Gedanken an den Eimer mit blauem Lack, den sie gekauft hatte. Das Boot würde großartig aussehen. Nur würde es nicht ihr gehören.

»Theo.« Sie legte ihre Hand auf seinen Arm. »Ich schätze alles, was du für mich tust. Glaub mir, ich weiß, dass ich ohne deine Hilfe nie so weit gekommen wäre. Und es gibt nichts, was ich lieber tun würde, als meine Tage auf dem Fluss zu verbringen, aber es geht einfach nicht. Ich brauche einen Job, irgendeine Möglichkeit, Geld zu verdienen, und im Moment fällt mir keine ein. Ich müsste jedes Bild verkaufen, das ich je gemalt habe, und es würde wahrscheinlich trotzdem nicht für die Liegeplatzgebühren und meinen Lebensunterhalt reichen. Es ist sinnlos, zu träumen. Je eher ich der Realität ins Auge blicke, desto weniger wird es weh tun.«

Die Stille zwischen ihnen war voller Schmerz. Daisy wusste, dass sie und Theo Zeit gebraucht hätten, um herauszufinden, ob sie mehr als Freunde sein wollten – schließlich musste er zuerst über das Ende einer langen Beziehung hinwegkommen. Aber selbst wenn es das war, was sie beide wollten, wusste sie, dass es nicht funktionieren würde, solange er direkt neben der *September Rose* lebte. Es würde ihr jeden Tag aufs Neue das Herz brechen.

Sie wollte gerade etwas sagen, als zwei Hundebesitzer laut schwatzend vorbeigingen.

»Das ist lächerlich«, sagte einer von ihnen, »findest du nicht auch? Das ergibt einfach keinen Sinn.«

»Oh, das brauchst du mir nicht zu sagen. Ich denke es jedes Mal, wenn ich hierherkomme.«

»Eigentlich ist es gesunder Menschenverstand. Ein so belebter Ort braucht ein Café. Und wie schwer wäre es, eines zu eröffnen? Es gibt so viele Boote hier. Im Grunde könnte man von einem Boot aus Getränke verkaufen.«

Die Frauen plauderten weiter, als sie davongingen, aber Daisy hörte nicht mehr zu. Sie hatte alles gehört, was sie hören musste.

»Hast du das gehört?«, sagte Daisy. Ihr Blick traf Theos, und das schwache Lächeln, das sich auf seinen Lippen ausbreitete, spiegelte ihres genau wider.

»Das habe ich.«

»Und?«, drängte sie. »Was denkst du? Wäre es möglich? Könnte es funktionieren?«

Theos Lächeln verwandelte sich in ein breites Grinsen, und Daisy spürte, wie sich auch ihre Wangen zu einem verzogen.

»Wenn es das ist, was du tun möchtest, bin ich sicher, dass es funktionieren wird. Aber du müsstest wahrscheinlich hier wohnen.«

»Ich weiß. Und es ist ein Risiko.« Inzwischen spürte sie die Aufregung nicht nur als ein Flattern im Bauch; ihr ganzer Körper kribbelte vor Vorfreude.

»Aber ein Risiko, das sich lohnen wird«, fügte Theo hinzu.

Einen Moment lang schwiegen sie beide. Ihr Vorhaben wirkte fast zu groß, um es in Worte zu fassen, aber sie musste es tun. Sie musste es laut aussprechen.

»Dann ist es beschlossen«, sagte sie, während ihr Herz in ihrer Brust hämmerte. »Es ist Zeit, das Café auf dem Kanal zu eröffnen.«

Offenbar ist Daisy für ein Leben am Fluss bestimmt, aber ist sie auch für die Liebe auf den Wasserwegen vorherbestimmt? Findest du heraus, ob Theo mehr als nur ein nautischer Nachbar wird in Wildflower Lock: Kaffee und Kuchen

WILDFLOWER LOCK: KAFFEE UND KUCHEN

Eigener Herd ist Kaffee wert …

Daisy May schlägt als feste Bewohnerin der idyllischen Schleuse von *Wildflower Lock* ein neues Kapitel ihres Lebens auf. Fest entschlossen, diese zweite Chance zu nutzen, steckt sie all ihre Ressourcen in ihr neues Geschäft: ein Café auf ihrem Hausboot. Als ihre Freundschaft mit Theo immer enger wird, scheint ihr Happy End zum Greifen nah.

Doch das Leben läuft selten nach Plan. Eine Reihe unglücklicher Zufälle und ein chaotischer Junggesellenabschied bringen Daisys Finanzen in Schieflage und lassen sie an ihrer Entscheidung, ein Café zu eröffnen, zweifeln. Gerade, als die Lage hoffnungslos scheint, taucht der geheimnisvolle Christian auf – aber könnte seine Hilfe mehr Probleme schaffen als lösen?

Erhältlich bei Amazon

EINE NACHRICHT VON HANNAH

Zunächst einmal vielen Dank, dass Sie sich die Zeit genommen haben, »**Wildflower Lock: Neue Ufer**«, das erste Buch der gleichnamigen Serie, zu lesen. Wenn Ihnen das Buch gefallen hat, würde ich mich freuen, wenn Sie es Ihren Freunden weiterempfehlen, damit auch sie Hollys Abenteuer im Süßwarenladen miterleben können.

Wenn Sie eine Rezension zu »**Wildflower Lock: Neue Ufer**« auf Amazon, Ihrem persönlichen Blog oder in den sozialen Medien hinterlassen, würde ich diese sehr gerne lesen. Sie können mir den Link per E-Mail an Hannah@hannahlynnauthor.com senden.

Wenn Sie über bevorstehende Veröffentlichungen und Verkaufsaktionen auf dem Laufenden gehalten werden möchten, abonnieren Sie bitte meinen Newsletter, folgen Sie mir in den sozialen Medien oder besuchen Sie meine Website.

https://www.hannahlynnauthor.com/

Newsletter abonnieren

ÜBER DEN AUTOR

Hannah Lynn ist eine preisgekrönte Romanautorin. Nach der Veröffentlichung ihres ersten Buches *Amendments* – einem düsteren, dystopischen Roman mit spekulativem Einschlag – im Jahr 2015, hat sie weitere Werke verfasst, darunter *Wer will schon ewig leben* – ein Roman mit einem übernatürlichen Twist, der sowohl den Kindle Storyteller Award 2018 als auch die Goldmedaille für das beste E-Book für Erwachsenenliteratur bei den IPPY Awards gewann – und die lustige und rührende Serie *Peas and Carrots*.

Zu ihren neuesten Werken gehören Nacherzählungen klassischer griechischer Mythen. Für das erste Buch ihrer Serie *Grecian Women*, den herzzerreißenden Roman *Das Kind der Athene: Medusas Geheimnis*, gewann sie ihre zweite IPPY-Goldmedaille.

Hannah wurde 1984 geboren und wuchs in den Cotswolds in Großbritannien auf. Nach ihrem Universitätsabschluss arbeitete sie zehn Jahre lang als Physiklehrerin in Großbritannien, Thailand, Malaysia, Österreich und Jordanien. Inspiriert von der Fantasie der jungen Menschen, die sie unterrichtete, begann sie Kurzgeschichten für Kinder zu schreiben, bevor sie sich der Erwachsenenliteratur zuwandte.

Heutzutage findet man sie meistens zu Hause beim Schreiben, umgeben von ihrem Ehemann, ihrer Tochter und einer Schar von Katzen.

Printed in Poland
by Amazon Fulfillment
Poland Sp. z o.o., Wrocław

51098183R00178